LOS REDIVIVOS

LOS REDIVIVOS

Geoffrey Farrington

Traducción
Juan José Pulido

ediciones jaguar

Título original: *The Revenants*,
publicado por Dedalus Ltd. en
1983 y 2001

Laurel, 23. 28005 Madrid
jaguar@edicionesjaguar.com

Diseño: Eduardo Cobo
Ilustración de cubierta: Leticia Vera Seves
Maquetación: Javier Gutiérrez Barbado

ISBN: 84-96423-34-4
Depósito Legal: M. 40.156-2006

Impresión: Fernández Ciudad, S.L.
Impreso en España / *Printed in Spain*

INTRODUCCIÓN

El subgénero de los relatos de vampiros, aunque es un campo tan vasto que resulta difícil pensar en él como subgénero, ha estado supeditado durante un siglo a una sola obra, escrita en 1897: *Drácula*, de Bram Stoker. Casi todas las novelas, programas de televisión, óperas, piezas teatrales, anuncios o cereales para el desayuno que han elegido como protagonistas a los vampiros, han sido adaptaciones, imitaciones o mutaciones de *Drácula*, o bien se han definido por el modo en que se distanciaban del supertexto. Hasta *Entrevista con el vampiro* (Anne Rice, 1975), que plantea un juego radicalmente distinto, y que creó lo que podría clasificarse como otra escuela en la ficción sobre vampiros, se ve obligado a hacer referencia a las reglas de Stoker con respecto a los no-muertos al tiempo que trata de establecer las suyas; lo que toma del libro al que pretende reemplazar (la idea clave de que la condición de vampiro no se transmite simplemente bebiendo la sangre de una víctima, sino debido a que esta también reacciona probando la sangre de Drácula) es, por lo menos, tanto como lo que desecha.

Pero en inglés hay historias de vampiros anteriores a *Drácula*, y en ellas halló inspiración Stoker, sobre todo en *El Vampiro* (John Polidori, 1819) y *Carmilla* (J. Sheridan Le Fanu, 1871). En la novela que están a punto de leer (o releer), se vuelve al mundo que precedió a Bram Stoker, a Nosferatu, a Bela Lugosi, a Hammer Films, a *Dark Shadows*, a Louis y Lestat, a Blade y Buffy. Tal y como sugiere el título, los vampiros de *Los redivivos* ni siquiera han decidido cómo se deben llamar, y sus prácticas aún no se desarrollan conforme a la rigidez requerida por los manuales de las series televisivas. Al igual que el protagonista/narrador, nosotros tendremos que ir descubriendo nuestro camino dentro de este mundo, sin comprender nunca del todo las ramificaciones del estado que el personaje alcanza tras la muerte, alejado de la fiebre de la historia humana, cuestionándose siempre no solo por qué ha sucedido, sino qué podría significar lo que ha sucedido.

La novela de Geoffrey Farrington comienza a mediados del siglo XIX, y su estilo está próximo al del Le Fanu o Wilkie Collins, de modo que la mención de las plumas blancas en la Primera Guerra Mundial, o de los automóviles cuando nos vamos acercando al presente, se convierten en detalles significativos que muestran lo extraño que es el progreso para el redivivo John LePerrowne. Pero no se trata de una cómoda novela de imitación, una evocación de anteriores y sensacionales ficciones góticas, ideada para recordar un mundo más seguro, enmarcado en revestimientos de roble y en el orden sugerido por las tradicionales historias de fantasmas contadas al calor del hogar. Aquí el estilo sirve para mostrar un personaje glacial y los acontecimientos resultan más perturbadores que emocionantes. Las expectativas de que esta obra quizá suponga una exploración de la sociedad de los vampiros en clave de atractiva decadencia, como ocurre en el gótico mundo nocturno de Rice, quedan frustradas de un modo interesante por la fuerza del relato, siempre sustentado en personajes de comportamiento inhumano.

Esta pequeña e intensa novela es un logro magnífico en su campo. Y su reedición supone un grato acontecimiento.

KIM NEWMAN
ISLINGTON, 2001

PRÓLOGO

Al descorrer las cortinas, trató de ver algo en medio de la oscuridad y notó un ligero temblor. Sentía un extraño frío en su interior. El silencio procedente de la calle, la absoluta quietud que solía resultarle tan agradable, le puso los nervios a flor de piel. Casi tuvo la impresión de que era la misma noche quien lo observaba. Entonces encendió la luz de la cocina y la lámpara que había sobre la mesa, a pesar de que la iluminación principal ya estaba en funcionamiento. La claridad le procuró cierta sensación de bienestar.

Encendió un cigarrillo y, al girarse, se dio cuenta de que ya tenía uno consumiéndose en el cenicero. Esa noche, por primera vez, no le resultó placentera la soledad que había ido a buscar a aquella aislada casa de campo. Le estaba poniendo enfermo. Daba la impresión de que ya no podía confiar en su mente. Quizá hubiera llegado el momento de abandonar el lugar.

Se sentó a la mesa, con la vista fija en el montón de papeles que tenía ante sí. Había encontrado el manuscrito aquella mañana. Él fue quien descubrió que el viejo caserón se había quemado. Iba paseando por el campo, con la intención de visitar el pueblo, cuando vio salir el humo de entre los árboles a lo lejos. Se dirigió hacia allí lo más rápido que pudo. No había nadie en las proximidades. No existía ninguna razón para ello. Era temprano. Y, en cualquier caso, el caserón estaba muy apartado: no cabía duda de que llevaba años cerrado y deshabitado. La gente de la zona no se acercaba mucho a él.

Cuando llegó, de la casa no quedaba más que la humeante estructura. La mayoría de las paredes se había desplomado, y las que quedaban no parecían capaces de mantenerse en pie mucho tiempo más. Todo era un caos de escombros dispersos y reducidos a cenizas. Se trataba de una casa de gran tamaño, pero nada había escapado al fuego.

Se quedó allí de pie durante unos instantes, bajo la tenue luz de un nublado amanecer de otoño, incapaz de imaginar cómo pudo haberse iniciado el fuego en un lugar tan tranquilo y solitario, en medio de los altos árboles, la hierba bien crecida y el matorral que prácticamente ocultaban la casa de cualquier curiosidad exterior. En otra era más supersticiosa, quizá, se hubiera llegado a la conclusión de que el lugar había sido arrasado por la mano de la ira divina, a causa de algún antiguo pecado aún sin expiar, ya que tenía mala fama entre los lugareños, como suele suceder con los viejos caserones deshabitados. Al final decidió que lo mejor sería ir al pueblo para telefonear a la policía local e informar de lo sucedido.

Le llamó la atención cuando se dio la vuelta para marcharse. Yacía sobre la rajada superficie de un viejo reloj de sol que sobresalía de la selva de maleza. Supuso que se hallaba ante lo que había sido el césped de la casa cuando, mucho tiempo atrás, aquella distinguida residencia estuvo habitada. Una vieja cartera negra de piel. Al acercarse, no le pareció que estuviera demasiado húmeda o estropeada por la intemperie. Dio por hecho que no llevaba mucho allí. En el interior de la cartera encontró el manuscrito, envuelto en un paño grande. Le resultó desconcertante desde el principio. Las páginas se veían desgastadas y amarillentas por el paso del tiempo; el papel era una sorprendente mezcla de hojas de diversas clases y tamaños, como si alguien se hubiera dedicado a revolver un montón de viejos cajones o armarios, en una incesante y frenética búsqueda de alguna superficie donde seguir escribiendo. Sin embargo, la letra, menuda y precisa, era muy clara, tan nítida que no parecía llevar allí más de un día. De inmediato le invadió la sensación de que se había topado con algo muy extraño.

Allí, de pie junto a las ruinas, había leído la primera página; ahora la leyó de nuevo.

Relato de John Richard LePerrowne

Esta es mi historia. Soy consciente de que, si alguien llega a leerla alguna vez, es muy probable que la considere increíble. Pero eso me trae sin cuidado. Ahora estoy solo, como me ha sucedido con frecuencia; solo con mis pensamientos y mis recuerdos, y siento la necesidad de sacar a la luz a tan antiguos compañeros. No sé cuál será mi próximo paso, aunque sí sé lo que debo hacer y temo que es inevitable. Pero, por el momento, escribiré. Quizá el pasado pueda darme todavía algo de sabiduría o de fuerza. Y entonces, cuando el presente documento esté completo, es posible que lo abandone con la intención de que alguien lo encuentre y lo lea. ¿Por qué no? Será mi legado para la Humanidad.

¡Que los hombres lo empleen según su voluntad!

Y lo que pasó entonces, al alzar la vista del manuscrito hacia el fondo de las ennegrecidas ruinas de la casa, lo que vio, o más bien lo que *imaginó*, era algo en lo que prefería no pensar. Pero de nuevo se dijo a sí mismo que había llegado la hora de irse de aquel lugar.

A pesar de su preocupación, la curiosidad se hizo tan fuerte en él que no informó a la policía ni a ninguna persona del pueblo acerca del hallazgo del manuscrito, sino que decidió llevárselo a casa.

Y de pronto ahora, mientras se disponía a seguir leyendo, se hizo más fuerte la sensación de aislamiento con respecto al mundo exterior, precisamente su objetivo original; su solitaria casa de campo no era más que un único punto de luz rodeado por varios kilómetros de campiña negra, salvaje y prácticamente deshabitada.

Sintió un nuevo escalofrío al volver a fijarse en el manuscrito y se puso a leer.

I

Comenzó con un sueño. Una inquietante y recurrente visión que dominaba las noches de mi juventud.

Yo era un niño débil y enfermizo. Todo el mundo estaba convencido de que no llegaría a la edad adulta. Mis padres eran ricos y yo era hijo único, ya que se casaron tarde; antes mi padre había contraído matrimonio con una mujer que no le dio descendencia y murió en plena madurez. Cuando, en el año 1830, mi madre y él supieron que esperaban un niño, se vieron invadidos por una natural alegría, ya que ambos se habían resignado hacía tiempo a no tener hijos. Pero a mi madre le hice sufrir un embarazo difícil y un parto complicado y doloroso, con el agravante de que nací con los pies por delante, algo de lo que nunca llegó a recuperarse por completo. Hijo único de unos padres ya mayores que me adoraban, débil y muy proclive a todo tipo de enfermedades, pasé mis primeros años refugiado y protegido como un objeto de cristal frágil y de incalculable valor, y crecí solitario, retraído y bastante triste en el enorme, remoto y viejo caserón donde vivíamos, en Cornwall, al oeste del pantano de Bodmin.

No me llevaban al colegio. Mis padres me consideraban demasiado delicado para los rigores de la educación pública, y yo me atrevería a decir que no les faltaba razón. En su lugar contrataron a un tutor para que me instruyera: un hombre mayor de aspecto algo desastrado llamado Soame. Él, además de mi niñera, una anciana rellenita y jovial de ojos centelleantes, cerrado acento córnico y cabellos de un blanco impoluto recogidos en un moño, fueron los únicos compañeros auténticos de mi juventud. Pero fueron unos compañeros estupendos, comprensivos y bienintencionados, con los que compartí muchas vivencias. El señor Soame era un entusiasta de la historia y un enamorado de los clásicos. En las noches de invierno se sentaba durante horas y contaba con placer incontables y excitantes anécdotas relacionadas con importantes personajes del pasado. Debieron de ser centenares los relatos que oí de su boca, y que abarcaban la totalidad de la historia humana, pero a lo largo de un periodo de diez años no recuerdo haberle oído repetir uno solo de ellos.

Sin embargo, mientras Soame se limitaba a los hechos documentados en los libros de historia a la hora de hablar de Alejandro, Aníbal, César, Constantino, Carlomagno, así como de muchos otros, Sally se deleitaba contándome esas maravillosas leyendas antiguas que tanto abundan en Cornwall, y en las que todos sus habitantes parecen estar tan versados. Cuentos del rey Arturo y sus caballeros, que duermen en algún lugar, en alguna profunda y escondida caverna, listos para alzarse de nuevo en el instante en que Inglaterra más lo precise; de Woden, el demonio pagano entre cuyos descendientes terrenales se encontraba el rey cristiano, Alfred, y que en ocasiones sigue cabalgando de noche por tupidos bosques y sobre oscuras ciénagas, acompañado por una temible jauría de diabólicos canes en pos de los miserables espíritus de quienes pecaron en vida. Como el del célebre Jan Tregeagle, natural de Cornwall, quien hacía más de dos siglos, según se decía, había vendido su alma al diablo, y cuyo fantasma se veía ahora perseguido sin tregua a lo largo y ancho de los solitarios páramos próximos al pantano de Bodmin. Historias de guerreros y espectros, gigantes, héroes, hadas, niños cambiados al nacer y reyes; más historias de las que yo sería capaz de recordar jamás.

Todo aquello tuvo un poderoso efecto en la mente fértil de un joven y aburrido recluso como era yo por entonces. Crecí viendo el pasado como un rico y excitante tapiz romántico. Poseía poco aprecio por el mundo de mi época, que para mí no consistía más que en el hogar, la campiña y los escasos pueblos que la circundaban, y en la cama donde con tanta frecuencia estaba confinado. La infantil ingenuidad de mis primeros años me llevó a amar los ideales del heroísmo y la justicia, y a aborrecer la traición y la tiranía; a exaltar la virtud y despreciar la maldad, aunque ni que decir tiene que mi conocimiento de todos esos valores era por completo inexistente. Me encantaba imaginar que había vivido en una época muy anterior a la mía: suponer que me hallaba junto a Alejandro cuando derrotó al gran rey Darío en la batalla de Guagamela; o al lado de Arturo, enzarzado en mortal combate con el villano Mordred. Seguro que fantasías de esta clase, o similares, son habituales a edades muy tempranas, pero para mí tuvieron una importancia especial, ya que la fuerza de la imaginación era mi única defensa contra la debilidad de mi cuerpo. Y cuanto más amaba y admiraba a aquellos magníficos, poderosos personajes históricos y legendarios, más despreciaba mi propia flaqueza, así como mi deprimente existencia.

Tenía doce años, y todas las sensaciones que acabo de describir aún se estaban desarrollando en mi interior, cuando tuve ese sueño por primera vez. A partir de aquel momento se repitió al menos una vez al año, a veces dos. Los detalles siempre eran idénticos, además de extraordinariamente vívidos.

Al principio me hallaba de pie en una estancia grande y concurrida, a la que no tenía ni idea de cómo había ido a parar, decorada por todas partes con velas, y con ramas, hojas y bayas de plantas de hoja perenne que colgaban tanto del techo como de las paredes. En uno de los lados había una mesa enorme sobre la que habían colocado diversos platos llenos de todo tipo de pasteles, tartas y caramelos rellenos de fruta o nueces, y en el centro se veía un gigantesco cuenco repleto de vino caliente y humeante. En la amplia chimenea ardía un llameante leño, y yo me hallaba junto a él para no quedarme frío. Desde el otro lado de las ventanas podía oír las chillonas y cantarinas voces de unos niños que entonaban un villancico:

Llevamos cantando mucho rato
entre las verdes hojas, sí;
ahora venimos caminando
para que nos vean, sí,
porque estamos en Navidad
y vamos sin parar de un lado a otro,
pidiéndole a Dios que os traiga
un feliz año nuevo a todos.

Era en ese instante cuando decidía echar un vistazo a las demás personas que estaban en la sala. Ninguna de ellas tenía rostro. Es decir, yo veía sus caras borrosas y distorsionadas, de modo que era incapaz de distinguir un solo rasgo; y sus voces, a pesar de sonar con una gran intensidad, eran poco más que extraños y difuminados murmullos. En un entorno tan familiar, aquella situación resultaba desconcertante, aunque, no sé muy bien por qué, yo no la veía con excesiva alarma. Mis sensaciones estaban más próximas a la soledad y la desesperación que al miedo. Buscaba con urgencia un rostro humano normal por todos los rincones de la estancia.

Y entonces, por fin, las puertas se abrían y entraba una figura incluso más extraña y macabra que las demás. Parecía poco más que una sombra. Una fantasmagórica forma vestida de negro, enmarcada por la radiante luz de la chimenea. Apenas podía ver nada de ella. No me sería posible decir qué forma o qué tamaño tenía, si era masculina o femenina, o simplemente si era o no humana, porque la impresión general era la de una masa desprovista de contornos definidos. Y aun así su presencia resultaba sobrecogedora. Brillaba con una rara fuerza que me dejaba extasiado por completo. Se quedaba en el lado opuesto de la estancia, rodeada por los demás, que al parecer no la veían, y ella a su vez daba la sensación de no percibir al resto de la gente. Y yo miraba fijamente la máscara negra que consideraba su rostro, sin poder ver nada que hiciera pensar en los ojos, aunque en cierto modo consciente de que era yo el centro de su atención. Hasta que al final me veía invadido por una sensación muy extraña, la impresión de que de algún modo iba quedando absorbido y perdido en las vacías, negras profundidades de aquel rostro. Y poco a poco comenzaba a extenderse por mi cuerpo un aturdimiento cada vez mayor; y lo más sorprendente era que, aunque todo sucedía siempre exactamente de la misma manera, y yo así lo esperaba, no obstante me sobresaltaba y me sorprendía en cada nueva ocasión, hasta que terminaba por dejarme paralizado, clavado en el suelo, incapaz de moverme o hablar ante el poder de aquella oscura presencia.

A continuación se oía una voz. No venía de ningún lugar en particular, pero flotaba con suavidad en el interior de mi cabeza. Era muy tenue, un susurro entrecortado, y sin embargo siempre la oía con total claridad por encima de los incoherentes zumbidos de los seres carentes de rostro; como si alguien me hablara al oído. Y simplemente decía:

–¡Ven a mí, John LePerrowne!

En cuanto oía aquellas palabras comenzaba a moverme con lentitud en dirección a la figura, aunque no porque yo realizara esfuerzo alguno, ya que seguía siendo incapaz de controlar mis acciones, y era arrastrado por alguna fuerza invisible dotada de un inmenso poder. En ese instante me sentía aterrorizado y trataba de luchar contra ella, de liberarme, ahora sí, mediante el ejercicio de mi voluntad. Intenté recitar el Salmo 23, ya que en aquellos momentos era el único medio que me venía a la cabeza para contrarrestar el poder que me tenía atrapado.[1] Pero nunca me servía de nada, porque comprendía que por mucho que me esforzase no era capaz de hablar. Mi mandíbula se quedaba cerrada y mi lengua parecía hinchada y rígida. Desesperado, intentaba por todos los medios pronunciar las primeras palabras del salmo, pero todo lo que

[1] El Salmo 23 es el que comienza con "El Señor es mi pastor / nada me falta...". (N. del T.)

lograba era una serie de ruidos que surgían arrastrándose. A medida que me aproximaba a la figura, esta se movía hacia delante y daba la sensación de alargar los brazos, como para abrazarme.

Entonces dejaba de luchar. De pronto parecía inevitable mi acercamiento a la figura. Era enigmática. Resultaba misteriosa y extrañamente poderosa. ¡Y me llamaba a *mí!* Al mismo tiempo, de repente, se me ocurría otra cosa. Que si no iba hacia ella me quedaría solo, abandonado a mi suerte entre los murmullos de aquellas distorsionadas formas. Ese pensamiento me horrorizaba, ya que la estancia se oscurecía de forma súbita, y sus ocupantes ahora daban la impresión de ser más temibles y demoniacos, de modo que tendía los brazos y me aferraba a la figura en cuanto se aproximaba a mí, envolviéndome por completo, sepultándome, hasta que sentía más ligera la cabeza y comenzaba a darme vueltas, y la sala en la que me hallaba, junto con sus horribles inquilinos, desaparecía de mi vista para ser sustituida por una bruma de oscuridad absoluta que trepaba a mi alrededor y me impedía seguir viendo nada más.

Ahí es cuando me asaltaba otra sorprendente sensación, la de una energía y una fuerza increíbles que yo, con mi mala salud perenne, no había experimentado jamás de manera consciente. Y cuando este toque de poder llegaba a su plenitud, me sentía presa de un movimiento descendente cada vez más acusado; una impresión lenta, agradable, de estar flotando. Y siempre era en ese instante cuando me despertaba en la cama.

No me importaba tener un sueño así, a pesar de que era en gran medida inquietante. Para mí todos esos aspectos negativos y temibles se veían más que compensados por el enorme flujo de energía que aparecía al final. Sentirme fuerte y vigoroso resultaba una experiencia extraordinaria y estimulante. Cuando era joven, soñaba con frecuencia muchos otros sueños además del que acabo de describir, pero ninguno era ni por asomo tan vívido o dejaba una huella tan profunda en mí. En ningún otro sueño recuerdo haber conocido una sensación real de contacto físico. Una vez soñé que me habían cortado el brazo, no sé cómo, y estaba de pie, quejumbroso e impresionado al ver la sangre salir a chorros del destrozado muñón. Pero, a pesar de tener un miedo auténtico, no sentía dolor alguno a causa de la herida. Mi sueño recurrente era el único en el que mis sentidos funcionaban como si estuviera despierto. En realidad incluso mejor.

Cuando tenía quince años, murió mi anciana niñera, Sally, y aquel hecho me llenó de dolor; al año siguiente mi padre sufrió un derrame cerebral que le dejó medio paralizado. Mi madre acusó tanto el impacto del repentino ataque que su propia salud, nada boyante tampoco, se resintió y desde entonces pasaba la mayor parte del tiempo en cama. Mi vieja casa había albergado siempre un halo de melancolía. Ahora parecía aplastada bajo una atmósfera de decadencia y de muerte.

En aquella época me sentía más perdido y solo que nunca, y fue entonces cuando tuve una experiencia de lo más extraña. Sucedió durante una cálida noche de agosto: yo estaba en la cama con la camisa para dormir puesta y cubierto solo por una sábana, amodorrado, pero incapaz de dormir tranquilo por culpa del asfixiante ambiente. De pronto mi sopor se vio sacudido por el débil sonido de unos arañazos en alguna superficie cercana. Me incorporé despacio, frotándome los ojos, y miré a través de la habitación hacia el lugar en que un rayo de luna entraba con fuerza por la ventana e iluminaba el suelo. Me levanté y me encaminé a trompicones hasta la ventana, donde vi que el pasador, oxidado y suelto, sonaba al golpear de vez en cuando, movido por la suave brisa. El calor de aquella noche me había llevado a dejar la ventana entreabierta, al contrario de lo que solía hacer, incluso en verano, a causa de mis problemas respiratorios. Pero ahora me sentía tan molesto que quité del todo el pasador y abrí la ventana de par en par. Luego regresé a la cama y me sumí en un sueño ligero.

No tengo ni idea de cuánto tardé en despertarme, pero mientras me desperezaba dejé escapar un grito de asombro. Me vi sacudido por violentos temblores. La temperatura había descendido de forma considerable en el interior de la habitación. En algún rincón apartado de mi subconsciente se alojaba la idea de que debía levantarme y cerrar la ventana, pero, por alguna razón, era incapaz de hacerlo. Ahora mi mente estaba despierta del todo, pero mi cuerpo parecía seguir dormido; no podía moverme, como si hubiera un gran peso encima que me tuviera anclado a la cama.

Y entonces, mirando de soslayo con los ojos entrecerrados, creí ver un movimiento, veloz y silencioso, entre las sombras que había junto a la pared. Por fin, gracias a un enorme esfuerzo, logré girar la cabeza y clavé la vista en la penumbra durante unos instantes que parecieron varios minutos. Pero no distinguí nada en absoluto. Y, a pesar de aquella extraña e inquietante situación, unida a mi intenso desasosiego físico, creo que terminé cerrando los ojos y de nuevo me quedé dormido, ya que el recuerdo siguiente es el de una figura que se hallaba de pie junto a mí. Para entonces ya no entraba la luz de la luna y mi habitación estaba casi del todo a oscuras, de modo que apenas podía distinguir rasgo alguno de la figura, ni siquiera cuando se inclinó sobre mí muy despacio, descendiendo hasta que su rostro quedó a pocos centímetros del mío y sentí el susurro de unos largos y sedosos cabellos que me acariciaban la mejilla. Ahora la figura colocó la mano encima de mi pecho con suavidad a medida que se iba aproximando aún más, y me sobresalté al descubrir que el cuerpo del intruso poseía una frialdad sepulcral. Intenté hablar, gritar, pero no pude hacerlo.

Mi cabeza se vio invadida de inmediato por las formas y las imágenes del sueño, aunque no estaba seguro de que la oscura figura que se cernía sobre mí fuera la protagonista de aquel. Dormido o despierto, sueño o realidad, no tenía ninguna certeza.

Entonces me puse más tenso, mis sienes comenzaron a palpitar con fuerza y los latidos del corazón se dispararon de forma incontrolable. Y de pronto volví a sentir calor, un calor insoportable. En mi interior se desató un intenso fuego, hasta el punto de que la sangre parecía hervir, y noté que un pegajoso sudor me caía a chorros por la cara. El calor adquirió tales proporciones que empecé a agitarme y retorcerme como asaltado por una fiebre descomunal. Creció y se extendió a toda velocidad por cada uno de los miembros, alcanzando todos los rincones de mi cuerpo, apoderándose de mí, asfixiándome, sin dejarme otra opción que la de permanecer tumbado y casi incapaz de respirar, dando boqueadas, ahogándome, y absolutamente indefenso.

Pero ahora tenía plena conciencia de la presión que un cuerpo ejercía sobre el mío: unos pechos suaves bajo un fino tejido; unos brazos fuertes, delgados, que me rodeaban; unos muslos firmes que se aferraban a mí; y unos labios delicados que recorrían mi frente, mis mejillas y mi boca. Y el cuerpo seguía frío, tan frío como el hielo, aunque ahora su contacto había pasado a ser totalmente placentero, y lo rodeé con mis brazos, apretándolo contra mí con todas mis fuerzas, como para sumergirme en su frialdad y así desterrar el fuego que me ardía en las entrañas. Entonces lancé un grito ahogado y mi fuerza se disolvió en medio de una explosión de indescriptible placer sensual: un agudo y punzante escalofrío que recorrió veloz mis venas haciéndome estremecer, destruyendo el calor interior, sobrecogiéndome al tiempo que me proporcionaba una inmensa sensación de fuerza y satisfacción. Seguía tumbado, revolviéndome y esforzándome por respirar, hasta que al final aquella sensación, además del frío que notaba sobre mí, desapareció.

De nuevo noté que me quedaba profundamente dormido. Traté de despertarme con una impresión cercana al pánico. Conseguí abrir los ojos mediante un gigantesco esfuerzo. La figura estaba sentada junto a mí en la cama; sus rasgos continuaban invisibles en la oscuridad, aunque recordaba más que nunca a la fantasmagórica forma de mi sueño. Y fue entonces, mientras observaba con atención, cuando de pronto la habitación se iluminó una vez más durante unos fugaces instantes debido a un tenue rayo de luz lunar. Lo suficiente, no obstante, para que yo pudiera echar un vistazo de uno o dos segundos al rostro del intruso. Me quedé atónito al captar los rasgos de una hermosa joven. Su piel era tan clara que parecía brillar; sus ojos, grandes y extremadamente oscuros; y su pelo, largo, lustroso y negro como el azabache, flotaba suelto en torno al esbelto cuello y los hombros. No vi nada más. Otra vez se hizo la oscuridad y la visión se esfumó al mismo tiempo que las sensaciones se iban apagando de un modo gradual, dejando tras de sí un aturdimiento agradable que no tardó en ceder ante la negrura de la inconsciencia.

Cuando me desperté a la mañana siguiente, mi recuerdo de todo aquello era confuso: a lo largo de los años ha ido viniendo a mi memoria poco a poco, pero era consciente de buena parte de lo sucedido. Tras reflexionar durante unos instantes, llegué a la conclusión de que tenía que haberse tratado de una serie de ensoñaciones increíbles acaecidas en un estado a medio camino entre la vigilia y el sueño; aunque el hecho de que la ventana estuviera abierta de par en par constituía la prueba de que al menos una parte había sido real. Sin embargo, a partir de entonces, siempre que volvía a tener el sueño, asociaba de manera instintiva la oscura figura anónima con el extraño y adorable rostro que vi aquella noche bajo el plateado velo de la luz de la luna.

II

Cuando cumplí dieciocho años, mi compañero y tutor, Soame, se fue a vivir a algún lugar de Suffolk con su hermana viuda. Mi madre murió cuando yo tenía veintiún años, y mi padre la sobrevivió otros dos años, aunque en aquella época ya estaba casi paralizado por completo. Entonces, salvo en lo que a unos cuantos viejos criados se refiere, me quedé solo.

Debo confesar que con la muerte de mi padre sentí tanto alivio como tristeza. Desde la infancia me vi confinado en casa por culpa de la constante preocupación que mi salud suscitaba en mis progenitores, de ahí que al hacerme mayor me sintiera en la obligación de cuidarlos en las enfermedades de su vejez. Entonces fue cuando me consideré realmente libre por primera vez. Aunque no se puede decir que tuviera la más remota idea sobre qué hacer con esa libertad. Durante una temporada estuve pensando en estudiar en una universidad, ya que me atraía la idea de aprender, pero al final lo deseché. La verdad es que era lo bastante rico como para no precisar del ejercicio de ninguna profesión, y prefería estudiar solo antes que someterme a la tiranía de un profesor y unos horarios. La sociedad no poseía el menor atractivo para mí, me faltaba experiencia y carecía de cualquier interés con respecto a los objetivos y placeres propios de un joven de mi condición. Albergaba deseos de viajar, de visitar, por ejemplo, las principales ciudades de Europa, pero en ese caso el problema era mi pobre constitución física. Los largos días de viaje en coche, al igual que los constantes cambios tanto de clima como de dieta, no parecían ser lo más apropiado para mí. Pero no podía dejar de pensar que tenía que hacer algo. Entonces no era habitual que las gentes de los pueblos se alejaran de sus casas más que unos pocos kilómetros a lo largo de su vida, pero para un joven de mi educación y mi fortuna se trataría de un comportamiento ridículo. Aunque la causa de mi problema era del todo evidente. Se trataba simplemente de que, después de tantos años en aquella remota y solitaria casa, veía el mundo exterior con cierto grado de inquietud. La soledad se había convertido en un hábito para mí, un hábito del que quizá no fuera nada fácil deshacerse.

Unos meses después de la muerte de mi padre, cuando ya se había cubierto un respetable periodo de luto, recibí la visita de uno de sus viejos amigos, el señor Lansdowne, a quien conocía desde la infancia. Era un hombre simpático y corpulento de unos cincuenta años, dueño de una considerable cantidad de tierras en los alrededores. Moore, mi criado, le condujo hasta el salón; él entró con aire resuelto y me estrechó la mano de forma vigorosa.

–Buenos días, John, buenos días –saludó, sonriendo–. ¿Cómo te encuentras, mi querido niño? Bueno, teniendo en cuenta la triste pérdida que has sufrido...

–Bastante bien, señor Lansdowne –respondí con solemnidad, por respeto a la larga y sólida amistad que había mantenido con mi padre.

A lo largo de una hora, más o menos, permanecimos sentados, intercambiando impresiones en una charla sin mayor trascendencia. Dijo que había estado en Launcester por un asunto de negocios, y que de pronto se había acordado de mí y decidió acercarse, pero me dio la impresión de que en absoluto había ido a Launcester, el único motivo de su viaje era el de visitarme. Antes de irse, propuso lo siguiente:

–Discúlpame por mencionar esto, hijo mío, pero creo que no te hará ningún bien quedarte encerrado todo el tiempo en esta casa. Siento que tengo una obligación hacia ti..., ya sabes..., por la memoria de tu padre. Era mi mejor amigo y su pérdida me ha afectado casi tanto como a ti. Pero la soledad no aliviará tu dolor.

Recordarás que en el funeral de tu padre dije que, en cuanto te sintieras con fuerzas suficientes, debías venir a casa a vivir conmigo y con mi familia. Estoy seguro de que te encantaría, ¿no es así?

–Sí. Sí, seguro que lo haré –contesté con la mayor apariencia de convicción que fui capaz de mostrar.

–En mi opinión, deberías relacionarte más con gente de tu edad –continuó.

Asentí despacio, tratando por todos los medios de no fruncir el ceño.

–La gente joven, cuando se la deja sola, termina siendo propensa a la melancolía.

Asintió y sonrió.

–Y tengo la certeza de que mi hija Frances está deseando verte de nuevo. Supongo que te acuerdas de Frances, ¿verdad?

–Claro que sí –respondí con poco entusiasmo. Conocía a Frances Lansdowne desde que visitaba su casa con mi padre cuando era niño. Se trataba de una chica grande y robusta, más o menos de mi edad. Creo que mis padres, así como el señor y la señora Lansdowne, albergaban serias esperanzas de que quizá Frances y yo llegaríamos a casarnos algún día, pero ambos estábamos decididos a impedir que eso sucediera, ya que no sentíamos ningún aprecio el uno por el otro. Era una niña presumida y malintencionada que siempre me estaba tomando el pelo y riéndose de mi debilidad, y que además animaba a sus amigos a que hicieran lo mismo; escogía juegos tempestuosos y enérgicos en los que a mí me costaba mucho participar; me llamaba "alfeñique", "mequetrefe" o "llorica", a pesar de que jamás logró que derramase una sola lágrima. Sin embargo, lo que sí consiguió es que odiara y temiera las visitas a su casa, que evitara la compañía de otros niños y que casi me sintiera feliz viviendo recluido y solo como vivía; además de sufrir una apabullante inhibición y una enorme timidez en todo lo referente a las chicas y las jovencitas. Llevaba años sin verla, pero no tenía el más mínimo deseo de renovar nuestra amistad. No obstante,

ante la insistencia de su padre, me fue imposible rechazar la propuesta. Al final accedí a pasar la Navidad con los Lansdowne.

* * *

Llegué a la casa de los Lansdowne a última hora de la mañana del día de Navidad, bien abrigado para protegerme del frío, deseando desde el principio verme de vuelta en mi propio hogar y haber inventado alguna excusa para declinar aquella invitación. Pero ahora era demasiado tarde, de modo que decidí permanecer allí lo mínimo que permitían las normas de cortesía, y me dije a mí mismo que, en cualquier caso, ya iba siendo hora de empezar a hacer algo de vida social en mi comarca de residencia.

El señor y la señora Lansdowne me recibieron con una gran cordialidad, aunque sus esfuerzos para que me sintiera cómodo, sin duda previamente ensayados, resultaron un tanto embarazosos. Casi de inmediato me vi obligado a acompañar a la temible Frances. Su actitud con respecto a mí había cambiado desde que éramos niños. Ya no me molestaba ni se reía de mí. Ahora me ignoraba casi por completo. Cuando se tomaba la molestia de dirigirme la palabra, se mostraba fría y arrogante, como en el momento en que me presentó a su primo George, que también se hallaba de visita por Navidad, y cuya compañía me pareció en todos los aspectos tan desagradable como la de ella. Aquel joven estaba al frente de la granja de su anciano padre en algún lugar de Devon, y parecía incapaz de hablar de nada que no tuviera relación con caballos, perros y ganado. En cuanto hubo comprendido que yo no poseía conocimiento alguno acerca de esos temas, perdió todo interés en mi persona, lo que supuso un enorme alivio para mí. Frances y George se sentaron juntos en varias ocasiones, lanzándome fugaces miradas desde el otro extremo de la sala, susurrando y riendo al unísono, y eso me hizo revivir todo el sufrimiento de mi niñez en aquella casa.

Había otros invitados, muchos de ellos gente de natural cálido y afectuoso, que al darse cuenta de mi timidez trataron de conversar conmigo. Pero no hallaron en mí muy buena compañía. Se trataba de sencillos campesinos que hablaban de asuntos prácticos, cotidianos, cuyos entresijos yo ignoraba por completo. No es que no deseara relacionarme con ellos, lo deseaba, y mucho, pero, al parecer, aquel ambiente no tenía nada que ofrecerme. Lo cierto es que me sentí más aislado en aquella abarrotada casa que en la soledad de mi propio hogar.

–Esta noche se va a celebrar un baile –me informó el señor Lansdowne al encontrarme sentado, solo, aquella tarde después del almuerzo–. Nada grandioso ni formal, por supuesto. Simplemente algunos buenos amigos que viven en las proximidades. Pero seguro que pasaremos un buen rato.

–Estoy deseando que llegue –apunté, al mismo tiempo que se me caía el alma a los pies. La idea de una casa llena de extraños hablando sin cesar era justo lo que necesitaba para que mi desgracia fuera completa.

Fatigado como estaba tras el viaje de aquella mañana, las últimas horas de la tarde me las pasé dormido hasta que me despertó un criado para comunicarme que ya empezaban a presentarse los primeros invitados. Me levanté con aire de cansancio y me vestí de manera apropiada; después salí de la habitación y bajé pesadamente las escaleras.

Al pie de la amplia escalinata surgió, procedente de la despensa, la señora Lansdowne, una voluminosa mujer de rostro rubicundo que se precipitó hacia mí con una sonrisa radiante.

–¡Ah! ¿Estás despierto?

–Sí –respondí, pensando que, si en lo que quedaba de día me hacía una sola pregunta estúpida y superflua más, no tendría más remedio que ponerme a gritar.

–Sígueme –continuó–. Ya han llegado algunos de los invitados, y estoy segura de que quieren conocerte cuanto antes.

Me condujo a lo largo del pasillo hasta una gran puerta doble de madera de roble, puerta que abrió de golpe para mostrarme una enorme sala oblonga donde varias personas hablaban y reían. Algunas de ellas me miraron con curiosidad, pero no les presté atención. Avancé muy despacio, paseando la vista a mi alrededor, casi sin creerme lo que mis ojos percibían. Ya había tenido ocasión de contemplar aquella estancia de una manera fugaz, pero solo ahora, al verla engalanada por entero con los adornos navideños, fue cuando la reconocí como la habitación de mi sueño.

Enseguida, desde todos los rincones de la sala, se pusieron a presentarme a diversos individuos, a quienes yo devolvía el saludo de un modo totalmente mecánico, mientras mi mente se veía invadida por la curiosidad y la estupefacción.

El tiempo pasaba, y hubo una o dos personas que se esforzaron por hablar conmigo, pero yo era incapaz de dedicarles mucha atención. Estaba demasiado ocupado observando hasta el último centímetro de la estancia, una y otra vez, para convencerme de que todo era, en efecto, exactamente como en el sueño. Entonces, de repente, desde el otro lado de las dobles ventanas llegó el sonido familiar de las voces infantiles entonando el villancico. Me tambaleé ligeramente, ya que mis piernas parecieron perder fuerza a causa de la excitación.

–Los niños del pueblo –gritó el señor Lansdowne con regocijo. Se volvió hacia su esposa–. Aquí están los niños del pueblo. Querida, di a Betsy que les traiga pasteles, fruta y una jarra de sidra.

La señora Lansdowne asintió con una amplia sonrisa y abandonó la sala a toda prisa. Mis ojos la siguieron hasta la puerta. En aquel momento era cuando entraba siempre la oscura figura de mi sueño. No sabía muy bien a qué atenerme en realidad, pero hasta ese instante todo lo que había sucedido se correspondía de un modo tan preciso con el sueño que me parecía inevitable que ocurriera algo, que por fin pudiera conocer el rostro y la identidad de la desconocida vestida de negro, y esa perspectiva me entusiasmaba más allá de toda posible descripción. Porque creo que una parte de mí tenía ya la certeza de que sería ella: la misteriosa chica cuyo rostro acerté a contemplar durante un segundo años atrás, en aquella extraña noche de verano.

Mis ojos se clavaron en las puertas al mismo tiempo que se me helaban los músculos, el corazón se me disparaba y mi cuerpo se estremecía, expectante. Pasaron un par de minutos y entonces las puertas se abrieron de golpe. Me quedé mirando fijamente, cada vez más tenso y excitado. La señora Lansdowne regresaba a la estancia sola, y yo casi empecé a gritar a causa de la ira y la frustración que me invadieron. Logré calmarme y continué observando.

Los minutos seguían transcurriendo. Se convirtieron en horas. La chica no venía. No sucedió nada en absoluto.

Yo estaba anonadado. Hundido y sobrecogido por una sensación de amargura y decepción que se situaba fuera del alcance de mi entendimiento.

Los dos días siguientes los pasé rodeado de felices juerguistas navideños, tratando de mostrarme agradable o, al menos, aceptablemente educado, mientras por dentro no era más que un caos donde se mezclaban la confusión y el dolor inconsolables. Al final no pude resistirlo más. Dije que no me sentía bien y que lo mejor sería volver a casa. No tengo ninguna duda de que todos experimentaron un secreto alivio al verme marchar, aunque lo que aseguraron fue que lamentaban mi partida.

* * *

Una vez en casa, no me sentí mejor. La depresión alcanzó pronto tal intensidad que caí enfermo con una fiebre altísima, y me pasé varios días en cama retorciéndome y delirando. Durante una temporada todos temieron que no sobreviviría, y yo mismo llegué a pensarlo, ya que los ocasionales periodos de lucidez traían consigo unos ataques de melancolía tan terribles que me dejaban con muy pocas ganas de vivir. Hacía mucho tiempo que no tenía aquel sueño, y a juzgar por lo que había acontecido en la casa de los Lansdowne dudaba que lo volviera a tener. Aquello solo sirvió para que me sintiera aún más desgraciado, porque añoraba el sueño, a pesar de haberse revelado como falso. Daba la sensación de que el único hecho misterioso y excitante de mi vida se había desvanecido, y yo me sentía más solo que nunca. Al parecer, mientras me hallaba a merced de la fiebre, no dejé de delirar y balbucear frases acerca de la "chica morena".

Cuando por fin tuve fuerza suficiente como para levantarme de la cama, con frecuencia me veía asaltado por extraños accesos de irritabilidad y de energía incontrolable que me llevaban a pasar horas y horas caminando sin rumbo fijo de un lado a otro de la casa.

Un día, durante uno de aquellos angustiosos ataques, me aventuré a subir al desván, lugar en el que no había pisado desde que era pequeño. Entonces bajaba corriendo las escaleras a toda velocidad, asustado por la oscuridad. En esta ocasión me llevé una lámpara. El aire era muy desagradable, húmedo y lleno de polvo: no dejé de toser y estornudar todo el tiempo. Pero se trataba de un lugar fascinante, un auténtico museo de la historia de mi familia. Había muchos juguetes viejos, algunos de los cuales habían sido míos, que ahora se hallaban amontonados en baúles y en todos los rincones, cubiertos por telarañas, de modo que uno tenía la sensación de hallarse en el cuarto de algún niño fallecido hacía mucho tiempo. Y también se veían numerosos artefactos exóticos y decorativos, en gran medida obtenidos, sin duda alguna, por mi abuelo, que de joven fue un gran viajero; pero esos recuerdos, sobre todo los procedentes de Oriente, como lámparas, cuadros, tallas de dioses e ídolos con extraños rostros, fueron relegados por mi padre a aquella parte de la casa al considerarlos de mal gusto.

Alcé la lámpara y miré a mi alrededor siguiendo con los ojos la tenue y titilante luz amarilla que iba iluminando el lugar. De pronto me llamó la atención el retrato de un hombre de gesto adusto, tocado con una peluca blanca, que estaba en el suelo, apoyado contra la pared del fondo del desván. Lo examiné hasta que descubrí que era el retrato de mi tatarabuelo, Richard LePerrowne, que vivió entre 1696 y 1765. Tras él había apilados otros dos retratos. Sentí una lógica curiosidad por ver qué aspecto tenían mis antepasados, de modo que empecé a estudiarlos tras limpiar el polvo y la mugre acumulados en su superficie. El primero era el del hermano pequeño de Richard, Henry. Se parecían mucho, ambos eran muy apuestos. Por lo que pude comprobar, ninguno poseía la menor semejanza conmigo ni con mi padre, o con el retrato de mi abuelo que estaba colgado en el piso de abajo; nosotros éramos rubios, mientras que ellos eran morenos, tanto de pelo como de piel: un indudable tributo a nuestros lejanos orígenes familiares de Bretaña, y a nuestro ancestro más remoto procedente de los angevinos, de quienes se decía que eran descendientes del Diablo, y cuyo hijo más infame, el rey John, protagonizó una leyenda según la cual tras su muerte vagó por la campiña transformado en lobo.

Entonces destapé el último de los retratos y al verlo lancé un suspiro de asombro. Allí, mirándome fijamente desde aquel lienzo sucio y antiguo, había un rostro que tenía un llamativo parecido con el mío. Daba la impresión de que las cejas eran algo más oscuras, a pesar de que el cabello se hallaba tapado por una peluca, y la cara quizá estuviera un poco más llena, pero, por lo demás, nuestra pálida piel, los ojos de color azul oscuro y los rasgos más bien suaves, eran prácticamente idénticos. Me quedé con la vista clavada en el retrato durante bastante tiempo antes de echar una ojeada a la apagada placa de metal que había a sus pies; decía lo siguiente:

William LePerrowne
1675-1698

Era el padre de Richard y Henry. Se trataba de algo digno de mención. Le hubiera resultado fácil pasar por mi padre, o incluso por mi hermano gemelo, pero no guardaba la menor semejanza con sus propios hijos. De no haber sido por su gran similitud con respecto a mí, su descendiente, puede que hubiera sospechado de la existencia de alguna oscura intervención: algún joven mozo de cuadra o algún lacayo a su servicio.

Me llevé todos los retratos abajo, a mi habitación, donde pensaba guardarlos a partir de entonces. El que tanto se me parecía, William, lo colgué cerca de los pies de la cama. Pero, a pesar de que aquel retrato me intrigaba, me sentí, sin saber con exactitud el motivo, cada vez más fascinado por los otros dos. Había algo en ellos que ejercía un intenso influjo sobre mí.

Mi cabeza no dejaba de dar vueltas acerca de ese hecho, y me pasé varios días pensando en ello hasta que por fin, una tarde en que no tenía nada mejor que hacer, coloqué los retratos de Richard y Henry en la pared situada frente a mí. Entonces, sentado ante el escritorio, cogí lápiz y papel y comencé a trazar casi sin darme cuenta, y del modo más preciso que me fue posible, la semejanza de los rasgos comunes a ambos: pómulos prominentes, nariz pequeña, ojos oscuros y labios carnosos. Tras diversos intentos algo toscos, al final logré reproducirlos con una aceptable calidad; luego me senté y miré fijamente el rostro que había creado, hasta que mi mano, como guiada por voluntad propia, se estiró y dibujó una buena melena alrededor que después empecé a garabatear, dejándola prácticamente negra del todo. Me di cuenta de repente. El lápiz se me cayó de las manos y di un respingo tan grande que a punto estuve de acabar en el suelo, aunque me encontraba sentado en la silla. Durante varios minutos no aparté la vista del dibujo, medio aturdido por la impresión sufrida. Y es que el rostro que terminaba de dibujar era indudablemente, y aunque su condición era de simple bosquejo, el de la misteriosa chica morena, y el parecido entre ella y los rostros de los dos retratos se reveló de pronto tan sorprendente que me costaba comprender cómo no me había dado cuenta antes.

Al agacharme para recoger el lápiz, que había rodado desde la mesa hasta el suelo, mi mano temblaba. Solo se me ocurrían dos posibles explicaciones para aquella increíble coincidencia, y las dos eran de lo más inquietante.

La primera era que mi mente me había jugado una mala pasada, que la aparente semejanza no era cierta, sino que se trataba de una enfermiza trampa de la memoria o de la imaginación. Quizá hubiera dibujado la cara de la chica no tanto porque se pareciera de verdad a mis antepasados, sino porque mi grado de obsesión con respecto a ella era tan grande que me impedía ver la realidad. Pero cuanto más miraba los retratos, cuanto más objetivo procuraba ser, más vívida y auténtica parecía la similitud.

La segunda explicación sería que estaba hechizado, que la chica constituía algún tipo de presencia extraña, aunque no por ello menos real. No podía decir de quién se trataba, ni quién había sido. Pero se diferenciaba de la mayoría de los fantasmas en que estos suelen hechizar casas, jardines, cementerios u otros lugares clásicos. Las manifestaciones de este eran mucho más perturbadoras. Había hechizado mi mente. Me había hechizado a mí.

III

Pasó el tiempo, pero seguía teniendo miedo. Lo peor de todo era lo indefenso de mi situación. No había nadie a quien pudiera acudir en busca de ayuda o de consejo, y daba la sensación de que jamás hallaría respuestas concretas al misterio que se había creado en torno a mí.

Entonces, un día, mientras leía en la biblioteca, de repente mis ojos se posaron en el lugar donde se agrupaban varios volúmenes antiguos y polvorientos, sobre uno de los estantes más altos. Dos años atrás había echado un vistazo a algunos de ellos de forma casual. Se trataba de una aleatoria colección de archivos familiares; montones de cartas y papeles viejos pertenecientes a varias generaciones. La mayoría tenían que ver con asuntos triviales y cotidianos y no los encontré demasiado atractivos. Sin embargo, ahora me dio por pensar que a lo mejor contenían alguna referencia a mi antepasado William y a su familia, y me asaltó un súbito deseo de estudiarlos.

Los cogí de la estantería sin perder un segundo y me pasé varias horas ojeándolos. En efecto, había bastantes cartas y notas escritas por William o dirigidas a él, pero en general me parecieron más bien banales y de escaso interés. Leí una carta que William envió a su madre mientras pasaba un verano en Exeter; en ella describía de forma detallada a la chica con la que se casó un año más tarde, cuando tenía dieciocho años. Decía que era alta, que tenía los ojos grises y el cabello rubio, y mi impresión fue que aquella mujer poseía tan poca semejanza con sus hijos morenos como el propio William. Después examiné una misiva dirigida a William, fechada dos años antes. Era una carta de pésame. Al parecer, a principios del año 1695, tuvo lugar el fallecimiento de la única hermana de William, Helena, a quien él adoraba, a la temprana edad de veintiún años. Yo tenía el vago recuerdo de que mi niñera, Sally, me lo había contado hacía mucho tiempo. Helena LePerrowne, una joven célebre por su belleza y su virtud, había muerto víctima de alguna enfermedad desconocida y repentina, a pesar de todos los esfuerzos por salvarla, poco antes de celebrar su matrimonio con un apuesto y adinerado caballero. Se decía que una noche, en pleno delirio, salió corriendo de la casa a los jardines, y al final la encontraron muerta de frío en los bosques situados a continuación del césped de la parte de atrás. La trágica noticia llegó al hombre al que se había prometido, y se cuenta que ese hombre desapareció y jamás se le volvió a ver ni se oyó hablar de él: todo el mundo supuso que acabó con su vida o, al menos, murió a causa del dolor.

Pensé en ello cuando inicié la lectura de la siguiente carta. Se la envió a William un amigo varios meses después de la muerte de Helena, un tal *sir* Humphrey Landers. Estaba claro que era la respuesta a una carta anterior, y, al leerla, sentí que un escalofrío recorría poco a poco mi cuerpo.

...Te aconsejo, amigo mío, que te alejes durante un tiempo de tu casa y de Cornwall. Es evidente que la tragedia te ha afectado profunda e intensamente, como no podía ser de otra manera. Pero no debes dar crédito a historias absurdas inventadas por seres viles e ignorantes, ni permitir que se apoderen de tu mente. La gente corriente no es más que chusma crédula y supersticiosa. ¡Y qué decir de la enfermera, que asegura que no pudo hacer nada...! Seguro que se había quedado dormida en lugar de estar cumpliendo con su obligación. Y el primer criado que salió a buscar a tu hermana esa noche... Es obvio que estaba borracho. De otro modo, ¿cómo es posible que una chica enferma le diera esquinazo? Yo en tu lugar me

aseguraría de que no ha robado la llave de tu bodega. Ten cuidado, amigo, ¡porque yo me fiaría menos de un criado bebido que de un zorro junto a un cordero! ¡Y esas palabras sin sentido, propias de un alcohólico…! ¡Una forma de color negro que se precipitó sobre tu querida hermana y se la llevó! ¡Menuda idiotez! Ahora que te has convertido en dueño y señor de tu casa, hazme caso: no pierdas de vista las innumerables artimañas de que son capaces aquellos que se hallan a tu servicio. Todos son unos tramposos, unos ladrones y unos haraganes. Se inventarán cualquier mentira, por monstruosa e increíble que sea, con tal de ocultar tanto su vil ingratitud como su inutilidad.

Pero, volviendo al trágico acontecimiento que nos ocupa, tengo miedo de que si permaneces en esa casa tu estado mental no hará sino empeorar. Temo, amigo mío, y mi médico es casualmente de la misma opinión, que, teniendo en cuenta las terribles ensoñaciones sobre las que has escrito, si te quedas ahí mucho más tiempo quizá termines cayendo en las garras de la locura. Un lugar así, en el caso de un hombre que sufre una pena tan grande como la tuya, es un indudable caldo de cultivo para las más extrañas fantasías. ¡Acepta que ella ya no está! Tu esposa y tú, insisto, debéis acompañarnos a lady *Landers y a mí a Bath, o incluso a Londres…*

Reflexioné acerca de lo que acababa de leer. Las referencias de *sir* Humphrey a "terribles ensoñaciones" y a "extrañas fantasías" llevaban a la obvia conclusión de que, a raíz de la muerte de su hermana, William había sufrido alguna clase de experiencia que le hizo temer por su cordura. Mi cabeza se llenó de una serie de ideas raras y descabelladas que, en cierto modo, me parecieron absolutamente lógicas. Me pregunté a mí mismo si quizá, tal y como insinuaba la carta, William se había visto perturbado por sueños y visiones de su hermana muerta… Y eso suscitó otro pensamiento: ¿era posible que se diera, bajo alguna forma, la presencia de Helena LePerrowne allí, en aquella casa en la que había vivido y también había muerto? Y es que, en el caso de que algún espíritu vagara por aquel vetusto lugar, mi impresión es que no podía ser otro que el suyo, debido a su trágica muerte, por lo demás no exenta de un tupido velo de misterio. ¿Acaso había sido su rostro el que yo vi aquella noche? Al menos eso supondría una explicación para la semejanza entre la chica morena y los retratos de los hijos de William. ¿Cabía pensar que Helena me había hechizado como una vez hiciera con su propio hermano, el padre de mi tatarabuelo, a quien yo tanto me parecía?

Por absurdas que puedan parecer estas ideas, encajaban a la perfección con mi entonces oscuro y mórbido estado mental. Y sentía un poderoso y absorbente deseo de saber más acerca de la misteriosa Helena. Sin embargo, empecé a pensar que no tenía manera de descubrir cuál había sido su aspecto. Que yo supiera, no existía ningún retrato suyo, algo que hubiera sido un tanto sorprendente teniendo en cuenta la temprana edad a la que murió. Caí en la cuenta de que, para mí desgracia, lejos de aproximarme a la resolución del misterio, lo único que había logrado era convertir todo el asunto en algo infinitamente más angustioso.

Me quedé sentado durante más o menos una hora, furioso e impotente, sin dejar de darle vueltas a todo aquello. Hasta que por fin una idea fue formándose poco a poco en mi mente. Mi cuerpo se vio atravesado por una intensa sacudida mientras era consciente de lo que se me estaba ocurriendo. Hice un rápido gesto negativo con la cabeza. Era una locura. ¡Y aun así…! Recordaba haber leído en el pasado acerca de casos en que cadáveres sellados en sus ataúdes se habían conservado de una forma increíble mucho tiempo después de la muerte, aunque su deterioro siempre se aceleraba una vez expuestos a los elementos de la atmósfera. Poco sabía yo sobre el proceso de descomposición de un cuerpo, pero, a pesar de que lo más probable era que el de Helena, muerto desde hacía más de ciento cincuenta años, quizá no fuera más que un montón de polvo, no me parecía imposible que aún pudiera quedar algo de él: que el cuerpo estuviera incluso intacto y, con suerte, persistiera alguna vaga indicación momificada de cuál había sido en vida su apariencia física. Unas hebras de cabello de color negro azabache. Algo.

Sacudí de nuevo la cabeza. Me sorprendí ante aquel terrible pensamiento: aventurarme en el panteón de mi antigua familia para destapar un cadáver, con la débil esperanza de que algo en él llegara a satisfacer un insano impulso de mi imaginación. Traté de expulsarlo de mi mente. Pero fue inútil. Regresaba una y otra vez, como si algo lo situara por la fuerza en el interior de mi cabeza. Cuanto más pensaba en ello, más cercano a la locura parecía; no obstante, y a pesar de todo, me iba sintiendo más y más atraído por aquella idea. Hasta que poco a poco dejó de impresionarme, o, si lo hacía, esa impresión formaba parte de una excitación que crecía en mi interior a toda velocidad. Me resistí a aquel impulso un poco más, pero la realidad se impuso: mis escrúpulos no eran más que la falsa respuesta a una aversión que no sentía de verdad. Estaba decidido a llevarlo a cabo, no importaba lo desagradable o irreverente que pudiera resultar. Sospecho que ese deseo trascendía incluso el de desentrañar el misterio de la identidad de la chica. Creo que me obsesionaba tanto debido a que iba contra todo lo que había aprendido con mi educación cristiana. La idea, en conjunto, poseía el aroma de alguna clase de aventura emocionante y prohibida. Y quizá hasta una vaga premonición de la gran cadena de misterios que estaba empezando a sacar a la luz. De hecho, tan grande era mi determinación, que decidí ir al panteón enseguida, en cuanto me hiciera con una lámpara y un instrumento para abrir el ataúd.

El panteón se encuentra en los jardines de mi casa, en un apartado cementerio privado situado en un pequeño claro rodeado por una densa zona boscosa, más allá del terreno cubierto de césped de la parte de atrás. Se trata de una enorme e imponente estructura de piedra gris, con una elevada techumbre coronada por pequeñas gárgolas también de piedra, y con una desgastada escalera que descendía hasta una gran puerta cuadrada de hierro, tras la cual estaba la cripta principal, donde, desde hacía varios siglos, desde la época de mis bisabuelos, se había enterrado a la mayoría de los miembros de mi familia.

Llegué al panteón a última hora de la tarde y el sol comenzaba a ponerse. Pero a mí no me importaba demasiado que la luz fuera cada vez más débil, ya que, de todos modos, el panteón se hallaba sumido en la oscuridad y para eso había llevado la lámpara. Confieso que dudé unos instantes, preguntándome si acaso no debería volver al día siguiente, a plena luz, para así sentirme más tranquilo. Pero, cuando hube recuperado la calma suficiente para seguir adelante, deseé acabar lo antes posible. Además, estaba convencido de que la oscuridad que se acercaba me ayudaría a darme prisa.

Me había llevado la llave, pero descubrí que el candado era viejo y estaba roto. Quité las oxidadas cadenas y luego tiré de la voluminosa puerta, dando lugar a un largo y discordante chirrido que escapaba de la zona de las bisagras. Del interior surgió un áspero olor a moho que me hizo toser mientras entraba con la lámpara en alto, tratando de ver algo mediante el tenue resplandor que penetraba en las tinieblas. La cripta era alargada y estrecha. Avanzaba despacio, pasando junto a los ataúdes de plomo cubiertos de polvo que había en la parte de abajo, a ambos lados; sintiendo escalofríos a causa del frío húmedo y peculiar que emanaba de las paredes de piedra e impregnaba el aire rancio de aquel ambiente. Fui contando los ataúdes a tientas en la oscuridad, limpié la mugre de las tapas de varios de ellos y leí los nombres grabados en sus antiguas placas; no tardé en encontrar los de Henry, Richard y William LePerrowne; y luego, por fin, el que buscaba: el ataúd de Helena.

Encontré una vieja barra de hierro que podía servir de palanca. Dejé la lámpara en el suelo, junto a mis pies; introduje el extremo de la barra bajo la tapa del ataúd, luego me puse en pie y estiré los músculos, dispuesto a aplicar la mayor fuerza posible. Estaba temblando, pero no sabía con seguridad si era por culpa de los nervios, por el miedo o por la emoción. Tiré hacia abajo de la palanca, tratando de calcular cuánta presión sería necesaria, cuando la barra se resbaló y salí despedido hacia atrás sobre uno de los ataúdes del otro lado, agitando los brazos y agarrándome a él para mantener el equilibrio. Di dos pasos hacia delante. Con un súbito estremecimiento, vi que había logrado desplazar la tapa del ataúd de Helena y ahora estaba entreabierta. Se había soltado con una facilidad sorprendente, aunque me dije a mí mismo que, después de tantos años, quizá no fuera tan extraño. Agarré con fuerza la barra y me lancé en dirección al ataúd, golpeando la tapa hasta que cayó sobre la repisa que había detrás con un traqueteo ensordecedor.

Permanecí inmóvil durante unos segundos, el cuerpo rígido, sin respirar siquiera, esperando que cesara del todo el distante eco que se produjo. Luego me incliné lentamente hacia delante y miré el interior del ataúd abierto.

En el fondo yacía un cuerpo que parecía bastante entero y sin apenas señales de descomposición. Era ella. Aunque estaba demasiado oscuro como para percibir más que la vaga impresión de un rostro blanco, así como mechas de cabello negro que se fundían con la penumbra, supe al instante que era ella.Exhalé un suspiró de asombro y me di la vuelta, al tiempo que me agachaba para coger con un gesto poco hábil la lámpara situada a mis pies. Tan rápido intenté hacerlo que casi tropecé. Alcé la lámpara por encima del ataúd; violentos temblores sacudían mis manos mientras dirigía la vista al interior sirviéndome de la titilante iluminación. Sentí un chorro de sudor frío que descendía por mi mejilla. El ataúd estaba vacío. El cuerpo había desaparecido.

No sabía si aquella forma sin vida había sido producto de mi imaginación, y, por el momento, tampoco me importaba demasiado. Un pánico ciego se apoderó de mí, me giré y eché a correr sin pensar en nada más mientras me precipitaba a través de la oscuridad. Entonces tropecé y caí sobre la dura piedra desnuda, dejando caer la lámpara, que salió volando y se hizo pedazos al golpear en el suelo. Sin aliento, lleno de arañazos y cortes, miré hacia arriba, parpadeando al tratar de atisbar algo en la oscuridad. Un poco más adelante podía ver la puerta del panteón entreabierta, así como los últimos y tenues rayos de la luz del sol cuyo débil resplandor aún penetraba por ella. Quería correr hacia allí, pero me sentía aplastado por una sensación de miedo tan intensa que la cabeza me daba vueltas, me faltaban las fuerzas y una náusea fría me recorrió el cuerpo entero. Mi cabeza cedió. Noté la frialdad del áspero suelo de piedra en mi mejilla. Desesperado, y haciendo un inmenso esfuerzo, comencé a arrastrarme hacia la puerta sobre las manos y las rodillas, destrozadas, ensangrentadas, con el único objetivo de escapar de aquel lugar horrible y sobrenatural. Al final, en medio de ahogados gritos de agonía, sudando sin parar, llegué a la puerta y, retorciéndome para abrirla por completo, logré cruzarla.

Ahora el sol no era más que unas simples motas de salpicaduras de color rojo sobre el horizonte. En el cielo se acumulaban unas nubes oscuras que auguraban una noche muy negra. Me puse en pie, entumecido, y empecé a caminar con paso inseguro, tambaleándome al subir la escalinata de piedra del exterior del panteón hasta que el esfuerzo se me hizo excesivo y volví a caer. Miré hacia delante, hacia los sombríos e imponentes grupos de árboles viejos y retorcidos. Aún tenía encima aquella enorme sensación de terror. La sensación de que no estaba solo, sino que muy cerca acechaba una presencia invisible, inhumana.

Quise gritar, pero tenía tanto miedo que lo único que conseguí fue un pobre siseo. Intenté incorporarme una vez más, pero los párpados me pesaban mucho y un repentino aturdimiento se apoderó de mí. Y entonces surgió en mi interior el mismo calor ardiente que había experimentado durante aquella lejana noche en la que vi por primera vez a la chica morena, que ahora me llenaba de horror simplemente con pensar en ella. Fue aumentando con enorme rapidez, de forma que el corazón empezó a latir a gran velocidad y se me aceleró el pulso, las venas se me inflamaron y daba la sensación de que todo mi cuerpo podía explotar. Entonces la oscuridad pareció envolverme al mismo tiempo que se iba imponiendo de nuevo cierto frescor, como una suave brisa que soplara a mi alrededor, penetrando lentamente en mi piel y llenándome con el mismo escalofrío de placer que ya conocía. Y, aun así, ese placer me resultó más terrible y odioso que cualquier dolor que hubiera sufrido antes. Sentirlo ahí, retorciéndome en la escalera de acceso al panteón…, y no tener fuerza más que para rendirme a él… me producía una sensación tan horrible y obscena que no podría explicarla con palabras. Después de aquello no poseo más que un vago recuerdo de haber sostenido algo en mis brazos. Y oscuridad.

Aquella noche me terminó despertando la lluvia que me caía en la cara. Seguía tumbado cerca de la entrada del panteón; tenía frío, estaba dolorido y terriblemente cansado. Cuando me levanté, la lluvia empezó a caer con más intensidad. Dando tumbos en medio de la humedad y la oscuridad más completa, volví a la casa atravesando el bosque. Fui directo a mi habitación y me dejé caer en la cama, magullado y exhausto. La cabeza me daba vueltas, pero al menos estaba seguro de algo: aquella vez no se había tratado de un simple sueño. Después me dormí profundamente.

IV

No me desperté hasta la tarde del día siguiente, pero aún me sentía cansado y maltrecho. El tiempo era gris y seguía lloviendo con fuerza. Me había quedado dormido con la ropa sucia puesta, así que me di un baño, me lavé los cortes y los rasguños, y me cambié antes de bajar para la cena, que Moore iba a preparar temprano de acuerdo con mis instrucciones. Aunque parezca increíble, no pensaba demasiado en los acontecimientos de la noche anterior. Supongo que la impresión sufrida hizo que mi cerebro borrase de la memoria la mayor parte de lo sucedido, pero, al mismo tiempo, seguía notando la mente extrañamente embotada y espesa. Era incapaz de hilar mis pensamientos acerca de cualquier tema durante un sustancial intervalo de tiempo. Moore..., pobre y adorable anciano..., me miró con atención, inquieto, y me preguntó si estaba bien. No quería darle ningún motivo de preocupación. Me limité a decirle que había dormido mal.

Descubrí que no podía comer. A pesar de que tenía hambre, me resultaba difícil tragar la comida. A una hora temprana de la noche, tras un breve y fracasado intento por leer un libro, me sentí exhausto de nuevo y decidí irme a la cama.

Mis recuerdos de los días y las noches siguientes son, incluso en la actualidad, un tanto vagos y deslavazados. La mayor parte del tiempo lo pasé durmiendo, pero en muchos momentos me vi a mí mismo tumbado en la cama y rodeado por sigilosas sombras, acompañadas de suaves susurros que no logré comprender ni identificar. Sin embargo, parecían adquirir cada vez una nitidez mayor, mientras mi mente se iba aproximando a un estado de consciencia y percepción extraño, desconocido. Y, entretanto, mi condición física empeoraba. El color de mi piel era cada vez más apagado, amarillento. Tenía los pómulos hundidos. Mi mente se mostraba más sombría y confusa. Me era imposible concentrarme: el menor esfuerzo para lograrlo hacía que la cabeza me zumbara de un modo doloroso y violento. No tardé mucho tiempo en dejar de pensar, incluso de ver con precisión, envuelto como estaba por un constante aturdimiento. Moore llegó a preocuparse de verdad y propuso que alguien fuera a buscar a un médico. Pero me negué de forma tajante sin pensármelo dos veces. No sentía ninguna inquietud acerca de mi salud: ni siquiera me daba cuenta del verdadero estado en que me encontraba. Me encerré en mi habitación y ordené a los criados que nadie apareciera por allí a menos que yo lo pidiera.

Me agité y me revolví en la cama, solo, con la cabeza repleta de todo tipo de cosas que no alcanzo a describir, formas que, oscurecidas por la penumbra, adivinaba más que veía. Pero yo perseguía aquellas imágenes invisibles hasta los límites que me permitían mis sentidos, que parecían moverse y expandirse sin pausa a medida que mi cuerpo se debilitaba y caía en brazos de la fiebre.

Así transcurrieron varios días y, de pronto, una noche en que estaba tumbado en la cama, mi mente recobró la lucidez como si emergiera de un largo sueño. En tan solo un instante me di perfecta cuenta de lo terriblemente enfermo que me encontraba. Todo el miedo y toda la preocupación que debía haber sentido a lo largo de los días anteriores se apoderaron de mí al unísono. Apenas podía respirar; me bajé de la cama a gatas y dando tumbos me acerqué al espejo para mirarme. Lo que vi me horrorizó. Solo mis ojos, muy hundidos, resplandecientes, mostraban algún rastro vital: como el de esos soldados supervivientes que, en sus puestos de avanzada, se empeñan en seguir luchando, negándose a la rendición a pesar de que la guerra ya esté perdida. Mi cuerpo se veía demacrado. Me estaba muriendo. Aquella certeza me asaltó en ese preciso momento. Extenuado por el simple esfuerzo de mantenerme en pie, me tambaleé y caí de espaldas en la cama. Por primera vez recordé con claridad los extravagantes acontecimientos que tuvieron lugar en el panteón. No es que comprendiera lo que había sucedido, lo que seguía sucediendo todavía. Solo tenía la seguridad de que la causa debía situarse en alguna fuerza sobrenatural. Algo que iba contra mí y que me destruía poco a poco.

Permanecí tumbado durante largo rato con la vista fija en la escasa llama de la lámpara situada junto a la mesilla, desde donde se proyectaban sobre la pared unas sombras lúgubres y deformadas. Reconocer mi situación de forma definitiva debería haber suscitado alguna clase de reacción en mí, pero no fue así. La capacidad de sentir me abandonaba poco a poco. Mi espíritu parecía debilitado y exhausto, y no me importaba en absoluto. La vida no significaba nada para mí. Estaba dispuesto a someterme a mi destino sin importarme lo que me tenía deparado. La enfermedad me había destruido, había recuperado la razón demasiado tarde, cuando a mi cuerpo ya no le quedaba ningún vestigio ni de fuerza ni de voluntad.

La luz de la lámpara se oscureció de repente. Me vi cubierto por una sombra. Alcé la vista despacio para mirar por el hueco que quedaba entre las dos cortinas de la cama, pero no había nada. Entonces, al apoyar la cabeza de nuevo en la almohada, sentí un ligero escalofrío. Dirigí la mirada hacia un lado. Ella yacía junto a mí en la cama, con sus ojos oscuros abiertos de par en par, el rostro macilento y de una familiaridad estremecedora, aunque extraño, a pesar de todo. Porque su belleza era tan descarnada, su piel tan pálida, su rostro, de una quietud absoluta, tan carente de emociones o expresiones humanas, que poco recordaba al tierno, fascinante ser que yo había vislumbrado años antes en aquella misma habitación. Más bien se parecía a la inerte criatura que creí haber visto en el ataúd la terrible noche del panteón. No se movía; iba vestida con un largo vestido blanco, la cabeza de lado, los ojos fijos en mí, pero tan vacíos y fríos que daban la sensación de no verme. Era como si hubieran tendido un cadáver a mi lado. Con un ahogado grito de asombro situé mi trémula mano sobre la cama, haciendo fuerza para levantarme y así alejarme de ella a rastras. Pero, al mismo tiempo, la vi mover uno de sus esbeltos y exangües brazos, que se deslizó sobre las mantas como si de una serpiente blanca se tratara, hasta que su mano se colocó con suavidad encima de la mía y sus dedos se cerraron alrededor de mi muñeca. Me quedé paralizado. Su contacto transmitía un frío sepulcral y el brazo se me entumeció de pronto al recorrerlo ella con su mano, atenazando mi hombro mientras yo lo observaba todo presa de una extraña fascinación. Hizo que me volviera a tumbar y me sentí como una desdichada marioneta tras comprobar que no poseía poder alguno para resistirme a ella. Después, aquella fría mano terminó posándose sobre mi frente y, a pesar del miedo que tenía, me produjo un peculiar efecto tranquilizador y enseguida mi cuerpo empezó a notarse relajado y somnoliento.

Tuve una ligera sensación de mareo al verla alzarse sobre mí, echando hacia atrás la cabeza de modo que su largo cabello negro le cayó casi hasta la cintura. Me observó durante unos instantes: sus rasgos, pálidos e imperturbables, parecían los de una estatua de mármol, pero sus labios no tardaron en curvarse para dar lugar a una sonrisa sensual. Sus dientes eran perfectos, bien formados y nivelados: parecían brillar junto con los labios y los ojos a la luz de la lámpara. En aquel momento me vino a la mente la imagen de alguna grácil y exquisita criatura a punto de atacar a su presa. Entonces se acercó más a mí. Noté de nuevo que el calor aumentaba en mi cuerpo y enseguida me di cuenta de que eso se debía a su proximidad. A la frialdad de su cuerpo, que despertaba hasta el último de mis sentidos, así como una conciencia sobrenatural con respecto a la fuerza vital que, a pesar de mi terrible estado, seguía ardiendo intensamente en mi interior. Se acercó todavía más, hasta que sus labios tocaron mi mejilla y percibí su frío y ligero aliento contra mi piel, mientras que sus dedos recorrían mi pecho sin prisa.

Llevé a cabo un nuevo y débil intento por apartarla de mi lado. Pero entonces habló y cesé en mi esfuerzo, me limité a clavar la mirada en ella, boquiabierto. Como si respondiera a la pregunta que yo no tuve ni el valor ni la intención de formular, ella susurró:

–¡Mi nombre es Helena! No debes resistirte. He venido hasta ti. ¿Acaso no has venido tú hasta mí, John LePerrowne? Hace mucho que te conozco. Tu soledad. Tu enfermedad. Tu amargura. ¿No has deseado, rezando sin cesar, lograr tu liberación? Ahora has de escuchar lo que tengo que decirte. Esta noche te llevaré más allá de la vida. Juntos viajaremos al centro de la misma muerte. Y allí habré de abandonarte. Deberás regresar a mí por tu propia voluntad y solo con tus fuerzas.

Alargó el brazo y me acarició el pelo con suavidad.

–No tendrás más remedio que permanecer rodeado de oscuridad y perdido en ella. Parecerá que hayas muerto, pero únicamente estarás en un estado de absoluta y fría suspensión, como una crisálida que completa su metamorfosis. Es indispensable que no sufras la menor perturbación. ¿Este lugar es seguro? ¿O hay riesgo de que tus criados puedan importunarte?

–No –respondí al instante, de un modo más bien involuntario, como si algo me obligara a hablar–. Mis horarios son algo extravagantes. No vienen a no ser que yo les llame.

–Echaré el cerrojo de la puerta para asegurarme –señaló ella con una actitud que de pronto se había vuelto práctica, casi dotada de un halo de sensatez, al tiempo que se incorporaba a toda velocidad y se encaminaba hacia la puerta, ofreciendo una impresión extraña, incongruente con la imagen sobrenatural y etérea que mostraba.

Cuando regresó y se sentó a mi lado, en la cama, la miré fijamente y no sentí nada. Ni siquiera miedo. Apenas cierta curiosidad. Solo la vaga sensación de que todo se había vuelto del revés de una forma irónica, de que ahora ella era mi única realidad, y de que todas las realidades anteriores se desvanecían con rapidez hasta convertirse en el distante e intangible sueño que ella había sido en otro tiempo. Se tumbó sobre mí, me abrazó y me aplastó contra la superficie de la cama mientras su cuerpo helado se mecía apoyado en el mío, y yo me estiré profiriendo un ligero gemido al tiempo que aquellas intensas oleadas de frío fluían por encima y a través de mí.

Ahora podía sentir los latidos de mi corazón, tenues, pero rápidos. Y poco a poco se fueron haciendo más fuertes, aunque también más y más lentos, hasta que al final cada uno de ellos estallaba con una enorme y dolorosa punzada que provocaba un eco en mi pecho vacío, dando lugar a lo que parecía una eternidad antes de que llegara el siguiente. Podía sentir lo que me restaba de vida abandonándome lentamente, dejándose arrancar desde mis entrañas. El aire no salía de mi garganta, de donde surgían unos sonidos entrecortados; no tenía sensibilidad en los miembros y el peso que notaba sobre mí aumentó. Vi su rostro sobre el mío con la mirada borrosa y oí su suave voz susurrándome:

–Te llamaré. Cuando llegue el momento, me oirás llamarte.

Su imagen se hizo cada vez más imprecisa y lejana, hasta que sobre mí terminó descendiendo una niebla gris, arrastrándome fuera de mi mente y más allá de los sentidos, hacia un vasto e interminable universo de oscuridad.

Vida, muerte y eternidad. Durante un fugaz instante, antes de perder la conciencia, las experimenté todas mientras se fundían conmigo. Y fue entonces, en ese momento, cuando comenzó.

* * *

Se produjo un ruido. Una voz. Procedía de algún lugar situado más allá de la oscuridad en la que yo me hallaba suspendido. No oía sus palabras, pero poco a poco sentí que ascendía hacia un estado de consciencia, como si emergiera de un mar de tinieblas en busca de la luz. Mis ojos se abrieron con un aleteo de párpados.

Estaba solo. Seguía tumbado en mi cama, con la camisa de dormir encima. Me incorporé despacio. Comprendí al instante que una inmensa transformación había tenido lugar en mí, aunque aún no podía adivinar la naturaleza de ese cambio. No obstante, a pesar de mi tremenda confusión, de mi incapacidad para entender lo que me había sucedido, mi cerebro parecía más despierto y despejado que nunca. Como si llevara toda la vida mirando a través de la niebla y ahora esa niebla se hubiera levantado. Poseía una consciencia mayor, aunque todavía no estaba seguro de cuál era el motivo. Se trataba simplemente del poder de alguna nueva y enorme percepción que, hasta ese momento, solo sentía sin llegar a comprender del todo.

Pero mientras ya en pie trataba de asimilar todos aquellos pensamientos, poco a poco fui notando que mis sentidos habían adquirido una agudeza maravillosa. Podía oír la suave brisa del exterior susurrando sobre la hierba y las hojas de los árboles a lo lejos. Y podía oír a Moore con sus pasos lentos y tenaces por la habitación de abajo, haciendo una pausa para toser y aclararse la garganta y después seguir caminando. Y el cargado ambiente, el leve olor a moho que invadía mi vieja casa, y que yo apenas había notado antes a pesar de haber vivido siempre en ella, de repente se reveló como algo abrumador. Sin embargo, lo más increíble de todo no lo percibí hasta que empecé a recorrer la habitación con la mirada. Y es que las cortinas estaban echadas y la lámpara de la mesilla se había consumido hacía tiempo. La estancia se encontraba en la más completa oscuridad. Pero yo veía todo lo que me rodeaba con una gran nitidez.

Mi piel, por el contrario, parecía haberse convertido en un elemento sin brillo ni sensibilidad. En mi habitación hacía frío, y a mí el frío nunca me había sentado bien. Pero ahora, a pesar de que aún lo percibía como tal, daba la impresión de que ya no me afectaba. Porque yo mismo estaba frío. Mi cuerpo poseía el frío propio de la muerte…, pero yo continuaba vivo.

Me acerqué a la ventana y descorrí las cortinas. Fijé la mirada en el ambiente nocturno, intrigado y cautivado por los sutiles sonidos, las imágenes, las sombras y los movimientos que ahora quedaban al alcance de mis renovados sentidos. Al final miré hacia el suelo. Helena estaba de pie bajo mi ventana, con la vista clavada en mí. Llevaba puesta una capa oscura sobre el blanco vestido para así pasar desapercibida de noche. De pronto dio un paso adelante y escaló a una velocidad increíble por la densa hiedra que crecía sobre el muro de la casa. Yo me aparté un poco de la ventana: en ese momento me di cuenta de que tenía el pestillo sin echar. Ella la abrió y penetró en la estancia con rapidez y sin hacer ruido. Me miró con atención durante unos instantes y luego indicó:

–Baja cuanto antes y deja que te vean los criados. Seguro que ya empiezan a preocuparse por ti. Cuando se hayan tranquilizado al ver que estás bien, vuelve aquí. Te esperaré. Pero apresúrate. Esta noche tenemos mucho que hacer. ¡Adelante!

Su tono era tan apremiante que ni siquiera contesté, sino que fui a vestirme sin perder un segundo y luego bajé a toda prisa las escaleras para llevar a cabo sus instrucciones. Moore frunció el ceño al verme. Aún tenía una gran preocupación a causa de mi extraña apariencia y mi desusado comportamiento. Me preguntó cuándo deseaba cenar, pero yo le comuniqué que me prepararía yo mismo la cena un poco más tarde y que, hasta entonces, no quería que nadie me molestara mientras estaba en mi habitación. Él frunció de nuevo el ceño, pero no añadió nada más.

Regresé a mi dormitorio y la encontré de pie mirando por la ventana. Habló despacio y en voz baja, sin darse la vuelta hacia mí.

–Imagino que querrás hacerme muchas preguntas... ¿Me equivoco?

Yo guardé silencio. Tenía muchas preguntas, por supuesto. Tantas que no estaba seguro de por dónde empezar.

–Deben esperar –señaló–. Deben esperar todavía un poco más.

Se giró para dirigirse a mí.

–¿Cómo te sientes?

–Yo... No puedo... No... No puedo... –balbuceé de un modo lamentable. Me resultaba muy difícil expresar con palabras mis nuevas y extrañas sensaciones.

–¿Frío? ¿Frío por dentro?

Se aproximó a mí y colocó su mano sobre mi hombro con un suave gesto. Esa noche se la notaba cálida; su piel se veía lustrosa y rosada, no fría y blanca como la mía.

–Eso es lo que cabía esperar. Estás seco. Exhausto. Tenemos que ponerle remedio de inmediato antes de hacer cualquier otra cosa. Después podrás formular tus preguntas. Vamos.

Fue hasta la ventana, pasó a través de ella y se agarró a la hiedra que cubría el muro, lanzándose hacia abajo con agilidad y sin esfuerzo aparente. Yo la observaba, asombrado de que las endebles hojas verdes parecieran aguantar su peso con tanta facilidad. Me acerqué a la ventana y miré al suelo.

–¡Ven! –me pidió sin alzar demasiado la voz y con la vista puesta en mí.

De haber sucedido antes, solo la idea de llevar a cabo una proeza tan peligrosa y precaria me hubiera llenado de terror. Pero ahora me deslicé a través de la ventana sin pensarlo, me sujeté con fuerza en las hojas y me dejé caer hasta donde ella se hallaba.

–Sígueme –indicó en cuanto mis pies tocaron el suelo. Y nos alejamos a gran velocidad rodeando aquella parte de la casa, a través del césped, deslizándonos con suavidad por entre los árboles que había un poco más allá. Yo seguía el aleteo de su capa negra serpenteando a través de la oscuridad que tenía delante de mí a medida que nos internábamos juntos en la noche.

V

Recorrimos la distancia que nos separaba de los pueblos más cercanos, unos tres kilómetros, y atravesamos los bosques y los campos con la impresión de que solo habían transcurrido unos minutos. ¿Cómo podría describir lo que sentía por dentro mientras corría en plena noche sin notar fatiga alguna? A pesar de que Helena había dicho que estaba seco y débil, mi cuerpo albergaba una fuerza y una energía cada vez más ardientes. Nunca hasta aquellos momentos había experimentado una euforia así, como si nada sobre la tierra pudiera escapar a mi poder. Pero poco a poco comencé a percibir, de acuerdo con la predicción realizada por Helena, que una lacerante frialdad se adueñaba de mi pecho y de mi estómago, algo que no tardó en extenderse a cada uno de mis miembros hasta producirme un enorme desasosiego. Venía acompañada por una sensación generalizada de deshidratación: parecía que mi piel estuviera hecha de cuero seco y polvoriento.

Permanecimos cierto tiempo en silencio a las afueras del pueblo, entre las sombras de una oscura senda que desde la taberna local, a través de un denso bosquecillo, se dirigía hacia varias casas dispersas a lo lejos. No tardamos mucho en ver a un grupo bastante nutrido de hombres salir de la taberna, junto a cuya puerta se quedaron unos instantes, parloteando de forma escandalosa entre ellos. Después, tras despedirse a gritos, se separaron y echaron a andar de dos en dos o de tres en tres en diferentes direcciones. Dos de ellos comenzaron a caminar despreocupados hacia el lugar donde estábamos nosotros. Uno parecía un individuo de mediana edad, y el otro era un tipo alto y fornido que tendría más o menos los mismos años que yo: veintitrés.

Mientras se aproximaban a nosotros, me escondí entre unos arbustos cercanos, pero Helena se quedó donde estaba, de pie junto al sendero, observando cómo aquellos hombres caminaban hacia ella, sin dar la impresión de estar preocupada en absoluto. No se apartó hasta que llegaron casi a su altura, y lo hizo de un modo silencioso, echándose a un lado para dejarles pasar, pero sin mostrar el menor esfuerzo por ocultarse. Uno de ellos le pasó tan cerca que casi la rozó con el hombro. Aunque estaba tan oscuro en aquel camino, ensombrecido por los árboles en una noche de todos modos nublada y sin luna, que no llegaron a verla. Por el contrario, mi visión parecía cada vez más nítida. Cuando hubieron pasado, Helena echó a andar tras ellos y me hizo un gesto para que la siguiera. Caminaban con dificultad, sin decir nada, y el silencio lo dominaba todo, salvo en lo que respecta al constante crujir de sus pies sobre el suelo blando y embarrado. Yo avanzaba despacio, completamente maravillado al ver a Helena, después de andar tras ellos durante cierto tiempo, situarse a su lado, moverse con frecuencia de uno a otro flanco, cruzarse a veces por delante de ambos, y en otras ocasiones describir un círculo completo a su alrededor mientras se inclinaba hacia delante como estudiándolos por turnos. Se desplazaba en torno a ellos de un modo tan veloz, silencioso y grácil que su capa y su cabello negros daban la sensación de silbar trazando extraños dibujos en la oscuridad. Y yo seguía caminando, medio fascinado por aquel macabro y sobrenatural *ballet* de cuya existencia ninguno de los dos hombres siquiera sospechaba.

Ahora Helena se hallaba varios pasos por delante de ellos, mirándolos de frente, andando de espaldas, y avanzaba a su mismo ritmo para mantener la distancia. Me acerqué con cautela: trataba por todos los medios de no hacer ruido, envidiando el sigilo que Helena lograba sin esfuerzo, aunque iba ganando confianza en mí mismo a toda velocidad. Entonces ella me dirigió la mirada entre los dos hombres, se situó detrás de ellos y me ordenó en voz baja:

–Quédate por detrás. En cuanto abandonemos el cobijo de los árboles, estaremos expuestos a la luz procedente de las casas.

Sus palabras tuvieron un efecto de lo más sorprendente. Fue como si me las susurrara directamente al oído. Sin embargo, era evidente que aquellos hombres no habían oído nada, a pesar de hallarse entre nosotros dos. De ese modo tuve conocimiento de nuestra capacidad para movernos e incluso hablar en presencia de seres humanos sin que estos lo notaran.

Los dos hombres abandonaron las sombras de los árboles y, en ese preciso instante, Helena se apartó de su campo de visión, apareciendo enseguida a mi lado con una rapidez tal, con unos movimientos tan felinos, que mis propios sentidos, a pesar de su recién adquirida agudeza, se vieron confundidos. Permanecimos atentos bajo la protección de la oscuridad mientras observábamos cómo ambos hombres se separaban.

–Buenas noches, pues, Joe –deseó el más joven–. Que duermas bien.

–Menuda suerte la mía, chico... Con mi Rosie roncándome al oído toda la noche... –respondió el otro al tiempo que prorrumpía en una enorme carcajada; después echó a andar hacia una de las casas más próximas. El joven continuó por el camino, en dirección a una pequeña y solitaria vivienda que había a lo lejos.

Ahora Helena avanzó unos pasos y tiró con fuerza de mí cogiéndome de la mano.

–¡Vamos! –apremió–. Sígueme. ¡Rápido!

Y se encaminó hacia la silueta del más corpulento de los dos hombres. Avanzó tras él, se deslizó como un fantasma, agazapándose un tanto antes de saltar hacia delante a una velocidad terrorífica, entrelazar con sus brazos los amplios hombros de aquel individuo y atenazar con las manos su grueso y musculoso cuello. Oí el fugaz suspiro de asombro que dejó escapar, lo vi revolverse durante unos segundos en un esfuerzo por liberarse, pero ella lo tenía sujeto con gran firmeza y, debido a la velocidad y a la fuerza de su ataque, las piernas de él cedieron y cayó al suelo, a los pies de ella. Aquella visión resultaba absurda: una adorable mujer que se imponía con una facilidad pasmosa a un hombre de gran envergadura y poderío físico. Aunque me vi obligado a recordar que Helena, fuese lo que fuese, no era una mujer. Solo en apariencia. Yo conocía muy bien su poder: la fría potencia de su abrazo, ante el que sucumbía cualquier otra clase de fuerza, y que daba lugar a un tremendo impacto emocional, un enmascaramiento de la consciencia acompañado de aquella inexplicable sacudida de placer que inundaba el cuerpo entero en unos instantes.

Se enderezó un poco y señaló hacia abajo, mirándome, al tiempo que me decía:

–¡Rápido! Antes de que se despierte.

Me fijé en el joven y mis fosas nasales se vieron invadidas por el dulce y húmedo olor de su piel suspendido en la brisa. Un estremecimiento me recorrió el cuerpo y tragué saliva con los nervios de punta, excitado. No me detuve a pensar ni a analizar lo que sentía: lo cierto es que apenas había pensado en nada desde que me despertara; lo único que hice fue reaccionar con arreglo a mis recién conformados instintos. Espoleado por un impulso irresistible, me acerqué con cautela hasta clavar la mirada en el joven y quedarme paralizado ante la visión de su cuerpo, sintiendo el resplandor de su increíble calidez sobre mí como si de una intensa hoguera se tratara. La frialdad de mi interior había llegado a ser insoportable y tenía la necesidad, el inmenso deseo de obtener la fuerza y la energía que aquel cuerpo poseía. En cualquier otro momento de mi vida anterior, qué duda cabe, también me hubiera producido envidia, pero lo que ahora sentía era algo mucho más fuerte.

Helena extendió la mano y me cogió del brazo para que me agachara, poniéndome así de rodillas ante aquella inerte figura. Después tomó mi cabeza entre sus manos y la bajó hasta que mi rostro estuvo apoyado en el del hombre y mi piel adquirió el ardor de la suya. Lo rodeé con mis brazos y exhaló un leve suspiro; su cuerpo mostró un ligero movimiento. Se me empezó a enturbiar la visión. Entre nosotros iba surgiendo un poderoso flujo cada vez más intenso, hasta que dio la sensación de que podía incluso verlo, saborearlo. Se trataba de un aura de energía llena de vida que fluía y giraba en torno a nosotros, envolviéndonos, convirtiendo nuestros cuerpos en uno solo. Me aferré a él aún más, sintiendo mis fríos labios sobre su carne caliente. En mi boca, en mi barbilla y en mi cuello estalló una corriente de calidez: diminutas gotas de calor que caían sobre mi pecho y se deslizaban por él. Y aquella nube de energía se convirtió en un peso bastante opresivo, que fue creciendo hasta hacerme pensar que nuestros cuerpos llegarían a aplastarse uno contra otro. La robusta humanidad que tenía debajo se retorcía en todas direcciones, al tiempo que emitía unos casi imperceptibles jadeos mientras yo apretaba más y más mis labios y la fina, cálida corriente penetraba en mi boca. Y, entretanto, yo era apenas consciente de la presencia de Helena, que estaba de rodillas a mi lado y me mecía sujetándome con fuerza entre sus brazos.

Entonces tiró de mi cabeza para que pudiera respirar y relajarme mientras yo hacía gargarismos con la sustancia que me ardía en la boca y en la garganta. La bruma se fue disipando ante mis ojos poco a poco. Respiré hondo sin apartar la vista de la figura que yacía junto a mí. Tenía la cabeza de lado, un poco echada hacia atrás, y en la base del cuello se veía una herida minúscula, un pequeño rasguño del que brotaban burbujeantes gotas de sangre a un ritmo muy lento. Ella volvió a hacer que me inclinara y mis labios entraron en contacto con la sangre, que me puse a beber a lengüetadas. Ante mí se formó de nuevo la nube, y el hombre se agitó con más violencia que antes a medida que su energía vital entraba en mí latido a latido. Me sentí cubierto por una oleada de calor que destruyó el frío interior, fortaleciéndome y revitalizando mi carne marchita. Aparté los labios de su cuello, tratando de recobrar el aliento una vez más mientras me veía y me sentía suspendido sobre un gran abismo rojo. Y después todo comenzó a darme vueltas: el abismo pasó a ser un vórtice escarlata de placer que me arrastraba a sus profundidades a pasos agigantados.

Al mismo tiempo noté que las pequeñas y firmes manos de Helena tiraban de mí en un intento por tranquilizarme. Pero entonces me vi luchando con ella mientras profería unos bramidos que surgían de lo más hondo de mi garganta, como un animal enfurecido cuyo único propósito fuera el de abrirse paso hacia las profundidades inexploradas del placer que tenía delante.

–¡No! ¡No! ¡Ya basta!

Percibía sus palabras con dificultad, a pesar de que las pronunciaba junto a mi oído; después volvió a apremiarme con una intensidad aún mayor:

–¡Ya basta! ¡Basta! ¡Lo vas a matar!

Alcé la cabeza dando un suspiro de asombro. El vórtice se fue debilitando hasta desvanecerse y en su lugar vi el rostro de aquel joven, antes rubicundo y ahora blanquecino. Parecía hallarse en un profundo trance; su respiración era dificultosa y sonaba hueca, pero, en el momento en que dejé de tenerlo sujeto, sus labios se separaron emitiendo un leve gemido y sus ojos parpadearon entreabiertos. Me miró unos instantes con gesto de aturdimiento, después extendió los brazos hacia mí lentamente, como un amante implorando que no dejara de abrazarlo. Suspiré y comencé a inclinarme de nuevo con mi mente sumergiéndose una vez más en la nada. Las frías manos de Helena me cogieron por los hombros como si estuvieran hechas de acero y me arrancaron del lado del hombre al tiempo que ella repetía con tono enérgico:

–Lo vas a matar.

Me estremecí y respiré profundamente. Me sentía confuso, desconcertado por lo que acababa de hacer, además de muy angustiado por la convicción de que, de no haberme detenido Helena, seguro que lo hubiera matado. Mientras me servía de alimento, apenas tuve la sensación de que fuera un ser humano. Desbordado como me vi por mi necesidad, él había pasado a ser poco más que un objeto cuya utilidad desaparecería en cuanto yo lo dejara completamente seco.

–¡Ven! Déjalo ahí. Cuando se despierte, no recordará nada.

Helena se alejaba del lugar y me miraba de soslayo. Me incorporé y la seguí: en mi interior sentía más vida, más calor y más fuerza de los que jamás había disfrutado en toda mi vida.

* * *

Avanzamos en silencio durante largo rato, a pesar de lo mucho que había que decir; dejamos atrás praderas y colinas sinuosas hasta que al final nos vimos caminando junto a oscuros y altos acantilados, desde los que contemplamos el espumoso mar que teníamos debajo con el oído puesto en el rugido de las olas al romper contra las rocas.

Helena parecía absorta en sus pensamientos, allí de pie frente a las intensas rachas de viento que azotaban su larga capa, su cabello y su vestido. Por fin se dio la vuelta y se dirigió a mí:

–¿Entiendes por qué te he detenido?

Yo desvié la mirada y no respondí. Era extraño, pero en ese momento no me sentía demasiado afectado al pensar que, de un modo que aún no alcanzaba a comprender, había despojado a un hombre de casi toda su esencia vital. Sin embargo, sí me invadió una terrible y turbadora sensación de vergüenza al darme cuenta de que Helena me había visto como ni yo mismo me conocía hasta entonces: irreflexivo y fuera de control. Arrastrado por deseos puramente físicos que era incapaz de dominar. Se trataba de algo tan impropio de mí, considerando mi reservada y meticulosa naturaleza, que me produjo una gran alarma y un intenso temor. Helena continuó su alocución.

–A lo largo de los tiempos –siguió diciendo en voz baja–, los hombres han soñado con nuestro poder. El mayor poder que existe. El de la juventud y la vida eternas.

–¡La inmortalidad! –susurré muy débilmente; la palabra se me quedó pegada a la garganta y surgió casi truncada, de modo que la repetí a un volumen algo más alto–. ¡La inmortalidad!

–Nadie jamás ha medido la duración de nuestra vida. Nunca envejecemos. Los de nuestra especie creen que no podemos morir por causas naturales. Que, por lo tanto, somos inmortales.

Tenía la mirada fija en mí, los ojos abiertos de par en par, el rostro sin la más leve alteración.

–La fuente de la eternidad. Fluye para nosotros por los cuerpos de los hombres. Así podemos extraer la fuerza que alberga el género humano. Su vida. La pujanza de sus pasiones, tanto materiales como espirituales. Todas sus potentes emociones. La sangre que se vierte. Lo que llena de energía el ambiente. La fuerza vital que nosotros podemos absorber.

–¿Nuestra especie? –repetí.

Ella hizo una pausa, y cuando por fin volvió a hablar su voz sonó más severa. Parecía casi enfadada.

–La historia del hombre está repleta de leyendas de monstruos desconocidos que rondan en la oscuridad para cazarlo.

Frunció el ceño.

–Lamias. Lilim[2]. Íncubos y súcubos. Los no-muertos. Vampiros. Híbridos de demonios y cadáveres vivientes. Los nombres y formas que los hombres nos han atribuido durante siglos son tan numerosos como poco halagüeños. Y yo no podría asegurar dónde terminan las leyendas y comienza la realidad. Pero, ¿qué nos importan las supersticiones de los hombres? Todos los cazadores son una maldición para su presa. No somos demonios. No somos vampiros. Somos los redivivos, los que han vuelto de la muerte.

–¿Redivivos? –pregunté en voz baja.

[2] Demonios femeninos descendientes de Lilit, uno de los tres demonios asirios (los otros eran Lilu y Ardat Lilit). Aparece en la tradición hebrea posterior como la primera mujer de Adán. (N. del T.)

–Así es como denominamos a nuestra propia especie –confirmó ella–. ¿Y qué otra razón hay para que los hombres nos teman aparte de que encarnamos sus sueños y deseos más salvajes? Aunque has de saber algo más: el hombre no es la única criatura capaz de raciocinio y autodisciplina, a pesar de lo que le hace suponer su arrogancia.

Yo escuchaba todo aquello sin inmutarme, creyendo en lo increíble con una tranquilidad y un sentido lógico tan asombrosos como los propios hechos que me eran referidos. Quizá por entonces aún se hallaban demasiado lejos de mi comprensión. Pero lo que sí estaba hecho pedazos era mi concepto de lo imposible. No me quedaba más remedio que escuchar y aceptar. Helena se acercó a mí, su largo cabello flotaba en medio de la brisa y su voz volvió a adquirir un tono suave.

–Ahora escucha con atención. Esta noche podrías haber destruido una vida sumido en la ignorancia. Ya has comprobado que no necesitamos matar para existir. Si mañana pones fin a una vida, lo harás sabiendo que el único motivo es el placer de matar. Jamás caigas en el error de creer que hay algún otro propósito en ello. A partir de esta noche, si escoges acabar con una vida, yo no tendré ningún poder para detenerte. Lo único que te pido es que recuerdes estas palabras.

Guardé silencio durante unos minutos, con la vista clavada en la suave espuma marina que danzaba y centelleaba en el aire nocturno. Entonces me di la vuelta para mirar a Helena. Comenzaba a alejarse y tuve que correr para alcanzarla.

–¡Ese hombre! –grité–. El de esta noche... Si hubiera muerto..., habría...

–¿Te refieres –apuntó ella, volviendo la vista hacia mí– a si habría regresado de entre los muertos, como hiciste tú?

Yo asentí.

–No. La vida humana hay que extraerla despacio, a lo largo de varias noches, y así dar tiempo a que nuestra propia vida se reparta por sus venas para sustituirla. Si se vacía el cuerpo en el acto, el impacto que sufre es demasiado grande y muere.

Entonces dibujó una lenta sonrisa y preguntó:

–¿Por qué? ¿Acaso ya deseas convertir a otros?

–No... ¡No! –contesté de inmediato, sacudiendo la cabeza, confundido.

–Por supuesto –señaló ella entre risas–. Debes ser consciente de todo esto. Pero nunca olvides lo que puedes dar. El poder de la vida y de la muerte. Un poder así nunca ha de concederse a la ligera. En ese caso nuestra especie devendría tan maligna y corrupta como los hombres nos han considerado siempre.

Continuamos caminando, y en mí surgió enseguida el deseo de preguntar por qué me había otorgado ella aquellos imponentes dones. Pero no lo hice. En su lugar pensé en cómo se habían cumplido a la perfección las profecías de mi sueño; y en cómo parecía haber aceptado yo mi nueva existencia de un modo tan sencillo e instintivo. No necesitaba más explicaciones por el momento.

Volvimos a la casa. Cuando llegamos, a lo lejos ya se empezaba a divisar el amanecer. Entonces Helena me contó más cosas. Que los redivivos tenían la costumbre de dormir durante el día. Al igual que la mayoría de las criaturas preparadas para vivir de noche, la luz del día nos produce aversión. Absorbe nuestra fuerza, nos deslumbra y crea ampollas en nuestra piel pálida y sensible. Una exposición prolongada puede incluso llevar al agotamiento y al delirio de una forma similar a la insolación en los seres humanos. Necesitamos, en cualquier caso, dormir todos los días el sueño de los muertos para recuperar las fuerzas; en consecuencia, y como es lógico, elegimos descansar durante las horas más luminosas de cada jornada.

Helena creía que lo mejor para mí sería no dormir en la casa, sino en la tumba, junto a ella. Y es que nuestro sueño no puede verse perturbado y posee toda la apariencia de la muerte. Aunque suene como algo prosaico, esta es la razón, y no motivos sobrenaturales, por la que los redivivos suelen elegir como lugar de reposo los ataúdes, donde el cadáver pasa desapercibido en el caso de que alguien lo descubra. Si se diera la circunstancia de que mis criados irrumpieran en el dormitorio mientras dormía, quizá llamarían a un médico que terminaría certificando mi muerte. Entonces perdería mi identidad, mi casa, mi dinero y todas mis posesiones. Teniendo en cuenta que no vivía con familiar alguno, ni había nadie lo bastante cercano como para que mis pretensiones fueran demasiado difíciles, Helena dijo que lo más seguro sería mantener la fachada de mi existencia humana con todas las ventajas que ello suponía.

Me indicó que entrara en la casa y trajera alguna clase de baúl de madera. Obedecí sin rechistar. Cogí un arca de ropa vieja que había en mi habitación y vacié el contenido sobre la cama. Pero, antes de regresar al lado de Helena, al jardín, permanecí unos instantes allí, con la mirada clavada en la imagen que me devolvía el espejo. Aún se me veía un tanto flaco y demacrado, pero mi piel se había despojado de su anterior palidez. Ahora presentaba un resplandeciente tono rosado gracias a la energía y a la sangre que había tomado, y desde mi interior surgía de forma visible, casi violenta, una renovada y ardiente fuerza vital.

Saqué el arca de la casa. En la tumba abrimos un antiguo ataúd que contenía los restos de un tal Gilles LePerrowne, muerto hacía unos doscientos años. Ahora no era más que un polvoriento montón de huesos, algunos cubiertos por correosas tiras de piel marrón; el rostro, una sonriente calavera con algún vestigio todavía visible de cabello descolorido. Lo vaciamos enseguida e introdujimos el contenido en el interior del arca, que yo enterré la noche siguiente en una parcela de los alrededores. Después, como si de la acción más natural del mundo se tratara, me tumbé dentro de aquella caja vieja y podrida, y Helena puso la tapa en su sitio para encerrarme.

Y, mientras yacía allí dentro, me vi dominado por una enorme excitación. Pensé en mi pasada vida, dándome cuenta de lo extraña y poco natural que había sido: yo era un ser solitario, retraído, lleno de oscuridad y obsesiones perniciosas que me habían llevado incluso a invadir un sepulcro y profanar una tumba. De pronto llegué a la conclusión de que por aquella senda hubiera acabado el resto de mis días loco de atar en algún manicomio. Y todo esto lo comprendí al instante, con absoluta claridad, al tiempo que yacía en el interior de un ataúd, en aquella fría y mohosa tumba, aunque con la súbita convicción de que desde el principio la verdadera tumba había sido mi antigua vida, mi naturaleza anterior y mis viejas percepciones; y lo que ahora conocía, tumbado en medio de la oscuridad y la podredumbre, eran la vida y la libertad más allá de cualquier imaginación humana.

El trino de los pájaros al amanecer sonaba potente y agudo en mis oídos cuando me venció el sueño.

VI

Pasamos los restantes meses del verano en mi casa de Cornwall. No tardé en fijar una rutina nocturna. Cuando me levantaba, a última hora de la tarde, iba a casa con el propósito de que los criados me vieran durante cierto tiempo, además de ocuparme de los asuntos que pudieran requerir mi atención y fingir que cenaba. Después, una vez que la oscuridad ya era total, abandonaba la vivienda.

Al principio Helena me acompañaba en aquellos vagabundeos nocturnos, pero un poco más adelante empecé a moverme casi siempre solo, rondando por oscuras veredas y por lugares poco concurridos; Helena sostenía que lo mejor sería que aprendiera por mí mismo, haciendo hincapié de forma constante en la necesidad de actuar con el mayor sigilo y la mayor precaución posibles. Decía que poco podía enseñarme ella que yo no fuera capaz de captar mejor mediante el estudio y el análisis de mis propios instintos. Y para nosotros es más sencillo y seguro acechar en soledad.

Y así fue como en aquellos primeros días pasé buena parte del tiempo sin compañía alguna. La mayoría de las noches se formaba ante mí el fascinante vórtice giratorio, sobre el que yo quedaba suspendido, jugueteando con la muerte, poniéndome a prueba, viendo hasta dónde podía llegar mi placer antes de retirarme y arrojar a un lado los jadeantes e inertes cuerpos; casi ni me daba cuenta de que mi comportamiento era algo más que un juego peligroso, aunque estimulante al mismo tiempo.

A veces casi no veía a Helena durante varias noches seguidas. Sucedía con frecuencia que, cuando me levantaba, ella ya se había ido, y no solía regresar hasta el amanecer. Además, en las ocasiones en que accedía a acompañarme en mis paseos, la mayor parte del tiempo mantenía un silencio no exento de curiosidad; a veces me miraba sonriendo, otras me dirigía unas breves palabras a modo de consejo o de indicación, pero mostrándose distante, absorta en unos pensamientos que no compartía conmigo. Y a pesar de lo mucho que deseaba hablarle, hacerle preguntas, saber más cosas acerca de ella, de mí, y conocerla mejor, siempre me sentía demasiado tímido y torpe como para interrumpir aquellas ensoñaciones, de modo que nunca llegamos a tener una conversación profunda de verdad. La situación era angustiosa para mí. Mis sentimientos hacia ella eran los más fuertes que yo había experimentado hasta entonces y ansiaba desesperadamente estar a su lado. Cada uno de sus movimientos, cada uno de sus gestos, me hechizaban como siempre lo habían hecho, pero ella seguía siendo un enigma: era incapaz de adivinar las tribulaciones de su mente, los pensamientos en que se hallaba sumida. Suponía que, una vez convertido en un ser similar a ella, debería llegar a entenderla, pero no fue así. En muchos aspectos me parecía tan lejana y tan irreal como antes. Aunque en ningún momento me dio por desconfiar de su reservada forma de actuar. Yo estaba demasiado intoxicado por mi nueva vida como para permitir ninguna interferencia relevante. Viví aquellos primeros meses segundo a segundo, como en un sueño, sin detenerme ni un instante a reflexionar o a preguntar, avanzando a toda prisa sobre una constante marea de descubrimientos y de experiencias nuevas. La oscuridad me desvelaba sus secretos, me llenaba de asombro en los abismos infinitos que albergaban las más variadas sombras, los más diversos matices de la belleza, allí donde antes solo existían ceguera y penumbra.

Y me dije a mí mismo que Helena llevaba sola mucho tiempo, y que estaba poco acostumbrada a tener compañía. Que necesitaba adaptarse a su nueva situación, al igual que yo, y que las barreras entre ambos desaparecerían con el tiempo. Por el momento, su sola presencia me hacía sentirme cohibido y desarmado. Apenas me permitía siquiera pensar.

Pero había veces en que, viéndome solo, la confusión se apoderaba de mí; incluso me enfadaba y desarrollaba un cierto resentimiento hacia ella por haberme conducido hasta esa nueva existencia, en calidad de compañero suyo, para después mostrarse tan solitaria y esquiva. Necesitaba su confianza en muchas ocasiones. La transformación que se había producido en mí se encontraba, sin lugar a dudas, más allá de mi capacidad de comprensión. Y por ello, joven y ardiente como era, tras tanto tiempo solo y reprimido, liberado de manera súbita para experimentar nuevas y poderosas emociones, hubiera permanecido junto a ella constantemente, con toda la empalagosa devoción de un amante. Aún me quedaba mucho por asimilar. Pero ahora, al volver la vista atrás, me asombra el poco esfuerzo que hice de verdad por entender lo que sucedía.

Una noche, cuando por fin comenzaron a soplar los vientos otoñales, Helena me buscó para decirme que pronto habríamos de mudarnos a alguna ciudad en la que pasaríamos el invierno. Me explicó que, por extraño que pudiera parecer, solíamos estar más seguros viviendo en una ciudad, entre miles de personas, que cerca de pequeños pueblos escasamente poblados como los que teníamos a nuestro alrededor.

–Cuanta más gente haya cerca de nosotros –aseguraba–, más inadvertidos podemos pasar. Pero eso no es todo. Los habitantes de las ciudades se sienten orgullosos de su mentalidad sofisticada y cosmopolita. Creen que nada escapa a su conocimiento ni a su experiencia, y siempre hallan razones para comprenderlo todo. La gente del campo es distinta. Está obligada a convivir con los caprichos de la naturaleza y posee un control menor sobre su mundo. Se encuentra más dispuesta a aceptar lo que no es capaz de explicar.

La noticia de que íbamos a emprender un viaje me llenó de emoción. Nunca me había alejado demasiado de mi casa, aunque, como ya he mencionado, la idea de viajar me atraía desde hacía mucho tiempo. Ya no me hallaba incapacitado ni mental ni físicamente, de modo que parecía libre para llevar a cabo aquel deseo.

Decidimos que en primer lugar iríamos a Plymouth. Como solo podemos viajar con cierta seguridad de noche, para nosotros es difícil realizar desplazamientos largos si no los efectuamos mediante etapas más o menos cortas. Desde Plymouth tendríamos la posibilidad de ir al lugar que quisiéramos. Hice las gestiones pertinentes para alquilar una casa en las afueras de la ciudad. Después pedí que me armaran dos contenedores de madera, semejantes a dos grandes cajas de embalaje de fácil y discreto transporte, que nos servirían como lugar de descanso durante el día. Helena me dijo todo lo que tenía que hacer y tener en cuenta, ya que su intención era moverse con frecuencia de un sitio a otro. Aseguraba que nunca había considerado muy seguro quedarse demasiado tiempo en el mismo lugar, aunque le gustaba regresar de cuando en cuando a la casa de Cornwall en la que había nacido.

Ordené que prepararan un carruaje para llevarme a Plymouth y a los criados les dije que no sabía cuándo volvería. Viajé solo. Acordé con Helena que lo mejor sería ir por separado: me preocupaba que la curiosidad de la población local se disparase a causa de mi partida... ¡Y emprender un viaje con una mujer desconocida no era precisamente la mejor manera de evitarlo!

Enseguida me sumergí en la vida de la ciudad. Todo era nuevo y resultaba enormemente excitante: me adapté con mucha mayor rapidez y facilidad de lo que había imaginado. Recorría las calles de noche, rodeado de luces brillantes, de carruajes y de gente: multitudes de personas de todas clases y ocupaciones, todos con prisa, como si apenas se dieran cuenta de la presencia de los demás. Allí podía andar por la calle sin problema, dejarme envolver por la muchedumbre sin aquel vago temor a ser visto y reconocido que siempre había sentido en Cornwall. Allí percibía una sensación de libertad que me permitía no esconderme en las sombras sin cesar. Solía caminar por la ciudad solo para observar con entusiasmo a las diferentes clases de gente durante la mitad de las horas nocturnas; a veces entraba en una taberna y fingía beber una jarra de cerveza, ya que nos es imposible digerir comida y bebida normales, simplemente para mirar y sentirme parte de la gran corriente vital que por todas partes fluía a mi alrededor. Frecuentaba las tiendas y compraba cajas enteras de objetos que, en realidad, no poseían utilidad alguna para mí, y lo hacía por el puro placer que me proporcionaba comprar cosas, ver los sonrientes rostros y la brillante mirada de los dependientes al halagarme como si fuera un príncipe, tratando de convencerme para que me desprendiera de las grandes cantidades de dinero que les mostraba. Y es que todo aquello, en medio de la velocidad y el bullicio de la vida urbana, suponía una serie de experiencias nuevas y emocionantes para mí.

Helena se mantuvo distante y solitaria como siempre, aunque yo me hallaba tan absorbido por todo lo que tenía alrededor que su actitud parecía preocuparme menos. No tardé en comprender por qué habíamos ido allí para pasar el invierno. En la región de la que veníamos, la gente se quedaba en casa todo el tiempo posible durante las noches invernales, cuando soplaban los vientos heladores del Atlántico. Nuestras oportunidades para alimentarnos hubieran sido escasas y arriesgadas. En Plymouth, por el contrario, ocurría algo muy distinto. Las calles nunca se hallaban del todo vacías, no importaba la hora que fuera o el tiempo que hiciera. Y abundaban los senderos oscuros, las callejuelas, las fachadas de tiendas y los portales, lugares en los que podíamos esperar y observar sin ser vistos ni levantar sospechas.

Casi había llagado la Navidad, y daba la sensación de que en lugar de un año había transcurrido toda una vida desde que yo fuera aquel extraño y retraído joven que estuvo en casa de los Lansdowne. Una noche negra y fría me encontré deambulando por el paseo marítimo, dejando atrás un sinfín de lugares envueltos en sombras y de figuras sin rumbo. Al poco tiempo dos corpulentos y barbados marineros salieron con estrépito de una taberna situada algo más adelante. En cuanto me vieron, se quedaron quietos, tambaleándose.

–¡Eh! –exclamó uno de ellos, dándole al otro un fuerte codazo en las costillas–. Ahí tenemos… Tenemos a un auténtico caballero.

Se acercaron a trompicones y me miraron de arriba abajo con una descarada curiosidad. Luego me estrecharon la mano por turnos y se presentaron como el "capitán Kidd" y "Davy Jones", refiriéndose a mí con la expresión de "¡Su Majestad!". De pronto se pusieron a lanzar diversos gritos a pleno pulmón y trataron de ejecutar un desgarbado y torpe baile de marineros, al tiempo que salmodiaban una entrecortada canción que, o bien yo no había oído nunca, o su ebriedad les impedía entonar de modo que pudiera reconocerla. A nuestro alrededor se formó rápidamente una pequeña multitud: una chusma de harapientos borrachos con los dientes ennegrecidos que sonreía a base de muecas, aplaudiendo y riendo a carcajadas. Entonces, de repente, los dos marineros parecieron olvidarse de mí y se encaminaron a toda prisa hacia una joven de aspecto un tanto mugriento que, sin duda alguna, no les resultaba desconocida; entre risitas nerviosas le pedían permiso para pasar la noche con ella. Los miré sonriendo durante unos instantes. Después me fui sin perder un segundo.

No había recorrido aún una distancia demasiado larga cuando detrás de mí oí unos pasos que se acercaban cada vez a más velocidad, hasta que por fin los tuve a mi lado. Incliné la cabeza y vi a una menuda mujer pelirroja que aparentaba unos veinticinco años, y que llevaba puesto un vestido verde algo raído. Me dedicó una rápida mirada de reojo y sonrió. Yo no dije nada, pero disminuí el ritmo. Momentos después la mujer habló en voz baja.

–No es seguro andar por aquí, ¿no lo sabes?

Seguí con la vista fija en ella, pero no contesté.

–No es seguro –continuó–. No para un joven caballero como tú. Algunos de los que están ahí te rebanarían el cuello sin dudarlo por media corona y un pañuelo de seda. Créeme. ¡Los conozco muy bien!

La miré de arriba abajo. Su piel era clara y daba la impresión de poseer un cuerpo bien formado, aunque un tanto enjuto. Lo cierto es que era bastante guapa: en realidad, para tratarse de una puta de los muelles, podía decirse que era muy guapa.

–De todos modos –apuntó sonriendo–, solo hay una razón para que un joven caballero como tú esté por aquí. Tengo una habitación cerca. Ven conmigo.

Seguimos andando un poco más y nos metimos por una callejuela oscura y sinuosa. Ella iba delante, guiándome. En mi interior comenzó a crecer un frío y voraz apetito al sentir su cálida proximidad. Noté la tensión de los miembros de mi cuerpo al extender los brazos: me incliné hacia delante con las manos en busca de su garganta. En ese momento estalló una carcajada tenue y ahogada, acompañada de varios pasos poco firmes que sonaron algo más allá de donde nos hallábamos nosotros. Me eché hacia atrás de inmediato, con la vista fija en la penumbra. Se acercaban dos figuras: un hombre y una mujer. El hombre estaba borracho y rodeaba con sus brazos a la mujer para no caerse. Ellos, por supuesto, no nos habían visto en medio de aquella oscuridad, y tampoco mi compañera se había percatado de su presencia. La pareja se detuvo de repente; la mujer se recostó sobre el muro del callejón y tiró del hombre hacia ella, fundiéndose ambos aún más en las tinieblas. Él se tambaleó durante unos segundos, como si fuera a caerse de espaldas, pero logró mantener el equilibrio y empezó a toquetearla de forma tosca con unas manos grandes, encallecidas, mientras sus bocas se encontraban en un torpe y desmañado beso. Mi propia compañera, entretanto, se iba acercando a ellos sin saber todavía que estaban allí. Cuando ya casi se había topado con la pareja, fui a avisarla, pero entonces, al darme cuenta de lo extraña que podría parecer aquella actitud, decidí guardar silencio y me dediqué a observar cómo la chica se trababa con las largas piernas del hombre, que sobresalían de entre las sombras mientras él se apoyaba en el cuerpo de la mujer. La joven tropezó y cayó al suelo dando un chillido: el hombre emitió un gruñido, la mujer apartó sus labios de los de él y masculló:

–¡Eh, tú! ¡A ver si miras por dónde andas!

–¡Tú eres quien tiene que mirar por dónde anda! ¡Puerca estúpida! –replicó mi compañera a gritos, dando rienda suelta a una furia súbita y estentórea mientras se ponía de nuevo en pie–. Si no quieres que la gente te caiga encima, no te pongas en medio de estas callejuelas oscuras. ¡Largo de aquí!

Pasé como pude junto a la airada pareja y sus protestas, y ambos llegamos a toda prisa al final de aquella calleja.

–¡Lo siento! –se excusó la chica con una sonrisa fugaz, recobrando la compostura y alisándose el vestido verde lleno de manchas–. Es que por aquí se puede uno encontrar con un montón de basura. Algunos se ponen a hacerlo en cualquier sitio.

Ahora estábamos en una esquina de la calle. Por encima de nosotros había una farola. Sabía que no podía ocuparme de ella allí. Demasiado a la vista. Demasiado peligroso.

–Es ahí mismo.

Señaló algún punto situado un poco más adelante en la calle. Me condujo hasta un estrecho y sórdido portal. El interior olía a humedad malsana y no se veía iluminado; me hizo subir por unas largas y chirriantes escaleras.

–Hemos llegado –anunció mientras abría la puerta–. Antes de que entráramos, se inclinó hacia mí irguiéndose y sonrió–. No hablas mucho, ¿verdad?

–¡No! –respondí con calma–. No mucho.

La habitación estaba situada en una buhardilla, lúgubre y gris. Las paredes presentaban manchas de humedad, y la única ventana de la estancia se hallaba cubierta por una andrajosa cortina que parecía una manta desgastada. Había unos cuantos muebles antiguos de lo más corriente: una tabla, una silla, un armario para la ropa y una cama con una cómoda al lado. Sobre la mesa se veían una vela y varias cerillas. Ella se acercó a la mesa, cogió una cerilla y encendió la vela. Un tenue destello de luz parpadeante se expandió por la habitación, algo que no contribuyó precisamente a mejorar su apariencia. Eché un vistazo a mi alrededor con curiosidad. Jamás había visto hasta ese momento morada tan miserable; solo había leído acerca de su existencia en las obras de novelistas populares, y me quedé atónito, por no decir horrorizado, al darme cuenta de que sus descripciones no eran en absoluto exageradas.

La chica se dirigió a la cómoda que estaba junto a la cama y sacó una botella medio llena con alguna bebida alcohólica y dos copas.

–¿Quieres beber algo? –preguntó sin dejar de mirarme–. Vamos. Te hará entrar en calor.

–No –contesté–. Gracias.

–¡Oh! Vaya, espero que no te importe si bebo yo…

–¡No!

Sonrió, se sirvió una copa y se la bebió de un trago a toda velocidad. Después se sentó sobre la cama.

–Ven aquí –señaló al cabo de unos segundos. Pensé que parecía un poco nerviosa. No tenía manera de saberlo, pero me daba la sensación de que carecía de experiencia en su profesión. Quizá fuese una criada a quien, por algún motivo, habían despedido sin referencia alguna y no podía encontrar ningún otro empleo.

Me acerqué despacio a la cama, con los ojos clavados en su piel blanca y suave. Se desabotonó rápidamente el vestido y este cayó al suelo desde sus hombros. Con un movimiento de sus brazos recién liberados, comenzó a desabrocharse la ropa interior. Me detuve ante ella, fascinado al ver cómo se abría el corpiño para mostrar unos pechos redondos y rosados. Ella me miró. No me moví de donde estaba y contemplé cómo se quitaba el resto de la ropa, con su piel pálida y delicada temblando a causa del frío. No había visto nunca a una mujer desnuda y mi curiosidad era similar a la de un niño. Ella se tendió encima de la cama; los dientes le castañeteaban ligeramente y, al final, habló:

–¿Qué ocurre? Vamos.

Me senté junto a ella en la cama. Alzó sus brazos, me rodeó los hombros y tiró de mi cuerpo hacia el suyo; después comenzó a desabotonarme el abrigo con sus veloces y diestros dedos hasta que lo hubo apartado de mis hombros para que cayera al suelo, a mi espalda. Luego se puso a deshacer el nudo de la corbata, al tiempo que me desabrochaba la camisa. Sentía las caricias de sus manos ardientes sobre mi pecho descubierto y, en ese momento, se echó hacia atrás dejando escapar un ahogado grito de asombro.

–¡Dios mío!

Su voz era un débil y trémulo susurro.

–¡Dios mío! Estás frío. Tu piel está fría. ¡Muy fría!

–Sí –admití–. Pero tú me vas a calentar.

Y empecé a recorrer su delicado cuerpo con mis manos. Notaba cómo la carne se erizaba bajo mi tacto.

–¿Por qué? ¿Por qué? –era lo que ella no paraba de repetir–. ¿Por qué estás tan frío?

–¡Chsss! –le indiqué mientras comenzaba a besarle la cabeza, la mejilla y la boca, de pronto dominado por una excitación que nacía en su mayor parte, aunque no de manera exclusiva, de mi acuciante hambre de calor y de vida.

Ella trataba de apartarse de mí a pesar de sus propios deseos, frunciendo los labios ante la repugnancia provocada por mis besos. Pero yo la tenía bien sujeta: hundía mis dedos en la suavidad de su carne y experimentaba una sensación del todo nueva para mí. De pronto sentí que lo que quería no era solo alimentarme de su tentador cuerpo desnudo. Al percibir su aliento sobre mi mejilla, los latidos de su corazón tan cerca de mí, ansiaba poseerla, abrazarla y disfrutar de ella tumbada a mi lado, del calor y del bienestar que me procuraban sus brazos alrededor de mi cuerpo. La atraje hacia mí y ella tembló, cerró los ojos exhalando un tenue suspiro y yo capté el surgimiento de aquel primer flujo de energía. Acomodé mi rostro sobre el suyo y di un intenso trago; después, tembloroso, tuve que respirar hondo durante largo rato para recuperar el aliento. El frío me atravesó de forma súbita el pecho como un venablo de acero, recordándome con crudeza lo que necesitaba. Me aferré a ella, mis dedos subieron por su densa y pelirroja cabellera, al tiempo que le inclinaban la cabeza hacia un lado con delicadeza y la mía iba descendiendo para que los labios terminaran hallando su garganta. Mi cabeza se balanceaba despacio hacia atrás y hacia delante mientras llegaba la sangre, fluyendo hacia mí aún sin demasiada fuerza. Su cuerpo adquirió cierta tensión, retrocedió y emitió un largo y sensual gemido. Entonces llegó el torrente, ese caudal que se halla presente en todas las formas de vida existentes, arrastrado desde el interior de su cuerpo hacia el mío como el agua penetrando en una esponja.

Bebía de ella de un modo intenso, la sujetaba con fuerza, y casi al instante se formó ante mí el vórtice giratorio con su poder de atracción. Finalmente logré separarme de ella, me incorporé, dejé caer su cuerpo sobre la cama y traté de recobrar el aliento. Ella extendió los brazos de inmediato, me rodeó el cuello con la mirada perdida, vidriosa, y tiró de mí una vez más; su cuerpo palpitaba de placer bajo el mío, sus pechos firmes subían y bajaban ante mis ojos mientras no dejaba de proferir unos profundos suspiros.

Dudé unos momentos, tratando de resistirme a ella, pero entonces volví a bajar la cabeza y mis labios buscaron su cuello. Algo en mi interior me previno, decía que me detuviera, pero en aquellos instantes, cuando mis manos, como dotadas de voluntad, se deslizaban con suavidad por su torso, sobre sus robustas caderas y alrededor de sus delicados muslos, yo hacía oídos sordos a mis propias súplicas, ya que el deseo iba adquiriendo en mí una fuerza de la que jamás había gozado antes. Yací inmóvil durante varios segundos: parecía que diversas partes de mi ser se hubieran sumido de pronto en un estado de confusión y de conflicto interior. Entonces me lancé hacia delante. No bebí de la herida que acababa de llevar a cabo, pero abrí la boca todo lo que pude para llenarla con su piel dulce y húmeda. Mordí con fuerza. Noté que su carne se desgarraba.

Apreté su contorsionado cuerpo contra la cama: sus gemidos de placer se convirtieron en ahogados y angustiosos gritos de miedo y de dolor, y la sangre brotó de ella en un inmenso torrente carmesí que saltaba a chorros sobre mi cara y sobre mi pecho, casi escaldándome la piel al tiempo que rociaba la cama y el suelo. Sin perder un segundo, presioné con mis labios las grandes tiras de carne desgarrada y la sangre fluyó hacia mi interior, descendió por mi garganta, bramando al atravesar mis venas como si de un torrente abrasador se tratase. Una energía primigenia estalló y rugió a mi alrededor; una vez más surgió el vórtice y yo me arrojé a su mismo centro al verme dominado por un extraordinario placer en estado puro que me arrastraba sobre unas inmensas, poderosas olas de sensual deleite que bloqueaban mis pensamientos, que me anulaban por completo, hasta que tuve la impresión de flotar sin aliento en medio de un enorme mar, girando sin cesar a través de vastas y oscuras regiones de oscuridad. Las sensaciones físicas habían desaparecido: en su lugar había una extravagante procesión de imágenes mentales, como un violento y absurdo sueño de opio. Mundos sombríos y nebulosas extensiones de formas vagas, cambiantes, con unas proporciones inmensas e increíbles, que se desplegaban debajo de mí y aparecían con gesto amenazador por encima, sin principio ni final. Y yo me elevaba, me abalanzaba a través de eones inmensurables, y mi cuerpo carecía de forma: no era más que una bruma en medio de los vientos de un tiempo sin fin, a la deriva, en dirección a algún destino innominado al que quizá jamás se podría llegar.

No sé cuánto tiempo pasó hasta que por fin recuperé la conciencia: me encontré tumbado sobre un charco de sangre pegajosa y medio coagulada en la colcha de la cama, apretando entre mis brazos un cadáver grisáceo, marchito y mutilado. Asustado, horrorizado, arrojé el cuerpo lejos de mí y este fue rodando hasta los pies de la cama moviéndose de un modo absurdo; allí se balanceó, se mantuvo en equilibrio unos segundos, casi sentado, como si se tratara de una desgarbada parodia de vida, antes de desplomarse en el suelo con un sordo estruendo. Me puse en pie de manera vacilante y encontré el abrigo en el suelo, junto a la cama. No presentaba apenas restos de sangre, algo que se me antojó milagroso. Me lo puse y me abroché hasta el último botón para cubrir las grandes manchas de color carmesí que ocupaban la parte delantera de la camisa y los pantalones. Sobre la mesa había una jarra de agua dentro de una jofaina, de modo que, sin perder un instante, me lavé las manos y la cara. Me sentía hinchado y tórpido, y tenía un ligero mareo que hacía que la cabeza me diera vueltas. Era como si hubiera agotado toda mi capacidad para obtener placer y vivir experiencias y ahora me fuera casi imposible sentir nada.

Fui hacia la puerta sin dejar de tambalearme del todo; me apoyé un momento en la pared, cerré los ojos y respiré varias bocanadas de aire para ver si se me despejaba la cabeza. Luego me deslicé escaleras abajo, a oscuras, y me aventuré en la noche.

* * *

Regresé a la casa que tenía alquilada, mareado y aturdido. Entré en el salón y me dejé caer pesadamente sobre una butaca grande y mullida, inclinando la cabeza hacia atrás y cerrando los ojos. Aún faltaban varias horas para el amanecer, pero mi cerebro se hallaba embotado; mi cuerpo, caliente e hinchado, y sentía ganas de dormir. Pero no podía dormir. A medida que mi confuso cerebro iba siendo más y más consciente de lo que había hecho, en mi fuero interno brotaron sensaciones tan horrorosas y repugnantes que mi cuerpo se puso a temblar: el gran y creciente dolor que albergaban mis entrañas me hizo prorrumpir en sollozos imposibles de controlar. Las lágrimas me cayeron por las mejillas y la cabeza empezó a darme vueltas de nuevo. Luego debí de quedarme dormido, ya que a continuación recuerdo que abrí los ojos y vi a Helena sentada en una silla, frente a mí. Estaba recostada en ella, con un espléndido vestido azul y negro encima, y mirándome. Yo aparté la mirada, invadido por una súbita sensación de pánico; dirigí la vista hacia lo que había alrededor, fingiendo interesarme por diversos objetos presentes en la estancia para así evitar sus ojos. Pero los sentía clavados en mí, y de cuando en cuando echaba una ojeada a su rostro, rígido e inexpresivo mientras ella seguía allí sentada, acurrucada, silenciosa e inmóvil. Mi mente se encontraba todavía confundida sin remedio por haber bebido demasiado deprisa, pero tenía la absoluta convicción de que Helena lo sabía, y mi inquietud y mi agitación iban en aumento, porque aquel silencio se hacía cada vez más opresivo. Al final no pude soportarlo más:

–Sí –confesé, mirándola a los ojos–. He matado.

Ella se limitó a devolverme la mirada. Siguió sin hablar. De pronto me vi dominado por la ira.

–¡Di algo! –grité, golpeando con los puños cerrados sobre los brazos de la butaca–. Has sido tú quien me ha creado esta necesidad, esta sed ardiente, este voraz apetito al que no puedo resistirme y que no puedo controlar. Has sido tú quien me ha convertido en un asesino. Y ahora me miras como si..., como si yo tuviera la culpa. Tus ojos me reprochan..., aumentan mi dolor..., si es que tal cosa es posible.

–Te miro como siempre –contestó por fin–. Ese reproche del que hablas no procede de mí. Si te preguntas a ti mismo con sinceridad, entenderás de dónde viene.

Me puse en pie de un salto y proferí un grito de angustia, de rabia, y me puse a recorrer la habitación de un lado a otro sin cesar, sacudiendo la cabeza, frotándome las manos.

–¡La culpa es tuya! –le espeté, resentido–. Tuya. Si me lo hubieras dicho... Si me hubieras recordado el peligro... Si me hubieras hablado... para que fuera más consciente de ello... Si hubieras estado junto a mí..., conmigo... ¡habrías podido detenerme!

Ella dejó escapar un pequeño suspiro.

–John –replicó ella–, podría estar contigo siempre para prohibirte esto o aquello, o para impedir que hagas determinadas cosas, tomando decisiones por ti, actuando como si fuera tu madre o tu pedagoga. Pero no lo voy a hacer. Eso no cambiaría nada en ti. Lo cierto es que ahora pretendes que yo te plantee algún reproche y así ayudarte a apaciguar el sentimiento de culpa. Pero ya te lo he dicho: posees la libertad de actuar como desees. Ni quiero ni puedo controlarte. No acudas a mí para tranquilizar tu conciencia.

Me estremecí, dominado por una frustración absoluta. Era inútil discutir. Sabía muy poco acerca de ella..., acerca de mi propia naturaleza. Me volví hacia ella, medio enloquecido por el remordimiento.

–Si poner fin a una vida te parece algo tan digno de aborrecimiento, ¿por qué acabaste con la mía? *¿Por qué?* ¿Por qué mataste lo que yo era antes?

En ese momento tuve una fugaz y vertiginosa sensación de triunfo, al darme cuenta de que mis palabras, por fin, calaban de verdad en ella. No mostró ninguna señal externa, pero yo lo sabía. Lo sentía. Tras guardar silencio durante unos momentos, me miró y habló con voz muy tenue.

–Es cierto. No tenía derecho. ¿Cómo iba a tenerlo? Pero llevaba sola tanto tiempo... Y siempre que regresaba a Cornwall te sentía allí, solitario y perdido. Sin interés alguno en todo lo que te ofrecía la vida. Tu mente se debatía entre pensamientos y visiones que se hallaban fuera de tu alcance. Y yo te quería. Parecía..., pero las cosas no siempre son lo que parecen. Ni lo que nos gustaría que parecieran...

Se estremeció ligeramente y sus ojos se vieron invadidos por una terrible pena y por la duda. Y enseguida me di cuenta de que compartía todos mis sentimientos de culpa..., de que eran incluso más intensos en ella que en mí, porque se sabía responsable en última instancia. Fue la primera vez que atisbé lo que se escondía tras la confiada e impasible fachada que Helena había mostrado siempre, y me dio miedo ver que ella, a quien hasta entonces veía como un ser fuerte, se encontraba tan acorralada por el miedo y la incertidumbre como yo: el miedo y la incertidumbre propios de una naturaleza que yo apenas comenzaba a entender. Horrorizado por el dolor que le había causado, mi exultación se tornó angustia y corrí hacia ella, la sostuve entre mis brazos y grité:

–¡No! ¡No! Perdóname. No sabía lo que decía. Tú no has matado nada. Lo único que mataste fue un montón de insensatez y de debilidad que jamás gozó de vida auténtica. No sé en qué me he convertido. No sé si algún día lo comprenderé. Solo sé que es infinitamente mejor de lo que era antes. Ahora me siento fuerte, despierto y vivo por primera vez, y más contento de lo que nunca pensé que estaría. Contento de estar contigo siempre que tú me quieras a tu lado.

Me miró. Y aún había pesar en sus ojos. Pesar... y algo más. Algo que yo no era capaz de precisar. Extendí los brazos y acaricié su pelo mientras la acercaba a mí. Y recordé que, cuando de niño y estudiaba mis libros de historia, mi sensibilidad se veía siempre exacerbada y ultrajada al leer acerca de la crueldad de los tiranos y de los monstruos del pasado. Pero, en ese momento, hube de admitir como parte de mi propia naturaleza las violentas pasiones que tanto aborrecía en aquellos hombres, y esta conclusión me llenó de horror.

–¡Nunca más! –susurré de repente, no solo para mí, sino con la intención de que lo oyera Helena–. Nunca, nunca más. No fue algo premeditado. Ha sido un accidente. Solo un accidente. Pero jamás volverá a suceder.

–¡Chsss! –replicó Helena suavemente–. Recuerda lo que te dije. Pero no hagas promesas que quizá no seas capaz de cumplir.

Agaché la cabeza y dejé de hablar. Me sentía embargado por emociones contrapuestas que luchaban entre sí. A pesar de la vergüenza y el impacto emocional que me dominaban, todo parecía insuficiente teniendo en cuenta el crimen cometido. Era como si la frialdad y la indiferencia con respecto a la muerte y el sufrimiento humanos comenzaran a crecer a toda velocidad en mi interior. Sin embargo, otra parte de mí albergaba la turbación causada por estos hechos, y me incitaba a tener compasión, a sentir con todas mis fuerzas. Pero temía no poder jurar de forma sincera que jamás volvería a poner fin a una vida. Era tan rápido..., tan fácil. Y en mi memoria seguía nítido y vivo el recuerdo de sus irresistibles placeres. El deseo de aquella noche me había desbordado, haciendo añicos hasta la última posibilidad de controlar mis propias acciones. ¿Cómo me atrevería a asegurar que nunca volvería a hacerlo?

–¡No declares la guerra a la humanidad, John!

La voz de Helena sonó con una súbita inquietud.

–Ellos son muchos, nosotros muy pocos. Y es muy difícil vivir en una eternidad de odio.

–No guardo ningún rencor a la humanidad –respondí de inmediato–. Ya te lo he dicho. Lo de esta noche no ha sido más que un accidente.

–Sí..., pero..., oh, John... ¿Acaso no lo ves? ¿No te das cuenta de lo que puede llegar a hacerte? ¿En lo que te puede convertir?

–¿Qué quieres decir? –pregunté–. ¿Cómo podría entenderte? Ayúdame a hacerlo.

Ella guardó silencio de nuevo, frunció el ceño y dirigió la vista al suelo. Parecía relajada, tranquila entre mis brazos. Envalentonado, la apreté contra mi cuerpo. Desde algún lugar a lo lejos sonó el lúgubre tañido de una campana. Nunca había tenido aquella visión de los dos juntos: yo la sostenía abrazada, la tranquilizaba. Hasta aquel instante había sentido por ella un respeto reverencial. Pero ahora daba la sensación de que no era en absoluto distinta a mí, y de pronto me vi más próximo a ella. Como ella misma había dicho, no era ni mi madre ni mi maestra. Era mi compañera. Estábamos destinados a ser compañeros a través de los siglos. Quizá para toda la eternidad. Y cada uno de nosotros era todo lo que el otro tenía. La abracé con más fuerza aún. Entonces, de repente, por medio de un rápido y flexible movimiento, escapó de mi abrazo y se puso de pie en el centro de la habitación, con el rostro resplandeciente en la oscuridad, la mirada intensa y pensativa, fija en la pared desnuda situada detrás de mí.

–Mañana... –apuntó tras una larga pausa, con una voz en la que se deslizó una vívida nota de determinación–, mañana llevaremos a cabo los preparativos.

–¿Preparativos?

–Sí –confirmó sin que sus ojos se posaran una sola vez en mí–. Para viajar a Londres.

VII

Londres: entonces la ciudad más extensa y abigarrada del mundo. Todas las sensaciones de placer y de atracción que Plymouth había suscitado en mí se repitieron allí de un modo todavía más intenso. Era, sin duda, el lugar perfecto para que viviéramos Helena y yo: numerosas calles sombrías y estrechas, como nidos de ratas, siempre bullendo de vida; sobre todo prostitutas, indigentes, criminales y hordas de golfillos sin hogar, todos idénticos a las descripciones de Dickens, aunque ahora quizá la gente piense que algo así jamás pudo haber existido al margen de la imaginación de su autor. Confieso que con frecuencia me sentía culpable al alimentarme de seres como aquellos, ya que en su mayor parte parecían incluso más delgados y pálidos que yo.

Alquilamos una casa fuera de la ciudad, cerca del pueblo de Highgate. Yo hubiera preferido algo dentro de la metrópoli, ya que para mí, todavía cautivado por la vida urbana, Highgate era demasiado tranquilo y un tanto rural. Pero Helena defendió con una insistencia mayor de lo habitual que debíamos vivir allí. Aseguraba preferir un ambiente apacible al alboroto que reinaba en Londres; y que nos resultaría bastante sencillo ir hasta la ciudad siempre que quisiéramos. Y eso es lo que yo hacía una y otra vez, solo para observar, desde las oscuras sombras donde me ocultaba, la vida que llenaba las calles, un fenómeno que jamás dejaba de intrigarme.

Sin embargo, a pesar de que yo hubiera preferido el centro de Londres, tuve que admitir que Highgate era un lugar de lo más placentero, y siempre que regresaba de la ciudad durante las horas previas al amanecer, recorría a pie los silenciosos caminos, a solas con mis pensamientos. Pasé varias veces junto al nuevo cementerio de las afueras del pueblo. Aunque tardó muy poco tiempo en verse desbordado e iniciar su declive, el cementerio de Highgate llevaba funcionando solo unos quince años en aquella época, y se estaba convirtiendo en uno de los más suntuosos y elegantes lugares de enterramiento en las proximidades de Londres. Pero ya por entonces, durante la noche, se hallaba envuelto en una extraña atmósfera sobrenatural.

Una mañana, más o menos al mes de nuestra llegada a Londres, mientras paseaba por un oscuro y silencioso sendero a lo largo del muro del cementerio, llamó mi atención la súbita presencia de un vestido blanco agitado por el viento a bastante distancia de donde yo me encontraba. Lo vi solo un momento antes de que se desvaneciera como engullido por las tinieblas. Supuse que se trataría de Helena y avivé el paso, pero al avanzar a grandes zancadas, sin apartar la mirada del terreno que tenía delante, no volví a divisar ni el menor rastro de aquello. Me preguntaba si Helena me habría visto ir tras ella y quizá se estuviera escondiendo para gastarme una broma, aunque tal comportamiento sería impropio en su caso. Por lo tanto, decidí quedarme completamente quieto, observando todo lo que me rodeaba y con el oído alerta ante cualquier movimiento. Entonces lo oí; una respiración acelerada y superficial que procedía del interior de un denso matorral situado a poca distancia detrás de mí. Se me disparó el pulso y mis músculos se pusieron en tensión al tiempo que cerraba los ojos, escuchando durante unos segundos, tratando por todos los medios de conocer la posición exacta de quienquiera que fuese la fuente de aquel ruido. Era una respiración ligera, demasiado ligera para tratarse de un hombre, y de nuevo me pregunté si acaso no sería Helena. Solo había un modo de averiguarlo. Di media vuelta al instante, me lancé en dirección a los arbustos con los brazos extendidos y aparté las ramas para descubrir a quien se hallara oculto entre ellas.

Mientras realizaba aquella acción, algo surgió desde detrás de los matorrales y pasó a mi lado como un rayo. Boquiabierto, retrocedí de un salto y eché los brazos a un lado; acto seguido, tambaleándome, fui en su busca e intenté atraparlo, pero me esquivó y allí me quedé, siguiéndolo con los ojos, tratando de obtener una impresión más nítida de lo que era mientras me eludía, zigzagueante, a una velocidad increíble. Daba la sensación de ser más pequeño que yo y también parecía no tener una forma definida: como una vaga nube de negra bruma giratoria que se deslizara por encima del nivel del suelo sin producir ruido alguno. Hasta que no hubo desaparecido de mi vista, no fui consciente de la conmoción y la inquietud que aquello había arrojado sobre mí: así de rápido había sucedido todo.

Estuve confuso unos instantes y después, para mi sorpresa, oí de nuevo aquella respiración ligera y veloz que salía de algún lugar entre los arbustos. Volví de inmediato a rebuscar entre ellos. Un niño, un chico de unos seis o siete años, estaba tumbado sobre la hierba, medio escondido por las ramas que sobresalían por encima de él. Dormía profundamente y llevaba puesto un largo camisón blanco. Tiritaba muchísimo, le castañeteaban los dientes y tenía la piel casi azul, ya que esa mañana hacía un frío terrible. Al cogerlo en brazos, parpadeó hasta que por fin abrió sus enormes ojos castaños.

–¡Oh! ¡Oh! –exclamó con tenues gemidos, todavía no despierto del todo mientras me miraba. Respiró hondo y después preguntó:

–¿Dónde..., dónde está... el chico?

–¿El chico? –repetí en voz baja.

–El chico..., el chico... de la cara brillante y el pelo amarillo.

–El único chico que he visto eres tú –señalé–. Habrás tenido un sueño...

–¡Oh, no, señor!

Por su rostro cruzó una nota de perplejidad.

–Había un chico. Había uno. Yo lo vi. Estaba debajo de mi ventana y me llamaba..., y yo lo seguí..., y hacía frío, señor..., mucho frío..., y entonces...

La confusión lo dominó una vez más y guardó silencio, al tiempo que un estremecimiento recorría mi cuerpo. Vi en su cuello la herida diminuta, húmeda de sangre, que con toda probabilidad hubiera pasado desapercibida para alguien que no esperase, de algún modo, encontrarla allí. Me quedé estupefacto. Quería regresar a casa sin perder un segundo y contarle a Helena aquel increíble descubrimiento. Miré al niño que tenía en brazos. Se había dormido otra vez. Lo deposité con suavidad sobre la hierba y me dispuse a partir. Pero luego me giré, lo cogí de nuevo y lo acuné con un ligero balanceo. Volvió a abrir los ojos.

–¿Dónde vives? –le pregunté–. Dime dónde es. Te llevaré a casa.

Dominado por la excitación, se me había pasado por alto que si lo dejaba allí en aquellas condiciones, en esa especie de estado de trance, lo más seguro es que muriera de frío antes de que alguien lo hallara. Lo hubiera apretado contra mi cuerpo para darle calor, pero, por supuesto, no podía proporcionárselo. Estaba demasiado perdido y desconcertado para decirme dónde vivía, y yo no tenía tiempo que perder, ya que el alba se aproximaba y quería ver a Helena antes de que estuviera dormida para contarle la noticia. Decidí llevar al chico hasta la casa más cercana, llamé con fuerza a la puerta y me alejé sigiloso; al final oí que alguien venía a abrir y cogía al niño dormido a la entrada de su vivienda.

Tras regresar a casa, comprobé con agrado que Helena aún no había vuelto. La esperé impaciente en el reducido y oscuro sótano en el que yacíamos dentro de nuestras cajas durante el día. Por fin la oí entrar y fui a su encuentro mientras ella bajaba por las escaleras del sótano. Me saludó con una sonrisa y luego escuchó mi historia sin interrumpirme. Sin embargo, para mi decepción, no pareció concederle la menor importancia.

–Pues claro que aquí hay redivivos –afirmó cuando hube terminado–. ¿Por qué crees que insistía yo tanto en que viniéramos a vivir a Highgate?

–Pero..., pero... ¿Por qué no me lo dijiste?

Mi respuesta era una mezcla de entusiasmo y fastidio.

–Siempre tienes mucha prisa –susurró–. Siempre tienes miedo de perder el tiempo. Aún no has comprendido que tiempo es precisamente lo que nos sobra. Pensaba contártelo pronto.

–¡Vaya! ¿Y qué me dices de esos redivivos? ¿Podré verlos? ¿Conocerlos?

Ella se dirigió rauda hacia su caja y abrió la tapa.

–¿No pueden esperar hasta mañana todas esas preguntas? –apuntó con aire indiferente–. Ha llegado el día y quiero descansar.

–Pero, ¿cuándo? –insistí–. ¿Cuándo podré verlos? Dime cuándo.

Ella dudó, me miró fijamente durante unos momentos y luego respondió:

–Mañana, si así lo deseas.

–¡Mañana! ¡Sí, mañana! –asentí emocionado mientras la observaba introducirse en la caja y cerrar la tapa.

* * *

Al día siguiente, cuando nos levantamos, estaba bastante oscuro, ya que el sol se ponía temprano y deprisa en aquellas desapacibles tardes de invierno. Al principio intenté que Helena me hablara de los redivivos, pero no me contó gran cosa, se limitaba a decir que pronto los vería con mis propios ojos.

Por fin partimos; me llevó por los conocidos senderos junto al cementerio para después tomar otros caminos tranquilos, solitarios, hasta que llegamos a un caserón aislado y desvencijado. Había una enorme y oxidada verja entreabierta que colgaba de una sola bisagra, y el interior del jardín se veía tan abandonado y lleno de maleza que, desde casi todas las perspectivas, solo era posible contemplar con cierta facilidad la parte superior de la casa. Entramos y nos abrimos paso a través de los densos matorrales y de los árboles, esquivando las ramas desnudas con forma de garras que se extendían por todas partes, que se entrelazaban con otras ramas, al tiempo que cada árbol y arbusto parecía en lucha con sus vecinos para lograr la supervivencia y la supremacía. Conseguimos avanzar, no sin dificultad, y rodeamos la casa por uno de sus lados.

En la parte de atrás nos encontramos con dos estatuas idénticas de piedra gris, antiguas y deterioradas por la intemperie; doncellas de gesto piadoso que juntaban las manos para orar y que alzaban su mirada vacía al cielo en actitud reverencial. Solo era posible ver la cabeza, los hombros y las manos por encima de la densa maleza que las envolvía; se erguían como centinelas olvidados ante unos escalones de piedra que, surgiendo de los matorrales que había tras ellas, conducían a la entrada posterior de la casa.

Íbamos siguiendo un sendero estrecho, irregular, cuando de repente me di cuenta de que no estábamos solos: otros seres se movían en las proximidades; unas formas oscuras y misteriosas se deslizaban en silencio tras la espesura, observándonos. Figuras como la que yo había interrumpido entre los arbustos la noche anterior: vagas, imprecisas y de formas que no ofrecían la impresión de ser humanas. Empezaba a preguntarme, un tanto inquieto, qué clase de criaturas serían aquellas, cuando una de las figuras surgió ante nosotros como una nube de humo negro. Yo retrocedí, pero Helena permaneció donde estaba sin perder la calma hasta que, por fin, de entre las sombras pareció materializarse un magro rostro blanco que daba la sensación de flotar en el aire delante de nuestros ojos. Acto seguido hicieron su aparición más rostros, uno detrás de otro, a nuestro alrededor, y yo terminé descubriendo cómo lograban aquel efecto. Aquellos redivivos, porque ahora sabía que lo eran, cuatro en total, llevaban unas túnicas negras con caperuza que ocultaban por entero sus cuerpos y se arremolinaban en torno a ellos al moverse, de modo que se fundían con la oscuridad y adquirían una apariencia inmaterial y fantasmagórica. Se quitaron la capucha para mostrar sus rostros. Yo miré hacia delante, clavando la vista en la cara que tenía delante de mí.

El rostro, demacrado y bello a un tiempo, era el de una mujer de edad indefinida. Tenía los ojos hundidos, completamente grises y muy grandes. Casi demasiado grandes para unas mejillas tan reducidas. La nariz era afilada; la boca, firme, pero sensual; y llevaba el denso cabello castaño echado hacia atrás desde la amplia frente y formando largas ondulaciones en su caída. Su adusta expresión se vio suavizada de pronto mediante una sonrisa.

–Mi adorada Helena –saludó con una voz ronca, aunque no por ello menos cautivadora, teñida con el tenue rastro de algún acento extranjero–. Qué maravilla que hayas venido a visitarnos. Hace tanto tiempo… Mucho, sin duda.

Y su sonrisa adquirió una amplitud mayor al tiempo que alzaba los brazos, de tal modo que las largas mangas negras de su túnica quedaron colgando en medio de la oscuridad de un modo casi imperceptible.

–Acercaos, amados míos, acercaos –pidió con un tono de voz afectuoso, y entonces los demás rostros comenzaron a aproximarse de inmediato–. Una amiga –continuó–. Una amiga de hace mucho tiempo que viene a visitarnos.

Eché un vistazo a los demás a medida que iban llegando, estudiándolos uno a uno. Había dos mujeres de una belleza exquisita. Una de ellas era una atractiva rubia de grandes ojos azules, y la otra poseía un cabello incluso más moreno que el de Helena. Su hermosura parecía perfecta, y yo no dejaba de pasear la mirada de una a otra, hechizado. Su compañero era un joven que no parecía tener más de trece o catorce años, y también él gozaba de una notable belleza: tan rubio como la primera mujer, con los mismos ojos violetas y enormes ("el niño de la cara brillante y el pelo amarillo"); lo cierto es que ambos podrían pasar por hermanos con facilidad. Se dirigió hacia mí, observándome atentamente, con una sonrisa fija en la boca y el resplandor que surgía de sus blancos dientes. Hizo un gesto de asentimiento, de manera que la larga melena le cayó sobre la cara, y su expresión me dio a entender que me reconocía de la noche anterior. Sus ojos me inquietaban. Transmitían intensidad e inteligencia. No tenían ningún rasgo propio de la juventud o de la infancia. Hasta cierto tiempo después no me dio por pensar en la posibilidad de que quizá fuera mucho más viejo que yo.

–Esta es mi familia –señaló la primera de aquellos redivivos con un ademán dedicado a su interlocutora–, o al menos una parte de ella.

Y se dirigió hacia las dos mujeres, se colocó entre ambas y las cogió por su diminuta cintura, besando sus mejillas como de mármol, primero a una, luego a la otra: unos besos tiernos, prolongados. Una fugaz sonrisa de satisfacción surgió en su rostro al mirar, en primer lugar, a Helena, y después a mí.

–Obsérvalas –indicó–. Admíralas. ¿Acaso ir en busca de tan alta belleza no es el mejor de los regalos? Esta perfección... Descubrirla. Y luego inmortalizarla.

Las dos chicas se echaron a reír, una risa suave, armoniosa. Y la mujer al frente de aquellos redivivos se acercó a mí, aunque su mirada seguía fija en Helena.

–Pero, ¿quién es tu compañero, Helena? ¿No nos vas a presentar?

–Por supuesto. Se llama John.

–John –repitió, cogiéndome de la mano con fuerza, llevándosela al pecho al tiempo que inclinaba su hermosa cabeza con elegancia–. Te doy mi más cordial bienvenida. Yo soy Hermione.

Miró a Helena y a los demás.

–¡Vamos! Entremos en la casa.

Nos guió a lo largo de un sinuoso sendero entre árboles y matorrales hasta llegar a la escalinata de piedra de acceso a la casa.

–Tendréis que disculparnos por esta furtiva bienvenida –apuntó ella, girándose hacia Helena y hacia mí junto a la puerta–. Pero los otros os vieron primero y me informaron de vuestra presencia. Cuando salí y te reconocí, Helena, fue cuando consideré que era seguro dejar de ocultarnos. Tú sabes bien que debemos tener cuidado para no llamar la atención de los curiosos de por aquí, ya que podrían suponer una molestia para nosotros.

Entramos en la casa. Parecía tan abandonada por dentro como por fuera. Todo estaba lleno de telarañas y gruesas capas de polvo. Los muebles eran escasos. Hacía tiempo que tanto la pintura como el papel habían desaparecido de las paredes. No había alfombras, solo el suelo de madera desnudo. Sin embargo, Hermione nos hizo bajar por una estrecha y desvencijada escalera, pasamos por una puerta, después avanzamos unos pasos por un sórdido corredor hasta alcanzar otra puerta cubierta por una cortina echada. Hermione alzó los brazos y la descorrió. Ante nosotros apareció el sótano, cuadrado y de gran tamaño, y, para mi sorpresa, dispuesto con tanto lujo como un palacio. Magníficas alfombras, pinturas y tapices adornaban el suelo y las paredes. Había numerosos muebles antiguos conservados de forma maravillosa, y ornamentos extraños y exóticos. Todo aquel lugar transmitía opulencia mediante un silencioso e intemporal aire de misterio que lo convertía en algo no muy distinto a algún esotérico templo oriental. En el centro se veía un grupo de amplios sofás cubiertos con lujoso satén, al estilo de los que utilizaban los romanos para sus banquetes; en ellos nos recostamos todos.

No tenía la menor idea acerca de lo que debía esperar, pero, no obstante, lo que sucedió a continuación fue una sorpresa. Nos limitamos a permanecer allí sentados, en silencio. Algo dentro de mí quería hablar, hacer preguntas, saber más sobre aquellas criaturas bellas, fascinantes, pero, por algún motivo, las palabras no me salían. Siempre había experimentado una torpeza similar cuando trataba de preguntarle algo a Helena. Dotado como estaba de unos potentes sentidos y una poderosa capacidad de percepción, algo que aún no había logrado comprender ni controlar como es debido, me resultaba difícil expresar cualquier cosa con las palabras adecuadas. Incluso ahora dista mucho de ser fácil. Sin embargo, mientras me hallaba allí sentado con el resto, sentí que mis pensamientos eran en cierto modo compartidos, y mi mente, en medio del silencio, se vio de pronto invadida por las imágenes e ideas más extrañas, más abstrusas. La verdad es que no soy capaz de definirlas o describirlas, pero durante unos breves y fugaces instantes dio la sensación de que mi concepto de comunicación se transformaba, que el habla y el contacto físico se hacían casi innecesarios. Que de alguna manera podríamos estar más próximos unos a otros sin ellos. En el momento en que intentaba sacar algo en claro de todo aquello, Hermione dio varias palmadas y llamó la atención de su "familia":

–Un poco de diversión, amados míos. Un poco de diversión para que disfruten nuestros invitados.

Las dos hermosas chicas se levantaron al instante y atravesaron el sótano en dirección a una ornamentada librería de grandes dimensiones. Sacaron varios volúmenes encuadernados en piel y procedieron, por turnos, a leer en voz alta algunos de los más imaginativos y turbadores pasajes literarios jamás creados por el hombre: fragmentos de Dante, Milton, Coleridge, Byron y Poe; y después siguieron con un escritor algo menos conocido, cuya obra, sin embargo, me pareció incluso más oscura e inquietante que la de todos los demás: William Blake. Pero la chica morena comenzó citando una invocación tradicional dedicada a la antigua y terrible deidad conocida como Hécate: la legendaria madre de las lamias, reina de la oscuridad, diosa de la magia negra, de la muerte y de la sangre derramada, "la que vaga de noche entre las tumbas y ansía la sangre y el miedo de los hombres mortales". Aunque estas palabras no fueron pronunciadas con un tono serio o reverente, ni como una oración, sino como otra lectura más.

Durante todo ese tiempo yo no hice más que escuchar, completamente obnubilado por el esplendor físico de las mujeres que leían, y por sus voces suaves, dramáticas, susurrantes, que fluían junto a mí, transportándome a extraños mundos inferiores de imágenes y fantasía, recitando impactantes pasajes de *Infierno, El paraíso perdido, La canción del viejo marinero, El Giaour,* y otros.[3]

–Las mentes de los hombres –observó Hermione interrumpiendo en algún momento aquellas lecturas a la vez que dejaba escapar una pequeña carcajada–. La más oscura fuerza sobre la tierra. Tanta belleza... Tanto temor sin nombre... Tanta confusión entreverada con ráfagas de tanta y tan terrible claridad... Imágenes tan oscuras que están más allá del conocimiento de cualquier redivivo. Ningún poder tenebroso puede competir con los pensamientos del hombre. Y, ¿por qué? Porque el hombre está obligado a vivir siempre en el camino por donde avanza la muerte. Nosotros no podemos saber, no podemos recordar lo que significa ser perseguido y acosado por la muerte. Sentir nuestros cuerpos infectados por Ella. Tener miedo de la desconocida oscuridad que Ella trae. Sentir su llegada, que se acerca, cada vez más, con cada latido de vida.

Mientras la chica rubia leía *Matrimonio del cielo y el infierno,* de Blake, entró otro redivivo sin hacer ruido. Un hombre de cabello moreno, muy alto, también de aspecto juvenil y atractivo. Esperó de pie en la penumbra hasta que finalizó la lectura; luego se dirigió hacia Helena sin perder un instante; sus largas piernas lo llevaron de un lado a otro del sótano en pocas y rápidas zancadas. Tomó las manos de aquella entre las suyas y las besó una y otra vez sin apartar la vista de sus ojos durante varios segundos; después la soltó y se dio la vuelta para mirarme.

–¡Ese es John!

Fueron las primeras palabras que Helena le dirigió.

Él se acercó y se sentó en el sofá que estaba junto a mí, observándome con sus ojos oscuros y penetrantes.

–Saludos, John –anunció, inclinándose hacia mí, con una voz teñida de un acento parecido al de Hermione. Alemán, pensé

[3] Obras, respectivamente, de Dante *(La divina comedia),* Milton, Coleridge y *lord* Byron. (N. del T.)

yo, pero no podía estar seguro. Luego continuó hablando–. Yo soy Maximillian, y espero que lleguemos a conocernos bien.

Al pronunciar aquellas palabras, se volvió hacia Helena para dedicarle una amplia sonrisa. Acto seguido hizo un gesto al joven rubio, que estaba repantigado en el sofá más próximo.

–Música, Karl –indicó–. Toca para nosotros. Canta para nosotros.

El chico sonrió, se puso en pie despacio, con elegancia, y se encaminó hacia una lira situada en una cercana urna de cristal. Cogió el instrumento y se colocó frente a nosotros.

No puedo describir su forma de tocar. Era áspera, discordante y desafinada. Aun así, aquella melodía me pareció la más terroríficamente bella que había oído jamás. Transmitía una desolación absoluta, un exotismo que resultaba casi irreal, aunque al mismo tiempo daba lugar a un profundo desconcierto. Pero, a pesar de todo, me cautivó por completo, despertando en mi fuero interno una intensa y misteriosa sensación de enorme calado. ¡Y cuando se puso a cantar...! Su voz aguda, reverberante y totalmente inhumana, subía y bajaba en *crescendos* irregulares, salmodiando versos desiguales algo fuera de tono con respecto a la música, de modo que el efecto de conjunto era incluso más inquietante.

Los versos contaban la historia de un hombre, un mago de amplios conocimientos y gran poder que había vivido hacía muchos siglos, y que aprendió los más profundos secretos de la vida y de la muerte gracias a sus tratos con fuerzas sobrenaturales. Pero al final aquel hombre cayó en manos de sus enemigos, que lo condenaron y lo asesinaron por su vinculación con las artes prohibidas; luego cogieron su cuerpo y lo colgaron de una horca. Pero el mago, mediante sus habilidades adivinatorias y diálogos con espíritus proféticos, ya conocía su destino; y así sucedió que sus seguidores se presentaron en plena noche y se llevaron el cuerpo a una tumba cercana, donde todos se reunieron tal como había ordenado su señor.

Los seguidores rodean el cadáver, lo ponen en un sepulcro para llevar a cabo el terrible ritual de los nigromantes, llamando de entre los muertos al espíritu de su maestro y hacer que regrese a su humana envoltura, de modo que pueda hablarles. Despacio, a medida que se iban produciendo las diversas invocaciones, el cuerpo comenzó a agitarse en medio de una súbita ráfaga de viento. Sus ojos se abrieron, y la voz del mago surgió de unos labios inmóviles. El cadáver dejó escapar un gemido y después gritó:

–¡Estoy sediento! Percibo aquello que fue mi cuerpo. Está seco y agotado. Dadme sangre para apagar esta sed. Sangre para fortalecer el ritual de invocación. Sangre que me permita encontrar la energía para hablar.

Todos sus seguidores sabían que el poder y la energía que se esparcían por el aire a causa de la sangre derramada revitalizarían la manifestación del espíritu de su maestro, y estaban de acuerdo en que cada uno de ellos debería otorgar la ofrenda que se requería de su propio cuerpo. Por lo tanto, mientras se elevaba el tono de su conjuro, el primero de ellos dio un paso adelante para abandonar la protección del círculo mágico y, sirviéndose del cuchillo del sacrificio, realizó un corte en la palma de su mano, dejando que la sangre fluyera en dirección a la boca del cadáver. Los demás seguidores fueron haciendo lo mismo uno a uno, hasta que la voz del mago se alzó con toda claridad.

La voz elogió a los seguidores por su fidelidad; después pasó a relatar cómo había hallado el mago su espíritu entregado en el otro mundo a la búsqueda de la muerte, gobernadora de todo lo terrenal, con la forma de un inmenso y terrible monstruo dotado de voraces quijadas. La muerte lo tomó entre sus terribles fauces y se lo llevó a las profundidades de un abismo gigantesco; atrás dejaron descomunales cordilleras de montañas negras que vomitaban humo y fuego, a través de ciclópeas estructuras de una piedra intemporal, hasta que el mago fue abandonado en lo que reconoció como los más profundos dominios de la muerte. Incluso en medio de las tinieblas del Estigia pudo vislumbrar de una forma extraña, a modo de visión mental, miríadas de espíritus infernales repletos de infinita malignidad; criaturas incorpóreas que se agazapaban farfullando sobre tronos de calaveras en un río de sangre, desde el que las manos de los condenados se alzaban con una angustia desesperada.

Los espíritus gritaban, regodeándose con una monstruosa anticipación, al apoderarse del mago y arrojarlo ante una oscura presencia. Se trataba del mismo y conocido espíritu al que el mago, a lo largo de su vida mortal, había emplazado tantas veces para que, actuando como su esclavo sobre la tierra, satisficiera su ansia de conocimiento y de poder. Ahora se habían intercambiado los papeles: el mago se encontraba sometido a aquel espíritu oscuro, y, del mismo modo en que en otro tiempo el espíritu se vio obligado a ofrecer al mago sus conocimientos acerca de la tierra de los muertos, ahora era el mago a quien se exigía responder a las preguntas del espíritu con respecto al mundo de los vivos.

El cadáver del mago se quedó callado.

–Maestro –continuó el primero de sus seguidores–, ¿qué clase de conocimiento buscaba el espíritu?

–Me estoy debilitando –indicó el cuerpo–. Debo regresar a la oscuridad. Pero volved mañana a medianoche y repetid el ritual. Invocadme de nuevo, y ofrecedme vuestra sangre; yo, a cambio, podré contaros más acerca de estos asuntos.

En consecuencia, se presentaron allí otra vez siguiendo los dictados de su maestro. El cuerpo volvió a recibir un hálito de vida, así como la voz del mago, que solicitó las ofrendas de sangre; y el consumido cadáver en descomposición se agitó; en esta ocasión elevó las manos para sostener las muñecas de los otros y beber de cada uno de ellos, presionando débilmente sus heridas y así hacer que la sangre llegara a sus labios. Una vez más el mago comenzó a hablar con renovadas fuerzas.

–El espíritu oscuro buscaba conocimientos acerca de la vida humana –anunció el cuerpo–. De lo que significa respirar, tocar y sentir. Quería saber de la tristeza y de la alegría y del amor. Porque los ángeles del infierno poseen la misión de llevar el sufrimiento a las almas condenadas tras hacerlas prisioneras. Se trata de una misión encomendada por Dios.

–¿Cómo se sufre en el infierno? –preguntó el aprendiz del mago.

–¡Recuerdos de la carne! –gritó la voz que surgía del cadáver–. Fantasmales dolores causados por la pena y el remordimiento, que suponen ausencia de felicidad y de esperanza. Agonías que persisten incluso cuando la carne ha desaparecido. Y es que en el infierno solo hay dolor, pero a aquellos espíritus que actúan como guardianes del infierno se les concede un privilegio: no sentir nada. Nada durante toda la eternidad. Son inmunes a cualquier tipo de dolor, aunque también carecen de las demás sensaciones. Y desprecian a las almas humanas por sus recuerdos de la carne.

Así prosiguió su alocución a lo largo de la noche, escarbando en numerosos y oscuros misterios: el propio espíritu del mago se comportaba como un canal que conducía al infierno, hasta que, por fin, les ordenó que volvieran la noche siguiente.

Los seguidores comenzaban a darse cuenta de que su fuerza se iba agotando, aunque era tan grande la tentación de obtener el conocimiento impartido por el espíritu del mago que no podían negarse a continuar.

La tercera noche también llevaron a cabo el ritual, y esta vez el cadáver se incorporó, se sentó sobre su losa y abrazó a los acólitos uno por uno, al tiempo que se aferraba a sus cuerpos y bebía con fruición su sangre. Hasta que al final fueron los mismos seguidores quienes parecían tan debilitados y tan pálidos como lo estaba antes el cadáver. Se habían vuelto las tornas y ahora el cuerpo del mago revivía, sus heridas estaban curadas y resplandecía lleno de vigor y de fuerza.

Entonces el redivivo se puso en pie ante ellos y habló; su voz se mostró extrañamente poderosa y resonante, ya que de pronto había adquirido un fuerte eco que la distanciaba de la del antiguo mago, haciendo que parecieran dos voces fundidas en una sola.

–Ahora –señaló– conoceremos la vida y la carne eternas. No perteneceremos ni a la muerte ni a la vida, y llevaremos los castigos del infierno al mundo de los hombres. También vosotros, que sois nuestros discípulos, podéis esquivar para siempre a la muerte, con tal de que no cesen jamás vuestras ofrendas de sangre.

Los seguidores se hallaban exhaustos, y dijeron que ya no podían dar más sangre o, de lo contrario, morirían casi con toda seguridad.

–¡En la muerte habrá vida! –replicó el redivivo–. ¡Acudid al mundo de los hombres! Encontrad allí las ofrendas..., el eterno sacrificio de sangre en nuestro honor..., y así nuestro pacto quedará sellado.

Así nació el primero de los redivivos: el Maestro de los redivivos... y sus hijos.

Esta historia, con sus oscuras y siniestras alusiones, me produjo una gran alarma, porque yo pensaba que todas las leyendas extravagantes se basaban en alguna verdad inicial. Pero entonces Maximillian se inclinó hacia mí, sonriendo, e hizo la siguiente observación:

–Un cuento divertido. Ya lo has visto. Hasta nosotros tenemos nuestros mitos y nuestras fábulas. Incluso nosotros.

Asentí, aunque necesitaba preguntarle más cosas; entonces aquel chico, Karl, empezó a tocar de nuevo la lira y se puso a cantar con mayor intensidad que antes.

Vagabundos en los dominios del tiempo,
viajeros en el infinito,
almas que pueden prosperar por siempre
sin temer ni al hombre, ni a Dios, ni a la muerte.

Al igual que los Olímpicos
nos alimentamos de un néctar,

cálido y suave trago de muerte,
oscuro vino de inmortalidad.

¡Oh, tiránica muerte! Que en todas partes
impone su cruel y despótico dominio,
la conocemos bien, como elegidos suyos,
pero Ella no sabe quiénes somos.

No nos conoce porque solo nosotros
podemos vivir más allá de su frío abrazo,
aunque una y otra vez la tomamos
en nuestros brazos como si fuera una amante.

Muerte, esclava nuestra,
solo nosotros te hemos doblegado,
hemos logrado someterte,
podemos tocarte impunes.

Somos los amos,
los rondadores de la noche,
los dueños del sepulcro,
somos los señores de la muerte.

A continuación vinieron más versos. No los recuerdo, pero sí cómo me afectaban a medida que los cánticos y la música se hacían más frenéticos e intensos, más duros para mi oído y para mi alma. Me vi contagiado por una creciente impresión de desasosiego y conflicto internos: una parte de mí se afligía a causa de aquella extraña cacofonía, pero otra parte estaba emocionada, aunque, en medio de esa confusión, no encontré ningún motivo para sentir nada en particular. Eché una ojeada a Helena, que a su vez también me miró, en apariencia indiferente ante la actuación que tenía lugar. Y todo el tiempo percibía sobre mí la oscura mirada de

Maximillian, aunque, no sé por qué razón, era incapaz de devolvérsela. Y cuando llegó la poderosa cadencia final de "somos los señores de la muerte", me invadió una sensación de alivio que, no obstante, vino seguida de un inmediato y renovado malestar.

–¡Vamos! –exclamó Maximillian por fin, mirando a su alrededor mientras se ponía de pie, con una sonrisa que crecía al tiempo que sus ojos terminaban fijándose en Helena–. Todo está preparado.

Los demás se incorporaron y las dos chicas se acercaron a mí, primero sonrientes, después riéndose, situando sus manos sobre mis hombros para luego conducirme escaleras arriba desde el sótano siguiendo los pasos de Maximillian y Hermione.

–¿Qué sucede ahora? ¿Adónde vamos? –pregunté a una de ellas. Su sonrisa se hizo más amplia y se le dilataron las pupilas, pero no dijo nada.

Continuamos subiendo hasta las estancias superiores de la casa y finalmente nos detuvimos delante de la puerta de un desván. Maximillian se dio la vuelta y me miró con atención durante unos instantes; después se adelantó, dejando la puerta entreabierta mediante un leve empujón y echando un vistazo al interior. Se giró hacia nosotros una vez más.

–¡Adelante! –indicó con un tono de voz suave–. Podéis comenzar.

Su actitud era solemne. No poseía ni un gramo de la excitación que parecía haber contaminado a sus compañeros.

Los redivivos avanzaron al unísono sin apartar los ojos de la puerta. Maximillian la abrió del todo y luego se hizo a un lado. Yo seguí a los demás con curiosidad, esforzándome por ver lo que había tras ellos en aquella habitación. Se trataba de una pareja de seres humanos sentados en sendas sillas junto a una mesa vacía; un hombre y una mujer jóvenes de rostros enjutos, demacrados, que vestían ropas pobres y andrajosas. Parejas así, hambrientas y sin dinero, se podían encontrar por entonces en todo

Londres, y resultaba sencillo tentarlas prometiéndoles comida, refugio o un empleo.

Los redivivos entraron uno a uno en la estancia, despacio, y se colocaron en fila india delante de la desgraciada pareja, con la vista clavada en ella, callada e inmóvil. Por fin Maximillian fue tras ellos y me dejó solo en el umbral. Y es que hasta ese instante no había caído en la cuenta de la ausencia de Helena. Pero, por el momento, me hallaba demasiado preocupado por ver lo que sucedía en el interior de la habitación como para tratar de averiguar su paradero.

La pareja de humanos se mostraba visiblemente asustada frente a aquellos pálidos y bellos desconocidos. El hombre miraba a Maximillian con cierta tranquilidad, ya que no cabía duda alguna de que era él quien los había llevado allí. Al final, tartamudeando, preguntó:

–¿Podríamos...? Quiero decir... ¿Sería usted tan amable, señor, de explicarnos cuáles serán nuestras obligaciones..., señor..., en el puesto que tienen ustedes en mente para nosotros?

Los redivivos permanecían con la mirada fija en ellos, sin hablar. La mujer estaba cada vez más asustada y empezó a lloriquear. El hombre tendió el brazo enseguida y cogió su mano; sus ojos también dejaban adivinar desconcierto y temor mientras observaba aquella hilera de rostros blancos, inexpresivos.

–¿Pasa..., pasa algo, señor? –balbució, tragando saliva con fuerza. Seguía sin obtener respuesta.

Ambos ya se habían dado cuenta de que algo iba mal. El hombre se puso en pie y ayudó a la mujer a incorporarse.

–Creo..., creo que deberíamos irnos, señor. Creo que ha habido un error.

–¡Es posible! –admitió Maximillian, acercándose a él y poniéndole una mano en el hombro con aire de fingida preocupación en el rostro–. Es posible que ustedes hayan cometido un error. Oh, sí. Sí. Me atrevería a decir que es muy posible. Yo no he cometido ninguno. Yo dije que les necesitaba. Y así es. Y en lo que se refiere a sus obligaciones –informó, sonriendo–, no tardarán en saber cuáles son.

Y estalló en una carcajada, una desagradable, exagerada carcajada.

–Apártese –pidió el hombre a Maximillian, con los ojos de par en par y los puños cerrados. Ya no queremos el trabajo. Deseamos irnos.

–¡Oh! Así que desean irse... Ya no quieren el trabajo. Bueno, debo admitir que la mayor parte de la gente no lo consideraría el puesto idóneo...

Maximillian sonrió y realizó un gesto de asentimiento. Entonces estiró los brazos, asió el corpiño de la mujer y lo rasgó en un instante, de modo que sus pequeños pechos blancos quedaron a la vista. Ella dio un grito e intentó apartar aquella mano mientras el hombre vociferaba furioso y se lanzaba, agitando los puños, contra Maximillian, que lo esquivó sin molestarse demasiado y acto seguido, mostrando una despreciativa sonrisa, lo cogió por el cuello y lo tiró al suelo con fuerza. La mujer volvió a chillar y Hermione se colocó tras ella, agarrándola y arrojándola al suelo junto a su marido. Tanto Maximillian como Hermione retrocedieron y dejaron que la aterrorizada pareja se pusiera de nuevo en pie, sin hacer ningún otro movimiento contra ellos, como invitándoles a salir corriendo para huir. El hombre miró desesperado a su alrededor. A su espalda, en el lado opuesto del desván, había otra puerta. Cogió a su semiinconsciente esposa, la llevó hasta aquella puerta y abrió.

La estancia se llenó de inmediato con el nauseabundo hedor de la carne en descomposición. La puerta conducía a otra pequeña habitación, y allí, tirado en el suelo, yacía el desnudo cuerpo sin vida de un hombre que llevaba muerto varios días. Le habían rajado de un modo brutal la garganta, que se hallaba cubierta por sangre seca y endurecida. Tenía los ojos abiertos de par en par, la mirada helada en una espantosa expresión final de dolor y agonía; el rostro se había hinchado y estaba negro, mientras que la boca permanecía abierta, llena de sangre. Detrás de él había otros dos cadáveres en un estado similar de mutilación.

Los dos humanos retrocedieron tambaleándose, agarrados el uno al otro para mantener el equilibrio, sintiendo náuseas ante el asqueroso olor; terminaron cayendo juntos al suelo, acompañados por los ecos de las frías carcajadas que llenaban la estancia. Y oí hablar a Maximillian en un leve y sibilante susurro.

–Observad su legado. Tomad nota de su miedo. De su angustia. De su desesperanza. Del horror ante la muerte. Sentidlo. Saboreadlo.

Los redivivos los rodearon, pasando las manos sobre los rostros y los cuerpos de sus víctimas indefensas. Y, en medio de todo aquel tumulto, el hombre se aferró a la mujer y comenzó a llorar: largos, estruendosos sollozos que imploraban la ayuda de Dios para que los salvara, algo que solo sirvió para que sus opresores se deleitaran todavía más, elevándolos a lo que parecía una especie de éxtasis delirante.

La voz de Maximilliam retumbó por toda la habitación.

–¡Idiotas! –gritó a punto de proferir una alegre carcajada–. ¡No hay ningún Dios! ¡No os puede ayudar! ¡Lo único que hay es muerte! Mostrádselo, amados míos. Mostradles sus derechos de nacimiento. Mostradles su destino.

Durante todo aquel tiempo yo supe a la perfección lo que iba a suceder, y, a pesar de todo, no moví un solo músculo, paralizado por una especie de macabra y abrumadora fascinación. Al final recobré la sensibilidad y aparté la vista al instante al tiempo que daba un grito. Un momento después tenía a Maximillian a mi lado.

–¡Únete a ellos si lo deseas! –sugirió con suavidad y con un elegante gesto dirigido al espantoso acontecimiento. Lo miré fijamente sin decir una palabra. Él arqueó sus oscuras cejas–. No queda otra opción. Es la única manera que tenemos de comprender a los hombres. Comprender la muerte. Comprendernos a nosotros mismos.

Cerré los ojos. No podía hablar. Matar a unos inocentes ya era algo terrible de por sí, pero aquel perverso y brutal prólogo de terror..., era una monstruosidad que superaba cualquier elucubración. Maximillian se acercó a mí y me dijo lo siguiente:

–No te escandalices. ¿Es que acaso no lo ves? Esta es la realidad de nuestras vidas. Esta es la belleza primordial. Trata de entenderlo.

Frunció los labios en una leve mueca de desprecio.

–A través de esas criaturas –señaló con indiferencia a las víctimas que aún se defendían– podemos conocer la muerte. Podemos sentir de nuevo los instantes del morir y del renacer. Podemos conocer el miedo, la desesperada, aunque, ¡ay!, inútil lucha por la vida. Y después la sublime experiencia final de la propia muerte. La muerte que nosotros traemos. Nuestras mentes, nuestras almas, se funden con nuestras víctimas en la muerte. A través de ellas podemos viajar más allá de la misma vida, adentrándonos más y más en los dominios de lo desconocido con cada vida a la que ponemos fin. ¡Oh! Pero tú no lo entiendes, ni siquiera has empezado a imaginar el poder, la clarividencia, el entusiasmo... ¡de experimentar la muerte cuando no puedes morir!

A pesar del miedo y la repugnancia que sentía, comprendí muy bien lo que quería decir. Recordé el momento en que me convertí en lo que era, y también cuando acabé con la vida de la joven prostituta: entonces había conocido la muerte; vislumbré durante unos breves segundos las vastas, fabulosas regiones que no eran más que el principio de su imperio. Ahora me daba cuenta de que apenas había comenzado a experimentar de verdad lo que significaba poner fin a una vida.

Volví a echar un vistazo al interior de la habitación. El chico redivivo y la joven rubia se hallaban agazapados sobre el cuerpo tumbado de la mujer, mientras que Hermione sujetaba al hombre, a punto de desmayarse, por detrás, y la chica morena se aferraba a su pecho. Sus labios estaban rojos y sus cuerpos se estremecían al saciarse; sus macilentos y bellos rasgos habían sufrido una transformación: ahora resultaban bastos, envilecidos a causa del placer. Pero su mirada se mostraba perdida, fría y cruel, carente de emoción, al igual que la de unos despiadados y salvajes tiburones. Ante mis ojos tenía una escena terrible, trágica: los rosados y resplandecientes cuerpos de los humanos se iban marchitando poco a poco, volviéndose blancos, a medida que la vida los abandonaba para inflar y colorear los pálidos rostros bestiales de los redivivos, que poco antes me habían parecido casi divinos. ¡Pero lo peor, lo más obsceno de todo aquello era...! Las pobres víctimas, aturdidas, sin ninguna energía para seguir luchando...: a pesar de todo su terror y de todo su sufrimiento, sus cuerpos se sentían excitados. Había placer físico en ellos. Aparté la mirada, ardiendo por dentro con un horror, una ira y una indignación imposibles de describir.

–¡Ven conmigo!

Ahora William me cogió del brazo para llevarme escaleras abajo otra vez. Me condujo hasta una pequeña puerta, que abrió con una llave. Señaló hacia el interior. Se trataba de un cuarto, oscuro y frío, donde, acurrucado en un rincón, ya que no se podía estar de pie, había un niño muy pequeño de cabello rubio que nos miró con los ojos enrojecidos y apagados por el miedo y el sufrimiento. Empezó a llorar y a suplicar por su libertad, pero Maximilliam no le prestó más atención de la que dedicarían los empleados de un matadero a los balidos del ganado. Se limitó a dirigirse a mí, diciéndome con una maliciosa sonrisa:

–Reservo lo mejor para mí.

Y a continuación:

–Coge al chico y acompáñame. Vamos a conocer la muerte juntos.

Mis labios dejaron escapar un grito. No aguantaba más. Mi única idea era la de abandonar aquel lugar. Eché a correr a través del pasillo hasta llegar a la puerta de atrás y oí a Maximillian venir tras de mí, llamándome con aquel extraño susurro que reverberaba en mi mente sin cesar, incluso cuando, desesperado, me tapaba los oídos con las manos.

–¡Espera! –exclamó–. Detente. Escúchame.

Abrí la puerta y salí corriendo al jardín, pasé a trancas y barrancas entre los arbustos, atravesando como pude las ramas que sobresalían, que me arañaban la cara y se me enganchaban en la ropa. Las manos de Maximillian asieron mis brazos y tiraron de mí hacia atrás. Peleamos unos instantes, pero fui incapaz de quitármelo de encima, de modo que me di la vuelta para encararme con él. Sus ojos negros se clavaron en los míos y por un momento no pude evitar la impresión de que allí parecía residir una enorme tristeza.

–¿Por qué corres? ¿Realmente es porque lo que ves te horroriza? Deberías haberte contemplado ahí dentro, John. Deberías contemplarte ahora. Tus ojos resplandecen. Tus labios tiemblan. Estás excitado. Excitado hasta un punto que no puedes controlar.

Deseaba gritarle, decirle que estaba loco, pero los músculos de mi garganta se habían quedado paralizados, las palabras no surgían, y solo emití un gemido.

–Es cierto –continuó él–. No puedes engañarme. Ni siquiera puedes engañarte a ti mismo.

Aparté la vista de él. Lo odiaba. Me obligó a mirarlo de nuevo.

–¿No lo entiendes? ¿De verdad que no lo entiendes? ¿No eres capaz de ver la razón por la que Helena te ha traído aquí? Tu reacción. Tu temor. Tu repugnancia. Eso es lo que ella quería.

Lo miré fijamente, sin comprender. Me resultaba casi imposible razonar.

–Todavía eres muy joven –susurró–. Aún no has empezado a comprender que tu vida no tiene fin. Sigues asustado por lo que te verás obligado a hacer para vivir. Y Helena tiene que procurar que eso no cambie o, de lo contrario, sabe que te perderá.

Me observó con atención y sonrió, como si estuviera contándome una especie de chiste macabro y confidencial.

–Hay muchas cosas que deberías saber acerca de Helena –señaló–. Muchas, sin duda.

Sacudió la cabeza y su rostro volvió a adoptar un aire lúgubre.

–Pero te diré algo. Ella rechaza todo lo que es propio de su naturaleza, aunque no puede soportar sola esas privaciones ni la angustia que comportan. Y por eso quiere que tú cargues con una conciencia que para ti es superflua e inútil. Quiere atarte a ella en una eternidad de tormento.

–¡No!

Por fin logré recuperar mi voz.

–Me permite elegir…

–¡Elegir!

Me interrumpió con una potente carcajada.

–¡Claro que sí! No me cabe duda de que te tiene bien atrapado. No te das cuenta de los grilletes con los que te ha hecho prisionero.

–¡No! –grité de nuevo, furioso.

–Escúchame. He vivido más tiempo que tú. Más que Helena.

Respiró hondo.

–Fui yo quien inició a Helena. Es mi hija. Tú eres mi hijo.

Un escalofrío recorrió mi cuerpo. Él vio el horror reflejado en mis ojos y volvió a reírse, pero esta vez su risa era fría, la de alguien que se sentía ofendido.

–Yo era su prometido. Gozaba de los favores de su familia. Esos juegos me resultan divertidos. Y entonces me la llevé conmigo delante de sus propios ojos. La deseaba por su belleza. Por sus notables virtudes. Pero al final esas virtudes se revelaron como demasiado notables para su propio beneficio. En realidad sabe, como tú lo sabes también, que el mayor impulso, la satisfacción y la excitación primordiales, consisten en matar. Para los hombres y para los de nuestra especie. Pero los hombres deben albergar dudas, deben inventar normas y leyes comunes, antinaturales, para compensar su mortalidad, fomentadas por su miedo a la muerte y a la venganza de Dios. Nosotros somos diferentes. Nuestro deseo es la única ley. Deseo y naturaleza… son lo mismo. ¿Cómo separarlos? Y suprimir el deseo es concederle una fuerza irresistible. Esto es cierto en el intervalo de tiempo de una vida humana…, en el de un año..., incluso en el de días. Si es así, ¿con qué fuerza no podrá manifestarse, cuán irresistible no será, a lo largo de toda la inmortalidad? ¿Imaginas la tortura? Y la fuerza absolutamente destructiva a la que darían lugar las pasiones ocultas durante siglos cuando ya no pudieran contenerse y se desataran... Todo el vasto poder de la misma Naturaleza. No dejes que ese mal crezca en tus entrañas, amigo mío. Porque al final pisoteará y aplastará tus pobres escrúpulos sin piedad ni moderación ninguna, y engendrará horrores junto a los cuales lo que has visto esta noche te parecerá insignificante. El poeta Blake lo expresó con claridad en los *Proverbios del infierno* que hemos oído anteriormente:

»“Antes asesinar a un niño en su cuna que alimentar deseos irrealizables.”

»Blake, en muchos sentidos, fue un hombre de gran agudeza. Más, creo yo, de lo que él mismo llegó a saber jamás. Algunos creían que sus obras estaban inspiradas por el Diablo. ¡Piensa en ello! Un hombre que no le temía a su propia imaginación. Podría haber sido un redivivo admirable.

Asintió despacio y después continuó:

–Toda clase de vida ha de nutrirse de vida. Y, si las bestias y los pájaros y las cosechas del campo crecen sobre la tierra para saciar el apetito de los hombres, ¿cuál es el propósito de la existencia de los seres humanos, sino satisfacer las necesidades de quienes estamos por encima de ellos?

Ahora de mis ojos manaban las lágrimas; lágrimas de desesperanza y angustia. No era capaz de seguir escuchando aquello. Pero tampoco me podía liberar del terrible abrazo con el que me tenía asido.

–¡Tengo que irme! –exclamé por fin, con una voz débil y trémula.

–¡Vete! –gritó–. Pero recuerda que no habrá nada para ti. No por el camino que has escogido. Tu existencia se convertirá en un tormento eterno. Una maldición a la que no se podrá poner fin. Un infierno que habrás creado tú mismo. ¿Engendrarás a tus propios hijos? Llegará un momento en que lo desearás. O hallarás belleza y amor, y los contemplarás marchitarse en la muerte y la decadencia, dejándote solo para afrontar los siglos que tienes por delante. Únicamente nosotros poseemos el poder de conservar todo eso, para que exista junto a nosotros por siempre, para que haga de nuestras vidas una bendición, no una tortura. Pero tú perderás a tus hijos. O existirás con ellos en medio del enfrentamiento y el odio cuando trates de retenerlos con tus desfasadas y equivocadas ideas: los miserables despojos de tu humanidad perdida.

Al final me soltó y yo me quedé mirándolo durante unos instantes. Por mi mejilla se deslizaba una lágrima y me sentí como un niño ridículo y humillado. Luego me di la vuelta y me fui, caminando con dificultad entre los helechos. El susurro de Maximillian seguía resonando en mis oídos incluso cuando ya me encontraba muy lejos de él.

–Vete y aprende –decía–. Cada uno de nosotros debe hallar su propio camino a través del infinito. Pero cuando hayas aprendido, como con toda seguridad sucederá, vuelve a mí. Yo te enseñaré.

VIII

Corrí a ciegas hasta que por fin los fantasmagóricos susurros de Maximillian se convirtieron en silencio. Pero el recuerdo de sus lúgubres y espantosas palabras permanecía como un eco implacable en mi mente. De pronto me detuve y me quedé quieto, mirando fijamente hacia delante. Aunque no podía verla, al instante supe que allí estaba Helena, observándome y esperándome. En mi interior estalló la ira. La ira y el dolor al darme cuenta de que se había aprovechado de mi confianza y mi dependencia de ella para empujarme, sin yo sospechar nada, hacia aquel terrible encuentro. Estaba furioso, confuso y atemorizado. No sabía qué pensar o qué creer. Me acordé de todo lo que Maximillian había dicho o insinuado acerca de Helena, y empecé a preguntarme si acaso no sería cierto. Al margen de lo que pudiera pensar de él, no se me pasaba por la cabeza que Maximillian fuera un estúpido. Y, ¿qué motivo podría tener para mentirme? Sacudí la cabeza: no pensaba con claridad y las ideas no hacían más que dar vueltas y más vueltas en mi mente; entonces, medio trastornado por la rabia y el dolor, grité hacia la oscuridad:

–¡Aléjate! ¡Aléjate de mí! ¡Déjame en paz!

Avancé a toda velocidad en medio de la fría noche, sin saber hacia dónde me dirigía ni por qué seguía corriendo; como a Jan Tregeagle, perseguido por los demonios de los viejos cuentos de Sally, mis propios demonios de la duda, del miedo y de la angustia me pisaban los talones.

Con la cabeza agachada, los ojos fijos en el suelo, sentía más que veía, a la gente que pasaba junto a mí mientras caminaba de forma mecánica hacia el pueblo. Al final comenzó a nevar, y la nevada se fue haciendo más intensa al tiempo que el viento adquiría una mayor intensidad, arremolinando los copos en torno a mí de modo que aquello terminó pareciendo una especie de blanco torbellino de niebla. Seguí andando, casi incapaz de ver nada a mi alrededor, con una sensación similar a la de la ceguera y la indefensión que los hombres sufren en la oscuridad: impresiones que casi había olvidado a lo largo de los últimos meses. Me subí de inmediato el cuello y me ceñí el abrigo al máximo, aunque lo cierto es que el frío no significaba nada para mí. Los transeúntes surgían de pronto de aquellas nubes de blancura, luego se desvanecían de nuevo en ellas, y comenzaba a apoderarse de mí la más absoluta desesperanza cuando, finalmente, sentí aquellas primeras y terribles punzadas provocadas por el hambre.

A continuación oí pasos detrás de mí y me aparté; entonces vi la vaga silueta de un hombre caminando. Cada vez sentía más necesidad de alimentarme, de modo que lo seguí, acechando de forma instintiva. Avanzaba muy despacio y con precaución. Podría haberlo atrapado fácilmente, y la nieve que caía era la cobertura perfecta para hacerme con él, pero, por algún motivo, me contuve.

Permanecí tras él, lo mantuve al alcance de la vista hasta que al final se detuvo junto a un portal, sacó una llave y se inclinó en busca de la cerradura en medio de la penumbra. Me deslicé sin hacer ruido, dispuesto a saltar sobre él antes de que abriera la puerta, pero, una vez más, en el último momento no me decidí a hacerlo. Abrió la puerta, entró y del interior surgió un torrente de luz y de calor. Entonces se dio la vuelta y me vio. Me miró, sonriendo, tratando de distinguirme bien a través de la cortina de copos de nieve arrastrados por el viento; no pareció sobresaltarse por mi presencia. Era joven y tenía el cabello oscuro, lacio, además de un rostro agraciado y alegre. Me quedé paralizado, mirándolo fijamente, más sorprendido que él.

–Das la impresión de haberte perdido –apuntó con aire amigable. Yo no respondí–. ¿Te has perdido? –insistió.

–Sí –mascullé por fin–. Sí, me he perdido.

–No me extraña –reconoció sonriendo–. Yo he tenido suerte al encontrar el camino hasta mi propia casa. ¿Adónde tienes que ir?

–A ningún sitio –respondí–. No importa.

–Bueno –señaló–, ese es el único lugar al que vas a llegar por el momento.

Dudó un instante y dio la sensación de que iba a cerrar la puerta, pero entonces dijo:

–Puedes quedarte aquí un rato. Hasta que deje de nevar. No hace una noche como para vagar perdido por las calles.

Acepté con un gesto de asentimiento, le di las gracias y entré detrás de él. La verdad es que no podría explicarlo, pero de repente sentí una fuerte atracción por su alegre y acogedor hogar; yo, que ya llevaba una buena temporada acostumbrado al frío y a la oscuridad.

Me condujo por un estrecho corredor a sus habitaciones, pequeñas y con pocos muebles, aunque repletas de libros colocados en estanterías repartidas por todas las paredes, además de los amontonados en los rincones. Supuse que se trataría de un estudiante. Encendió una lámpara, luego un fuego, y después hizo que me acomodara en una silla. Se quitó el sombrero y el abrigo y se sentó frente a mí. Estuvimos callados unos instantes y yo tenía la vista fija en el suelo, con la mente aún vacía, en blanco. A continuación comenzó a hablar. No recuerdo sobre qué, ya que me hallaba demasiado absorto en mis propios pensamientos, y me limité a oír lo que decía sin interrumpir ni prestar demasiada atención. Y, aun así, su voz, su sonrisa, su mera presencia, me transmitían alivio y confianza. Parecía una persona cordial y afable. Y su actitud me llevó a pensar que yo jamás había conocido la verdadera amistad: la amistad entre iguales, con alguien de mi edad. Y no apartaba la vista de él mientras seguía allí sentado, tratando de idear trivialidades acerca de las que poder hablar. Pero lo que decía apenas parecía importante. Hacía mucho tiempo que no tenía ningún tipo de conversación con nadie. Aquello era muy distinto de la reserva y la distancia que Helena imponía entre nosotros. De pronto se echó a reír, y yo, sin saber siquiera por qué, me reí con él. Y al hacerlo noté que unas sensaciones indefinidas y nostálgicas, ya casi desconocidas, casi olvidadas, bullían en mi interior. Sensaciones que jamás había experimentado, y otras que sí, pero que me costaba recordar debido a que durante el periodo humano de mi vida siempre las había percibido como algo vulgar y sin interés. Sensaciones de las que me separaba toda una existencia y que ahora se me habían negado para siempre.

Y a ese joven normal y corriente lo consideré de pronto como el morador de una tierra ignota y maravillosa que yo nunca había visto ni había llegado a conocer; su vida me resultaba una aventura fabulosa e intrigante fuera del alcance de mi experiencia. Deseaba con todas mis fuerzas hacerle preguntas. Pedirle que describiera las cosas más sencillas. Cómo era caminar por un jardín fragante mientras cantaban los pájaros y el sol calentaba haciendo que floreciera todo. Qué se sentía al conocer la amistad, la risa espontánea, la satisfacción y la pertenencia a un grupo. Al conocer el amoroso tacto de una mujer en la intimidad. Y la certeza de la muerte, que mantiene tan unidos a los hombres. Deseaba pasarle mi brazo por el hombro, llevármelo a la calle para pasear con él por la ciudad mientras me explicaba todo aquello. Para moverme en el mundo de los hombres y, a través de él, sentirme de nuevo parte de ese mundo. Pero, ¿cómo iba a hacerlo? Era demasiado tarde. Era imposible.

Y yo seguía allí sentado, sonriéndole, al mismo tiempo que en mi interior surgía una ira incontenible y el dolor me causaba escalofríos; una voz dentro de mi cabeza pareció bramar: "¿Qué has hecho? ¿Renunciar a una vida cuyos placeres y recompensas, en tu ceguera, ni siquiera habías comenzado a divisar? Y renunciar a ella, ¿por qué? Por una existencia que consiste en oscuridad y muerte eternas. En destrucción y sufrimiento sin fin".

Y pensé con desprecio en Maximillian y Hermione, y en su asquerosa progenie, que se llamaban a sí mismos dioses, cuando no eran más que gusanos que se arrastraban alimentándose en medio del hedor y de la sangre derramada. Y después pensé en Helena. Helena, que me había engañado y me había despojado de la vida y de toda esperanza. A duras penas logré mantenerme sin caer al suelo golpeándolo violentamente con los puños y gritando en un ataque de desconsuelo absoluto. En su lugar, me dije a mí mismo: "Que el Diablo se los lleve a todos. He terminado con ellos. Y con ella. No viviré con ella en la oscuridad y la desesperación. Encontraré otro camino. No quiero verla nunca más".

–Vaya..., tendrás que perdonarme –se disculpó el joven de repente–. He hablado demasiado. Es una costumbre pésima, me temo. Lo siento si te he resultado tedioso.

–¡Tedioso! –exclamé. Si me hubiera sido posible contarle solo parte de la verdad...–. No. Nada tedioso. En absoluto.

–Pero, cuéntame algo acerca de ti –prosiguió.

–¿Sobre mí? No. No. La verdad es que no hay nada que contar.

–No lo creo –replicó, enarcando levemente una ceja.

Lo miré fijamente y sonreí. Acababa de darme cuenta de que el apetito que, en un principio, me había llevado a seguirle se me había olvidado en el transcurso de la conversación. Por fin volvió a hablar:

–¿Por qué me miras así?

Bajé la vista, sintiéndome avergonzado de repente.

–Lo siento –respondí–. Lo que ocurre es que..., que me recuerdas a alguien. Alguien a quien conocía. Que ya no está aquí. Aunque tú eres mejor que él.

Dejó escapar una rápida sonrisa y luego se puso en pie de un salto, diciendo:

–Lo cierto es que he sido un mal anfitrión. Tú has estado vagando perdido en medio del frío y yo ni siquiera te he ofrecido un refrigerio. No tardo nada.

Antes de que se me presentara la oportunidad de decir una sola palabra, desapareció en una estancia contigua. Una vez a solas, mi inquietud fue en aumento; me levanté y me puse a recorrer la estancia de un lado a otro. Entonces me detuve junto a los estantes llenos de libros y eché un vistazo a lo que contenían. Había volúmenes de poesía y literatura, antigua y moderna, así como obras sobre religión, filosofía, ciencia e historia. Terminé extendiendo el brazo para alcanzar un grueso tratado de demonología que, muy a mi pesar, parecía atraerme de un modo especial. Empecé a hojearlo a toda velocidad, más llevado por una agitación de carácter nervioso que por un auténtico interés en el libro. Encerraba numerosas imágenes antiguas, toscas, que representaban todo tipo de oscuras y perturbadoras situaciones. Una mostraba la figura de la muerte, ataviada con negros ropajes. Su rostro era una calavera sonriente y se movía por el mundo, dejando a sus víctimas por todas partes de forma indiscriminada: los cadáveres derribados, sin importar su condición, de reyes y mendigos, de santos y pecadores, de viejos y de jóvenes. Estiraba su esquelética mano para tocar a alguien entre una multitud de viajeros que reían y gozaban juntos, y solo aquel a quien tocó la vio a Ella y cayó con el rostro desencajado por el dolor.

Otra, en una relación de la jerarquía diabólica, mostraba a unos grotescos demonios regodeándose al torturar, mutilar y devorar cantidades ingentes de individuos que se retorcían y gritaban desnudos en los fuegos del infierno.

Después vi la representación de una mujer que sufría una posesión diabólica: su cuerpo se retorcía al tiempo que se arrancaba la ropa y clavaba las uñas en sus pechos con fuerza; el rostro se hallaba horriblemente deformado, los ojos se le salían de las órbitas y la lengua le colgaba por fuera de la boca. Cerré el libro de golpe, de modo que de sus amarillentas páginas surgieron nubes de polvo ascendiendo en espiral. Luego me pregunté: ¿de verdad existía todo aquello, criaturas primarias y demoniacas, carentes de forma material, dando vueltas por el aire como aves de presa, en busca de algún modo de acceder al mundo físico? ¿Era posible que entes así habitaran y poseyeran un cuerpo en el momento de la muerte? Evitar su descomposición y darle vida, hasta el punto de que pudiera parecer humano, un frío envoltorio inmune al envejecimiento, a cualquier infección o enfermedad causadas por los seres vivientes... A la propia muerte. Pero lo peor de todo, y lo más cruel, es que el alma humana se vea obligada a permanecer atrapada en su caparazón terrenal: un intruso, tan contrario a la naturaleza como el mismo mal, que habrá de contemplar, víctima de torturas y despojada de poder, cómo ese mal la lleva a sembrar la destrucción y el terror sin piedad ninguna.

Volví a colocar el libro en su estante y de nuevo empecé a caminar de un lado a otro. Pensaba en lo que había visto aquella noche; en lo que me había contado Maximillian sobre el deseo y su represión, y recordé cómo, indefenso bajo el control de una furibunda pasión, yo también había llegado a asesinar. Una renovada y abrumadora sensación de miedo, de inquietud, se apoderó de mí. Reflexioné acerca de aquella terrible historia que había relatado en su canción el chico-redivivo: el primer redivivo y su trato con las fuerzas infernales. ¿Habría algo de cierto tras ella? ¿Acaso no me habría hecho yo, con mi miseria y debilidad humanas, y en mi anhelo por escapar de ellas, vulnerable a los poderes de la oscuridad? Alguna clase de sumisión, de pacto espiritual tácito con esos poderes, que me condenaba a estar siempre bajo su control y su arbitrario dominio.

Aquellas ideas eran como arcaicas supersticiones, aunque, por eso mismo, resultaban más ominosas y aterradoras. De pronto sentí la necesidad de salir corriendo, tal y como había hecho desde que dejé la casa de Maximillian: correr para escapar de algo, de una parte de mí desconocida e innominada. Me dirigía hacia la puerta cuando mi joven anfitrión entró de nuevo con dos copas. Vio que mi mano se acercaba a la puerta y, tras deshacerse de las copas, se acercó a mí y situó una mano sobre mi brazo extendido.

–¿Qué sucede? –preguntó–. ¿Cuál es el motivo de tu angustia?

–¿De mi angustia? –repetí despacio–. ¿Preguntas qué es lo que me angustia? ¿Por qué piensas que estoy angustiado?

–No es difícil darse cuenta –respondió con un tono amable.

Lo miré, confundido. Me hizo sentir cierta turbación por unos instantes, impidiéndome pensar, reconocer diversas sensaciones que ahora no eran más que ruidos en el interior de mi cabeza: enfado, gruñidos…, nada definido. Observé con atención toda la estancia, luego volví a mirarlo a él, a los ojos. Parecían albergar una preocupación sincera.

–¿Servirá de algo –propuso– que hablemos de ello?

Se había percatado de mi necesidad incluso antes de que yo lo hiciera. Quería contárselo. Tenía que hablar, liberarme de una vez por todas de mi terrible carga de soledad. Romper todas las barreras y confiar en él por completo. Pero, ¿cómo? Era imposible. Me tomaría por loco. O peor aún. Si me creyera, se apartaría de mí aborreciéndome y aterrorizado. Solo me quedaba una posibilidad de sentir de nuevo la fascinante corriente vital de aquel ser humano. Y era acabando con ella. Apretarlo contra mi cuerpo y sumirme en él durante unos breves instantes. Quizá no pudiéramos compartir nada más que su muerte. Un amargo pesar me iba invadiendo a medida que aquellas impresiones adquirían, poco a poco, mayor nitidez para unos sentidos situados en un plano del que yo no era del todo consciente. Me di la vuelta y abrí la puerta. Pero él se lanzó hacia delante, me agarró por las muñecas y yo renuncié a resistirme mientras tiraba de mí para que lo mirara cara a cara.

–No servirá de nada –señaló–. La soledad. Lo único que hará será empeorar las cosas. Vagar por las calles sin compañía no te procurará ningún beneficio.

Entonces fue cuando volvió el hambre, incisiva y voraz. Tan intensa e inesperada que me hizo exhalar un suspiro; mi cuerpo se encogió levemente.

–¿Qué ocurre? –preguntó–. ¿Qué te pasa? ¿Estás enfermo?

Me cogió por los brazos para sujetarme. Alcé la vista, lo miré y sentí su interés, su proximidad, su afecto. Me fui irguiendo despacio. De mi mente se desvanecieron tanto los pensamientos como la preocupación, y su lugar lo ocupó una ciega necesidad. Mis labios se separaron de manera instintiva y los eché hacia atrás, sonriéndole al tiempo que me acercaba a él, tomaba sus manos y lo atraía hacia mí al ritmo de mi respiración, intensa y trémula, mientras los músculos de mi garganta se ponían rígidos y tensos. Él permanecía inmóvil y me observaba, como paralizado momentáneamente por mi atenta mirada. Luego abrió más los ojos y su rostro se desfiguró, presa de un absoluto terror. Peleamos, él dio un traspié, y me arrastró también a mí, incapaz de liberarse de mi poderoso abrazo. Luchamos durante unos instantes, pero, a pesar del hambre que sentía, yo seguía teniendo ciertas reservas. Entonces, al darme la vuelta con él en vilo, vi por un instante mi propio reflejo sobre un pequeño espejo colgado en la pared de enfrente. Casi no me reconocía. Había desaparecido todo rastro de humanidad de mi rostro, oculto tras una espantosa y pálida máscara de hambre y locura, macilenta y con aire de calavera, los ojos hundidos, resplandecientes en medio de la penumbra. Tanto me sorprendió aquella visión que dejé de luchar y él se soltó, dándose de espaldas contra la pared. Después gritó con todas sus fuerzas. Aquello me produjo una gran impresión y me hizo recobrar el sentido de la realidad.

–¡Basta! –susurré, alarmado–. ¡Silencio! Vas a llamar la atención de toda la gente que ande por la calle.

Se trataba de una sugerencia absurda, sin duda alguna, ya que esa era precisamente su intención, y de una lógica incontestable, dadas las circunstancias.

Gritó de nuevo, ahora incluso con mayor intensidad, y yo di media vuelta, eché a correr por el pasillo y salí a la calle por la puerta principal. Casi no caía nieve en ese momento, pero ya había una buena cantidad acumulada por todas partes, de modo que avancé sobre ella a trancas y barrancas mientras recorría una cercana calle estrecha y vacía. Seguí caminando por aquella humilde barriada en dirección al río; dejé atrás sucios y oscuros pasajes en los que los ladrillos y las aceras apestaban a miseria y orines: estos, a pesar de hallarse cubiertos de nieve, se hacían más y más fétidos y opresivos con cada paso que daba. Mi cabeza no dejaba de girar y yo continuaba corriendo sin rumbo, hasta que por fin me topé con un montón de cajas de madera junto a una inmunda choza; las tiré y me resbalé, dando con mis huesos en el mullido manto de nieve. Iba a levantarme, ayudándome con los brazos, pero mi confusión mental terminó por dominarme, acabó con las fuerzas que me quedaban y caí de espaldas otra vez.

En ese momento, desde algún lugar próximo, surgió un susurro que oí claramente en el silencio y la quietud que reinaban.

–Vaya –decía–, ¿qué se le habrá perdido por aquí?

Otro susurro respondió.

–Míralo. Borracho como una cuba.

–Tiene pinta de ricachón –apuntó una tercera voz.

Se produjo una leve risita ahogada.

–Parece que es nuestra noche de suerte.

A continuación sonaron pasos que se aproximaban haciendo crujir la nieve. Me puse en pie lentamente. Ante mí había tres harapientos sujetos. Los estudié con cierto aire de indiferencia, y ellos a su vez me miraron a mí.

–Garn –señaló por fin uno de ellos–, cógelo. Está demasiado borracho como para dar ningún problema.

Me dispuse a salir corriendo. Solía vagar por aquella clase de vecindarios golpeados por la pobreza, de escasa iluminación, densamente poblados, donde me era fácil conseguir alimento; y no era extraño que una o más pandillas de personajes siniestros, de los que acechaban en cualquier esquina oscura, me siguieran, atraídos por la calidad de mi vestimenta y su consiguiente promesa de una bien surtida cartera. Ni que decir tiene que aquellos sanguinarios tipos nunca representaban para mí amenaza alguna. Podía despistarlos sin esfuerzo moviéndome por las nocturnas callejuelas..., aunque rara vez era ese mi objetivo. Uno de los hombres, el más corpulento, se acercó a mí. Lo observé con atención, preparado para esquivarlo y escapar. Pero no lo hice. Me quedé donde estaba y lo vi avanzar. Decidí no seguir corriendo. Estaba cansado de correr. Mi atacante se aproximó más aún. Era enorme, mucho más alto que yo, y de una gran envergadura: una verdadera bestia de avieso gesto, gruesos brazos y cuello de toro. Sus pequeños ojos brillaban, malignos, mientras alzaba el gigantesco puño para golpearme. Contemplé su descenso, y tuve la sensación de que el movimiento era tan torpe y tan lento que a punto estuve de reírme en la cara de aquel idiota antes de estirar el brazo para interceptarlo. Atrapé su muñeca y mantuve el brazo en alto sobre mi cabeza; oí su suspiro de asombro y percibí el temblor que recorrió su cuerpo ante la frialdad y la fuerza de mi gesto. Poco a poco fui aumentando la presión, le retorcí el brazo y contemplé, fascinado, cómo la expresión de sus toscos rasgos pasaba de la arrogancia al pánico y al terror. Noté que sus miembros se ponían rígidos y que su fuerza sucumbía ante mí. Entonces sus piernas cedieron y cayó lamentándose como un chiquillo, arrodillándose en medio de muecas de dolor y de sorpresa. Me estremecí mientras lo observaba revolverse, despojado de toda dignidad, indefenso. Iba a matarlo. Quería matarlo. Dentro de mí habitaba un hambre feroz y ahora no iba a ser capaz de resistirme a ella. ¡Deseaba matar! Sumergirme en la muerte, diluir todo mi temor y toda mi confusión en un sensual olvido. Porque hasta el último de mis sentidos se hallaba vivo y dispuesto, y en mi interior palpitaba el poder. El poder de la noche, que ya no se podía contener ni negar por más tiempo. El poder para lograr la liberación.

Mis ojos refulgían y los suyos se habían apagado, hipnotizados por el terror. Mostré los dientes con un gruñido de excitación y de furia. Mi mano golpeó con fuerza su rostro: él salió despedido hacia atrás y cayó al suelo rodando un buen trecho. El aire se hallaba saturado por el olor de la sangre, que se apoderó de mis sentidos y barrió de un plumazo lo que me quedaba de razón, de modo que me puse a rugir y a hacer espantosas muecas como si fuera un animal enloquecido.

Otro de los hombres sacó un cuchillo y vino a por mí lleno de pánico. Me coloqué frente a él, esperando a que estuviera cerca; luego avancé y lo cogí para traerlo hacia mi cuerpo a tal velocidad que el cuchillo cortó el aire que había a mi espalda. Aproximé mi cara a la suya y noté que le abandonaban las fuerzas al tiempo que yo clavaba la vista en sus ojos, regodeándome, saboreando el instante de terror que le procuré antes de desgarrar su garganta y degustar el torrente de sangre que de allí manó; después arrojé su cuerpo al suelo.

El último del grupo soltó un grito y dio media vuelta para, a duras penas, escapar de allí como fuera. Solo llegó a alejarse unos cuantos pasos antes de que yo lo alcanzara y lo agarrase con fuerza por los hombros para luego tirarlo al suelo. Iba a gritar, pero lo único que pudio emitir fue un gorjeo mientras yo lo acercaba a mí, lo mantenía bien sujeto contra el pavimento y lograba que su calidez y su vida fluyeran a través de mi cuerpo.

Así permanecimos hasta que, una vez más, sentí contra mi carne la rigidez de la muerte, sus últimos estremecimientos, además de los intensos espasmos de placer y las visiones giratorias que los acompañaban. Eché a un lado su cuerpo inerte y me levanté, tambaleándome. El hombre corpulento, al que había golpeado en primer lugar, estaba de nuevo en pie: dando tumbos, atolondrado y con la cara como una máscara sanguinolenta. Extendí los brazos hacia él antes de que me viera y lo agarré por el cuello; mi apetito de muerte aún no se había saciado, a pesar de todo. Un segundo después le había rajado la garganta y él se desplomó con estrépito.

Me incliné, lo cogí por la cabeza y se la giré para ponerla frente a mí; clavé la vista en sus ojos sin vida y abiertos de de par en par.

–Suerte... –señalé, con la sangre saliendo de mi boca, deslizándose por mi barbilla–, ¡no es la palabra que yo hubiera empleado!

Después me arrodillé y la cabeza comenzó a darme vueltas de un modo frenético.

Permanecí en aquella postura durante unos momentos, respirando hondo al tiempo que mi violenta convulsión se convertía rápidamente en un desconcierto letárgico, como si estuviera saliendo de un estado de trance. La locura, los terribles y desmedidos deseos que me atormentaban y me perseguían desde que fuera testigo de los horrores acaecidos en la casa de Maximillian, habían desaparecido.

De pronto se oyeron pasos de gente corriendo por todas partes. Alcé la vista y allí cerca contemplé a una multitud de hombres con lámparas.

–Ahí está –gritó uno de ellos–. Ese es el loco. El asesino.

El joven de cuya casa había escapado debía de haber alertado a sus vecinos. Y seguro que no les resultó difícil seguir el rastro que yo había ido dejando sobre la nieve recién caída. Los observé, parpadeando, aturdido, mientras avanzaban hacia mí al unísono. Acto seguido se quedaron boquiabiertos, dejando escapar suspiros de repugnancia e indignación al ver los cuerpos de mis atacantes. Entonces me miraron llenos de horror mientras yo me ponía en pie. Y es que, en efecto, mi imagen en aquellos momentos no podía suscitar más que espanto: ahíto de sangre y cubierto por ella.

A mi alrededor reverberaba el grito de "asesino", y a los pocos segundos cuatro hombres surgieron de la multitud y se colocaron delante de mí. Algunos más siguieron sus pasos, con un resplandor de amenaza en los ojos mientras todos juntos, con precaución, comenzaron avanzar hacia donde yo me encontraba.

Yo seguía inmóvil y los observaba pasmado. La cabeza continuaba dándome vueltas y aún tenía una visión borrosa. Abotagado, medio paralizado por la impresión, carecía de fuerza para luchar con ellos, y tampoco contaba con la lucidez necesaria para escapar. Solo podía mirar a las víctimas de mi furia y pensar que tenían razón al temerme y odiarme de aquella forma. La destrucción ocasionada no la había llevado a cabo para protegerme, sino que respondía, lisa y llanamente, a mi embriaguez de poder: yo, el enclenque, el inválido. Me había comportado como un perro salvaje.

Unas manos fuertes me sujetaron de repente por detrás, y los hombres que tenía enfrente vinieron a por mí. Estaban ciegos y locos de odio, pero yo, sabedor de que me lo merecía, no opuse resistencia. Me cogieron y me golpearon: me levantaron del suelo, todos arremolinados en torno a mí, profiriendo alaridos, dándome puñetazos y arañándome, rasgándome la ropa y arrancándome el pelo a tirones. Era consciente de que querían matarme. Lo que no sabía era si podían hacerlo.

Entonces, de pronto, se esfumaron, dejándome caer pesadamente al suelo. Alcé la mirada, a medio camino entre la sorpresa y el hastío. La pequeña muchedumbre estaba allí quieta, congelada la expresión de sus rostros, los ojos y la boca bien abiertos al tiempo que clavaban la vista más allá de donde yo me hallaba, como si todos se hubieran olvidado de mí por completo. Giré la cabeza despacio. Me sobresalté y di un respingo. De entre las sombras había surgido una forma terrible. Sus ojos centelleaban y la lividez de sus rasgos emanaba de una terrible furia. Avanzaba veloz, con los dientes al descubierto, los brazos extendidos y las manos arqueadas como garras dispuestas a atrapar y destrozar todo lo que tuviera a su alcance. Hasta unos instantes después no me di cuenta de que se trataba de Helena.

Se detuvo junto a mí, gruñendo y escupiendo como una arpía o cualquier otra demoniaca imagen salida de un tapiz medieval, fulminando con la mirada a la multitud petrificada. Y toda su furia se desvaneció en un instante: abandonó su aspecto de diablo iracundo y adquirió una belleza fría, arrogante. Comenzó a hablar con un tono que, a pesar de su suavidad, sonó mucho más implacable al cortar el aire nocturno.

–El primero de vosotros que se mueva –advirtió–, morirá. Igual que han muerto ellos.

Y realizó un gesto que abarcó los cuerpos mutilados.

Alargó las manos hacia abajo, me cogió del brazo y me ayudó a levantarme. Al incorporarme noté que me caía una gota de sangre del labio cortado. Pero no sentía dolor ni herida alguna. Salvo en lo que a unos cuantos arañazos se refiere, estaba ileso. Helena me dio un empellón para avanzar; pasé junto al gentío que, sin quitarnos el ojo de encima, retrocedía con paso inseguro despejándonos el camino. Y de ese modo atravesamos, sin el menor obstáculo, la selva de ojos estupefactos que nos miraban como lo habían hecho los de aquel joven, que nos contemplaban a Helena y a mí tal como éramos: seres al margen de la naturaleza, no humanos; y no podían asumir lo que veían. Por fin comprendía yo el motivo por el que Helena me había convertido en lo que ahora era; seguro que la soledad y la tristeza más absolutas la habían llevado a ello. Y recordaba lo que me había contado Maximillian: que quizá obtuviéramos el amor y la compañía de un ser humano, pero en ese caso estaríamos destinados a contemplar su decadencia y su muerte. Ahí fue donde desentrañé el significado de esas palabras hasta sus últimas implicaciones. Juntos anduvimos deprisa y nos ocultamos en los oscuros callejones.

* * *

Caminamos durante algún tiempo, sin hablar, en dirección al río. Al final Helena pronunció estas palabras:

–Allí no hay nada para nosotros. Con ellos. Solo odio. Solo dolor. Para ellos somos la muerte. Y no soportan saber que existimos.

Su dura mirada se clavó en mí y su voz adquirió un leve temblor, como si surgiera de algún recuerdo terrible y secreto.

Yo no dije nada. Desde algún rincón de mi mente se había liberado una oscura nube de miedo y yo me negaba, de forma consciente, a reprimirla. Quizá, de desearlo, lo hubiera podido lograr, y eso era precisamente lo más temible de todo.

–Hay lecciones difíciles, como esta, –apuntó Helena–, pero cada uno debe aprenderlas por sí mismo, sin ayuda de nadie.

Sin embargo, yo no escuchaba sus palabras y me encerré en mí mismo. Por fin comenzaba a descascarillarse la pátina de fantasía con la que había barnizado mi existencia. Siempre había estado cautivo de mi propia ingenuidad sin esperanza. Me había resultado demasiado fácil ver aquella nueva vida como algo mágico: algo maravilloso que jamás habría que poner en duda. Helena, bella y sabia; Helena, la princesa de un cuento de hadas. Ella había logrado que fuera sencillo. Su encanto se hallaba siempre presente para despejar cualquier duda y cualquier temor. Yo ahora lo rechazaba. O al menos empezaba a cuestionarlo. Tras la reluciente fachada de la vida eterna y la belleza inmortal se escondían las terribles sombras de la bestialidad y el horror. Anidaban en mi cerebro para mostrarme las realidades, dignas de una pesadilla, de la hipocresía y la mentira.

Lancé una rápida mirada a Helena y entonces vi la verdadera profundidad de su miedo. Ahí surgió la aplastante sensación de que toda su fuerza y toda su nobleza eran falsas y estaban abocadas al fracaso. Que en realidad no se sustentaban más que en la pertinacia, en la vanidad, que en última instancia resultaban patéticas e inadecuadas para nuestra forma de vida. Ella hablaba de aprender. ¿Qué había que aprender? Solo vernos tal y como éramos. Y aquello bastaba para sumirnos en la desolación eterna. No. Aquella clase de conocimiento era imposible de soportar. Engañarse era el único modo de huir. El mundo de fantasía del que yo ahora apenas comenzaba a emerger. La fantasía que permitía a Maximillian convencerse de que el mal era el bien. Y peor aún. Que el mal era divino. La fantasía que permitía a Helena decirse que no éramos unos monstruos.

–¿Cómo me has encontrado? –le pregunté por fin.

–¡Encontrarte! ¿De veras crees que podría perder tu rastro? ¿O tú el mío? Conozco tus pensamientos. Conozco tus miedos. Pero eso no es lo único. He conocido tu vida, tu muerte. Tú y yo somos uno. Y estás tan cerca de mí como yo lo estoy de ti. Si quisieras, lo verías con absoluta claridad. Pero no quieres. Te muestras distante. Te hallas muy lejos de mí.

–¿Yo..., *de ti?* –le espeté, asombrado. Ella guardó silencio durante unos instantes, mientras mi mente se esforzaba por comprender lo que decía. Después prosiguió.

–Te niegas a avanzar. Te aferras a lo que una vez fue. Estás dispuesto a envolver tu vida con el velo protector de lo que ya sabes y de lo que eres capaz de reconocer. No puedes actuar así. No puedes juzgar tu nueva existencia mediante las viejas percepciones. Tienes que entenderlo. Debes ser consciente de la transformación que has sufrido y dejar que ella te guíe.

Entonces realizó una cuidadosa observación:

–No tenía que haberte hecho como yo. Ahora lo sé.

Sacudió la cabeza de lado a lado.

–Lo cierto es que siempre lo supe. Ha sido un error. La debilidad me llevó a ello.

–No. No ha sido la debilidad. Creo que necesitaste mucho valor –apunté, ya que su desasosiego me pareció tan intenso de repente que me vi en la obligación de decir algo.

–¡No! –gritó ella, y dio un respingo, como si se sintiera víctima de un súbito ataque–. ¡Fue debilidad! Una debilidad... enorme. Ruego...

Por unos momentos el volumen de su voz disminuyó hasta convertirse casi en un susurro inaudible...

–... Ruego que tú nunca conozcas esa clase de debilidad. Pero debes comprender que lo hice porque tú lo deseabas. Porque tu voluntad me llevo hasta ti. Y, si no lo hubieras deseado, no habrías sobrevivido. No habrías luchado para recorrer el camino de regreso desde la muerte.

–Entonces los dos somos débiles –afirmé.

–Pero ya está hecho. Es irreversible. Y tú debes acercarte a mí para que ambos hallemos juntos la fuerza necesaria. *Necesitamos* esa fuerza. ¿Lo entiendes? Sin ella, estamos perdidos. Carecemos de esperanza.

–Pero, ¿qué pasa con la Humanidad? –pregunté, ya que era un punto fundamental para mí–. ¿De verdad no te importan los seres humanos?

–Importarme… ¿Por qué habrían de importarme? ¿Cómo?

–Entonces, ¿por qué…?

–¿Por qué no los mato? ¿Por qué no puedo abandonarme a la destrucción como Maximillian y Hermione? Oh, John, si piensas que yo soy inmune, que no conozco los deseos que arden en su interior, en tu interior, estás equivocado. Pero me alejé de ellos hace muchos años porque no podía aceptar lo que ellos creían. Nosotros, con nuestras mentes, con nuestros poderes y sentidos, cuya existencia quizá perdure a través de los tiempos. Nosotros, en quienes puede confluir la sabiduría acumulada durante siglos. ¿Acaso nos es lícito desperdiciar todo eso en una eternidad de sensualismo absurdo y depravado? No. No debería ser así. Maximillian está loco. Nuestra especie es muy proclive a la locura. Recuérdalo siempre, en cualquier circunstancia en que te veas envuelto. A lo largo de los siglos hemos ido perdiendo nuestra esencia, nuestras metas, y la desolación y el horror que hemos difundido no son más que el reflejo de todo eso en nosotros mismos. La muerte pasa a ser nuestra única meta en una guerra contra la vida. Una huida que termina conduciendo solo a la maldad más gratuita. Pero seguir por ese camino significa admitir la derrota total. La derrota de nuestras mentes a manos de nuestra propia vida y de nuestro propio poder.

–Pero, ¿es posible? Hay veces… –balbucí–, hay veces en que no me reconozco a mí mismo. Veces en que el poder es como un ente aparte en mi interior que no soy capaz de controlar. ¿El mal se encuentra en nosotros o, por el contrario, posee un origen distinto? Un origen externo… ¿Estamos poseídos? ¿Y cómo podemos combatir esos impulsos cuando son la clave de nuestra supervivencia? Cuando constituyen los fundamentos de nuestro ser… ¿Juegan con nosotros? ¿Nos engañamos a nosotros mismos al suponer que podemos dominarlos? ¿Qué es lo que nos queda entonces?

–Tenemos que protegernos –señaló ella– de esa locura. Del estancamiento al que equivale el mal. No puedo contarte demasiado después de tantos años. Pero no aceptaré la idea de que no hay elección. Debemos luchar. Debemos buscarnos a nosotros mismos para lograr una conciencia, un sentido. Debemos encontrar nuestro camino. Hay momentos de esperanza..., momentos de frustración y de confusión. Pero he descubierto que parte de la respuesta reside en la propia búsqueda.

Yo me limité a asentir sin decir nada más. Sus palabras me causaron una gran impresión, me proporcionaron una mayor claridad de pensamiento. De pronto me di cuenta de que algo en mí estaba desapareciendo, aunque su estela traía consigo algo más, poderoso y nuevo. Me veía como una criatura recién nacida que trataba de despojarse del cascarón, que intentaba romper el muro de ceguera en que consistía el único mundo que había conocido hasta entonces; de repente tuve la certeza de que al otro lado existía un nuevo mundo vasto e inminente. Temía a aquel mundo nuevo. Era oscuro y extraño hasta extremos que superaban incluso mis más extravagantes fantasías. Amenazaba con algo que yo ya no podía seguir ignorando o rechazando. Pero no tenía ningún otro lugar al que dirigirme. No había alternativas. Todo lo que antes deseaba o valoraba dejó de ser importante: sensaciones descubiertas y después perdidas, todas ellas sacrificadas en aras de la verdad. Lo que necesitaba en su lugar era comprender..., conocerme a mí mismo..., y alguien en quien hallar y con quien compartir ese conocimiento. Un amor que pudiera trascender cualquier necesidad terrenal, que pudiera extenderse a lo largo de los siglos al tiempo que crecía y exploraba nuevos ámbitos. Y yo no era capaz de hablar, o siquiera de mirar, a Helena: sería una distracción que parecía un impedimento a la hora de lograr el objetivo final. Simplemente sabía que sus pensamientos estaban próximos a los míos, y esa idea dio lugar a una súbita confianza.

–Lo que nos aleja de la verdad –continuó sin prisa–, de entender nuestra situación, son las necesidades y los deseos que nublan nuestras mentes. Tras ellas, estoy convencida, se halla el destino que busco. Siempre he anhelado la compañía de alguien en mi búsqueda. Te elegí a ti, en quien la vida latía de un modo tan débil. Ahora tienes el poder para comprenderlo. Ahora la decisión te corresponde de verdad a ti. Ahora podemos buscar juntos…, si tú deseas permanecer conmigo.

Y de nuevo, debido a todas y cada una de las sensaciones de las que se derivaban la confusión y el miedo, debido a todas y cada una de las dudas que yo albergaba, me vi deslumbrado por su belleza, conmovido por su hechizo. Me asaltó el repentino impulso de extender la mano para coger la suya, decirle que siempre la amaría y que nunca volvería a dudar de ella. Pero me contuve y el impulso se desvaneció al instante. Supe, sin más, que en ese momento carecía de sentido. Me puse a contemplar y escuchar el chapoteo del agua del río, los achaparrados y lúgubres edificios de la margen opuesta, cubiertos por la nieve resplandeciente; y la luna, iluminando las finas y alargadas nubes que surcaban el cielo a toda velocidad: garras de plata rastrillando la oscuridad. Y solo pronuncié estas palabras:

–"Que comience la búsqueda."

IX

Pasaron varias décadas. No hay mucho que contar acerca de ellas, porque lo cierto es que no sucedió nada digno de mención, aunque al recordarlas parezca que fueron un hervidero de acontecimientos. Una toma de conciencia gradual, una energía creciente y un mayor control sobre ella. Y el amor, en el que yo me apoyaba y con el que me sentía seguro; un amor que pudo fortalecerse cuando decidí internarme con Helena en un mundo crepuscular, donde la vida cotidiana transcurría a nuestros pies; tuve que dejar atrás todo lo que una vez conocí, todos mis antiguos vínculos con la vida humana, perdida sin dejar rastro ni pesar alguno. Terminé prefiriendo la soledad y el sosiego al ruido y el ritmo frenéticos de las urbes. Y, cuando las circunstancias nos obligaban a entrar en ciudades y pueblos, mientras caminaba por las calles abarrotadas, tenía la sensación de hallarme en lugares ajenos, desconocidos, rodeado por gente extraña que parloteaba en una lengua incomprensible.

Y así terminó el siglo XIX y llegó el XX; tuvo lugar la Gran Guerra con Alemania, que ejerció una influencia escasa en la vida de Helena y en la mía…, salvo en una ocasión en que, a punto de atacar a una mujer, esta se dio la vuelta en el último momento, sacó de pronto una pluma blanca y la colocó de manera enérgica sobre mi mano abierta, dejándome tan asombrado que lo único que pude hacer fue quedarme quieto mientras la veía alejarse.[4]

[4] La pluma blanca es un símbolo de cobardía, procedente de las peleas de gallos (el que poseía una en su cola era considerado poco agresivo), que adquirió gran relevancia a partir del siglo XVIII en el ámbito de influencia del ejército y el imperio británicos. (N. del T.)

Acostumbrábamos a pasar los meses de verano en alguna remota comarca de la campiña, y poco después de la Gran Guerra nos encontrábamos en Derbyshire. Ambos sentíamos una poderosa atracción por aquella desolada y montuosa región. Al principio alquilé una casa pequeña en la villa de Matlock, y desde allí recorrimos varios kilómetros para adentrarnos en zonas más rurales. Siempre nos resultaba difícil encontrar un alojamiento adecuado a nuestras necesidades en áreas tan poco urbanizadas, y, cuando ocurría, nos convertíamos de forma inevitable en el principal objeto de la poco grata curiosidad local; por esa razón tuvimos que hacer lo que tantas otras veces. Dimos con un cementerio situado en las proximidades de un pueblo, rompimos la deteriorada cerradura de una de las criptas, abandonada hacía mucho tiempo, y vaciamos dos de los ataúdes que contenía.

Una noche, no mucho después de nuestra llegada, vagaba yo por un estrecho camino que pasaba junto al cementerio en dirección al pueblo, cuando detrás de mí oí un lejano traqueteo; me di la vuelta y vi un pequeño carruaje tirado por un caballo que se acercaba a gran velocidad. Me aparté, cruzó ante mis ojos con estrépito y lo vi detenerse a poca distancia de allí, al lado de unas verjas cerradas. El cochero se bajó de un salto y abrió las puertas del carruaje; de él salió un joven que se ciñó enseguida el abrigo, ya que caía una ligera lluvia, abrió las verjas y entró. El cochero fue tras él con el equipaje en la mano. Me aproximé y, al dejar atrás las verjas abiertas, eché un vistazo hacia el interior. El joven había llegado a las puertas de una casa, donde recibía el saludo de un anciano. Me detuve, sin apartar la vista de la escena, porque detrás del viejo, enmarcada en la luz que bañaba el umbral de la entrada, había una joven de gran belleza. No parecía tener más de dieciocho años, y, aunque no era alta, poseía una figura grácil y esbelta. Su largo cabello era rubio, los ojos, grandes, y su piel gozaba de un tono tan fresco y rosado que daba la impresión de brillar en medio de la oscuridad. Sus miradas encerraban tanta juventud y tanta dulzura que le conferían un aspecto plenamente angelical.

Me incliné levemente hacia delante, con la mirada aún más atenta. Entonces giré la cabeza hacia un lado. Sentí por ella una atracción instantánea, irresistible, y eso me inquietó. Me hizo recordar las viejas pasiones que seguían acechando en mi interior. Porque el deseo, la locura, nunca habían llegado a abandonarme. La mayor parte del tiempo lograba contenerlas, pero, de cuando en cuando, despertaban con una fuerza tal que contagiaban hasta el último de mis pensamientos y me robaban la paz, ocasionándome una enorme agitación que me acompañaba en mis paseos nocturnos y llenaba mi mente con seductoras imágenes de humana belleza; me obsesionaba con extravagantes, sensuales fantasías de muerte. Y, cuando me hallaba en ese estado, casi no me atrevía a mirar a mis víctimas mientras me alimentaba: las mantenía sujetas por la espalda y me las quitaba de en medio apenas satisfecho mi apetito, temiendo el poderoso relámpago que suponía aquel clímax devastador.

Pero, a pesar de que me daban miedo los sentimientos que la chica despertaba en mí, no podía apartar mis ojos de ella. Bebía de su belleza y esta me calentaba como la sangre.

Después de haber saludado al joven, el anciano se volvió hacia la chica y pronunció las siguientes palabras:

–Elizabeth. Acércate y da la bienvenida a tu hermano.

–Sí, padre –respondió la chica en voz baja, con un tono suave, y dio un paso adelante. El joven la abrazó al instante y yo seguía observándolos, al tiempo que la fiebre se iba apoderando de mí. La deseaba. La deseaba más de lo que nunca había deseado a nadie. Los miré fijamente mientras entraban en la casa. Cerré los ojos. No me gustaba sentir lo que sentía. Me había esforzado mucho para dominarlo. Y sabía bien lo peligroso que podía llegar a ser: para la chica y para mí. Lanzando maldiciones, lleno de ira, di media vuelta y me alejé de allí a toda prisa.

Anduve vagando muy nervioso durante horas; ni siquiera buscaba una víctima, a pesar del hambre que sentía, obsesionado como estaba, ante todo, con dominar mis agitadas emociones. Al final regresé al cementerio poco antes del amanecer. Caminaba a paso lento, sorteando las viejas y deterioradas lápidas, rodeado de maleza y de matorrales, cuando de pronto se oyó un ruido extraño procedente de algún lugar cercano: un gemido tenue y ahogado. Me quedé quieto, en tensión, y luego me agazapé tras un arbusto. Después me fui estirando despacio, mirando a todos lados. Una mujer, vestida por completo de negro y de un modo un tanto desaliñado, estaba de rodillas junto a una tumba recién ocupada. Había coronas de vivos colores y ramos de flores frescas dispersos a su alrededor. Era obvio que el funeral había tenido lugar el día anterior, pero la mujer había regresado sola, a punto de enloquecer por culpa del dolor. Me acerqué un poco más. Tenía los ojos hinchados y enrojecidos; el rostro, surcado de arrugas, mostraba una tonalidad gris. A primera vista hubiera dado la impresión de ser una mujer mayor y agobiada por las preocupaciones. Ahora me daba cuenta de que era muy joven. Estaba arrodillada, con la mirada en blanco posada en el mullido suelo y una pena que parecía tenerla atrapada con fuerza, estrujando su figura agachada, trémula, en la palma de una mano gigantesca e invisible.

Emitía débiles sollozos, al tiempo que se llevaba su pequeña mano al rostro para tapárselo. Entonces dejó caer la mano, alzó la cabeza y clavó la vista en el cielo apagado y gris del que seguía descendiendo una desagradable llovizna. La expresión de su rostro se desfiguró en una súbita mueca de amargura, como preguntándole al mismo cielo la razón, o pidiéndole alguna satisfacción por lo ocurrido. Y, acto seguido, se hizo un ovillo, como si de un animalillo asustado se tratara, y se cubrió la cara con las manos mientras los sollozos se hacían cada vez más frenéticos e incontrolados. Yo no me moví, pensando que no era capaz de entender lo que veía, aquel horror humano ante la muerte. Daba la impresión de que la parte de mi ser que una vez pudo comprenderlo había desaparecido. Y así sucede, supongo, a los restantes individuos de mi especie. Segar una vida se ve como un asunto de poca importancia, ya que todos los hombres han de morir tarde o temprano. No es más que una cuestión de tiempo. Y el tiempo casi no tiene significación alguna para nosotros. Pero, no obstante, sentí una repentina compasión por aquella mujer, una compasión que no había sentido por ningún ser humano durante muchos años. Me dolía contemplar tanto sufrimiento. Quería aliviarlo. Ponerle fin.

Sus sollozos cesaron de forma brusca y dejó escapar un pequeño chillido cuando me abalancé sobre ella e hice que se arrimara a mí, mejilla contra mejilla, mis labios sobre su garganta. Y, apenas la tuve prisionera entre mis brazos, me dio la sensación de que entregaba su vida y esta se desvanecía en un instante. En medio de aquel creciente placer, la aparté de mí y, sin resuello, le susurré al oído:

–No tengas miedo. Es muerte. Solo muerte.

Y las nubes se fueron haciendo más densas hasta que por fin comenzó a llover con fuerza. La dejé yaciente sobre la tumba de la persona a la que tanto había llorado, con las rígidas manos aferradas a la tierra húmeda y el rostro, sin vida, una máscara de tranquilidad. Al alejarme de allí, no sentí culpa ninguna por su muerte, ya que yo no era su asesino. Ella, simplemente, había buscado la muerte, y la había encontrado a través de mí. A pesar de ello, yo seguía estando intranquilo.

Cuando volví a la cripta, Helena me esperaba, y tuve la certeza de que lo sabía todo, no en vano nuestros pensamientos y sentimientos se hallaban ahora tan próximos que no hubiera podido ocultárselo. Pero no hizo una sola mención al suceso. No hubo preguntas ni reproches, ni tan siquiera advertencias acerca del riesgo que suponía dejar a una mujer muerta tan cerca de nuestro lugar de reposo. Parecía preocupada. Me miró fijamente durante unos instantes y luego preguntó:

–¿Hay algún problema?

–Ninguno –le respondí–. Ninguno. Se pasará.

–Yo también lo percibo –señaló, frunciendo el ceño–. Ha llegado hasta mí. Me inquieta. No me gusta.

–Se pasará –repetí, pero sentía aquel extraño desasosiego. De hecho llevaba notándolo toda la noche.

–Es algo que hay en este lugar –apuntó ella por fin–. Una sensación de...

Sacudió la cabeza.

–Vayámonos de aquí.

–Si eso es lo que quieres... –admití–. Pero todavía no. No hasta dentro de uno o dos días.

Ella asintió, pero continuó con el ceño fruncido mientras yo me iba a descansar.

La noche siguiente, al levantarme, mi agitación era todavía mayor. Dediqué algún tiempo a recorrer las veredas de la campiña, aunque desde el principio sabía a qué lugar debía dirigirme. Ya iba siendo tarde cuando llegué a la parte de atrás de la casa junto a la que había pasado el día anterior. Era ella, la chica rubia. Ella era el motivo de que yo no quisiera irme con tanta celeridad como la que impulsaba a Helena. La deseaba, y ya estaba cansado, muy cansado, de la irritante falta de reacción ante las pasiones que me asaltaban. Poco después se descorrieron las cortinas de una ventana situada en el piso de arriba y la vi: el fino camisón dejaba adivinar su esbelta figura al mismo tiempo que abría la ventana quitando el pestillo, ya que se acercaba la hora de dormir. Parecía casi una invitación.

La observé mientras permaneció allí, con la vista fija en la oscuridad. Tenía una expresión sombría en el rostro y sus ojos estaban tristes. Me recordaba, en cierto modo, a mí mismo cuando era joven. La casa donde vivía era gris, llena de recovecos, un lugar anticuado, sin brillo ni alegría. El campo de los alrededores se veía sombrío y solitario. Todo el escenario daba la impresión de pertenecer a una era perdida en el tiempo, muy distante de la animación que había brotado en el mundo moderno desde que acabara la guerra. Ella era demasiado joven y hermosa para estar apartada del mundo, encerrada en un lugar así, e indudablemente tenía conciencia de ello.

Al final retrocedió, desapareció de mi vista y se apagó la luz de su habitación. Era una tortura saber que estaba tan cerca. Me temblaban todos los miembros del cuerpo y las venas me palpitaban con el paso acelerado de la sangre, pero, incluso entonces, una parte de mí no estaba dispuesta a rendirse ante esos impulsos. De todos modos, terminé por ceder, dejé de lado aquellas fastidiosas dudas y atravesé a toda prisa el césped de la parte de atrás; escalé el muro de la casa, me encaramé al dosel de la ventana del primer piso, agarrándome a la repisa de encima y me icé para mirar por la ventana que daba a su cuarto. Estaba tumbada en la cama; dormía profundamente. Abrí la ventana con el pasador quitado y, batiendo las piernas, salté al interior sin hacer ruido y me acerqué a la cabecera de su lecho. La observé con mucha atención. En reposo se mostraba incluso más encantadora, y mi mano tembló al situarse sobre la almohada, junto a su cabeza, dejando que entre mis dedos se retorciera de forma suave un mechón de su sedoso cabello. Se estremeció un tanto, y también suspiró cuando me incliné sobre ella; la abracé, rocé su mejilla y su garganta con mi boca, de modo que incluso se agitó, a punto de despertar, mientras yo la sujetaba pegada a mí, sintiendo su piel suave y abierta entre mis labios.

El placer me inundó por completo al tiempo que ella volvía a sumirse en el sueño, hasta que por fin me aparté y caí junto a ella en la cama tratando de recobrar el aliento. Su respiración surgía en medio de intensos sollozos; estiró los brazos y se agarró a mí, pero se los eché hacia atrás y, levemente, susurré:

–Ya basta. Basta. Ahora duerme. Vuélvete a dormir.

Se acostó de nuevo y su entrecortada respiración adquirió otra vez un ritmo regular. Hice rodar mi cuerpo, acerqué mi rostro al suyo y percibí una sensación, nada familiar, de absoluta satisfacción física. Había saciado mi hambre, mis deseos se hallaban por fin bajo control, y me sentía caliente y cómodo allí tumbado en la cama junto a aquella adorable mujer dormida. El sopor no tardó demasiado en apoderarse de mí, pero era tan apacible y placentero que no me resistí: me limité a disfrutarlo. Después debí de quedarme dormido, ya que a continuación abrí los ojos y vi la habitación iluminada por las primeras luces del cercano amanecer. Tuve unos pasajeros instantes de confusión y de pánico, y me senté en la cama dando un respingo. Entonces miré a la chica. Tenía los ojos entreabiertos y me observaba. Me contempló durante unos momentos, amodorrada y sin comprender lo que sucedía. Pero enseguida retrocedió, agitando los brazos ante la impresión recibida y lanzando un suspiro de asombro, atemorizada. Y gritó, alto y fuerte. Alarmado, consternado, maldiciéndome a mí mismo por aquel descuido, dejé la cama de inmediato y fui hasta una zona en penumbra, fuera del alcance de los tenues rayos de luz que entraban por la ventana. La chica siguió gritando mientras yo permanecía inmóvil, pegado a la pared. Y luego, desde el exterior de la habitación, oí el ruido de unos rápidos pasos, así como la apremiante voz del padre de la chica llamándola por su nombre. El pomo sonó cuando intentó abrir desde el otro lado; en ese preciso instante crucé el dormitorio, pasé junto a la chica aterrorizada y salté por la ventana, cayendo sobre la hierba de manera silenciosa. Salí corriendo sin mirar atrás, porque ya no era posible ocultarme en la oscuridad; pasé todo lo rápido que pude por el césped en busca del cobijo de los matorrales y los árboles que había a continuación.

Aún aturdido y tembloroso, regresé a la cripta bajo aquella incipiente luz diurna.

* * *

Oscuridad. Me encontraba solo en una oscuridad tan inmensa e impenetrable que hasta mis sentidos nocturnos eran incapaces de percibir nada a través de ella. Mi organismo carecía de sensaciones, el corazón no me latía. Me hallaba tumbado, sumido en mi profundo sueño de muerte, y, sin embargo, parecía poseer una capacidad de percepción que jamás había notado en aquellas circunstancias: como si algún rincón de mi mente hubiera vibrado de pronto acercándose al mundo consciente. Se trataba de una sensación atroz, espantosa: pensamientos vivos en un cuerpo muerto. Me sentía horriblemente vulnerable. No era como en una pesadilla, de la que a los hombres les es permitido escapar cuando dejan de dormir. Yo no podía. No podía despertar. Estaba atrapado.

Entonces hizo su aparición en mis oídos un insistente sonido que vino acompañado de un desagradable presentimiento. De repente empecé a oír voces; voces en forma de distantes murmullos, pero no era capaz de comprender lo que decían. Aquello me recordaba de forma vívida el sueño que solía tener de niño. No sabía qué significado podría albergar para mí ahora aquel sueño. Lo que sí tenía claro era que, de un modo inexplicable, me infundía un temor mucho más intenso que en la fase humana de mi vida. Y yo escuchaba con atención aquellos murmullos, a pesar de lo turbadores que me resultaban, ya que eran lo único a lo que tenía posibilidad de aferrarse una mente tan desconcertada como la mía. Y cada vez sonaban con más fuerza y mayor nitidez, pero yo seguía sin entender lo que decían, hasta que al final se desvanecieron dando paso a un imponente zumbido en el interior de mi cabeza.

Sentí una enorme sacudida a través de todo mi ser. Desde la zona más oscura de mi mente surgió una aparición: una figura macabra y siniestra que me observaba a cierta distancia. Y se iba acercando poco a poco. Sus rasgos eran indefinidos. Yo no podía distinguir nada concreto en ella. Yacía atemorizado en aquel lugar, de nuevo consciente de mi terrible indefensión. Solo deseaba despertar y liberarme de aquellas imágenes de pesadilla. Pero lo único que podía hacer era mantener la mirada fija sobre la fantasmagórica figura y concentrarme en ella, y al instante oí los fuertes pasos que producía al avanzar: un tableteo constante, uniforme. Y ni siquiera cuando la tuve junto a mí pude ver su rostro. Pero entonces, al mirarla lleno de miedo, en torno a ella comenzaron a crecer incontables y diminutos haces de una plateada luz brillante que me deslumbraron, provocándome náuseas. Y, durante un fugaz instante, el rostro de la visión se mostró con total claridad: una cara contrahecha de ojos refulgentes, duros, que miraban hacia abajo mientras ardían repletos de malignidad, regodeándose en una horrible y odiosa actitud triunfal. Acto seguido, un gran grito pareció cortar el aire y, en ese preciso momento, la figura desapareció, tragada de nuevo por el mar de oscuridad de mi cerebro, de donde procedía. Después no quedó más que aquella voz surgida de algún lugar cercano, retumbando con tanta potencia y con tal nitidez que se extendió por completo a mi alrededor.

–Lo hemos encontrado. Lo hemos encontrado. ¡Gracias a Dios!

Hubo unos instantes de silencio y después la voz continuó, enronquecida por la emoción.

–Lo que ves ante ti es el fruto de la oscuridad. El mal absoluto en su forma humana. El poder de Satán manifestándose en la tierra.

–Pero... –interrumpió una segunda voz– ...está en buenas condiciones. No puede llevar muerto más de un día. No es posible. Aquí no ha habido ningún enterramiento desde hace más de cincuenta años.

–No –apuntó el primero–. No está muerto. No está muerto del todo.

–¡Que no está muerto dices…! ¡Que no está muerto!

–No. Observa lo que ocurre cuando corto la piel.

–¡Sangre fresca!

La segunda voz era un susurro teñido de miedo.

–En el nombre de Dios… ¿Cómo ha llegado aquí?

–Padre –anunció el primero–. Lo que ahora me veo obligado a llevar a cabo parecerá una locura. Un sacrilegio y una profanación. Pero debes confiar en mí. Sé muy bien lo que hemos de hacer.

–¿Qué? –preguntó el segundo–. ¿Hacer qué? ¿De qué estás hablando? ¿Cómo sabías dónde encontrar este cadáver?

–No lo sabía. Solo ha sido una corazonada. Esta cripta fue el primer lugar que me vino a la cabeza a la hora de empezar a buscar. Ya has visto que la cerradura estaba rota… Y mira… No hace mucho que también han abierto este ataúd por la fuerza.

–Pero alguien tiene que haber puesto aquí este cuerpo. No entiendo nada…

Me invadió una sensación de desconcierto. Me di perfecta cuenta de lo que sucedía. Y en mi mente palpitaba una y otra vez una sola y desesperada idea: "Esto no es un sueño. Es real. Me han descubierto y me van a destruir. Y estoy indefenso. Ni siquiera puedo abrir los ojos".

La primera voz continuó su grave y entrecortado zumbido.

–Desde mi niñez he sabido que el Diablo se halla presente en el mundo. Tú me lo has enseñado. Por ese motivo me puse al servicio de Cristo. Y he aprendido muchas cosas desde que me hice sacerdote. Cosas terribles. Hechos reales. He visto a hombres y mujeres de gran bondad y piadosas costumbres que, al verse atacados por las fuerzas del pecado, desvariaban profiriendo blasfemias contra Dios a voz en cuello, obscenidades contra los hombres y contra la Iglesia. Seres humanos poseídos que chillaban con las voces de los demonios. Hombres peores que bestias. He visto que Satán es una realidad. He visto de lo que es capaz su poder.

Yo seguía tendido, mientras aquellas palabras irrumpían en mi cabeza, agobiado por el miedo, luchando desesperadamente por continuar viviendo y con sensaciones diversas en algún punto indeterminado de mi cuerpo.

–Y esta mañana... –prosiguió la voz–, cuando fui a visitar la tumba de mamá, y encontré a esa mujer muerta... Cuando la vi..., allí estaban las señales. Pero no creía..., no podía creer que algo así hubiera sucedido. Que algo así fuera cierto. Sin embargo... ¡Anoche! Mi propia hermana..., en nuestra propia casa... ¡La marca que tenía en *su piel!* ¡Y ahora esto! ¿Cómo podría seguir dudando? Gracias a Dios que hemos descubierto a tiempo esta perversidad. Ha sido la Divina Providencia. La voluntad de Dios nos ha permitido verlo. Es nuestra gran oportunidad para combatir el mal. Al mismísimo Satán. Y yo sé lo que hemos de hacer.

La segunda voz habló una vez más a pleno pulmón, llena de perplejidad, después de temor; ambas voces llegaron a rozar la histeria y ya no fui capaz de entender lo que decían. Pero luego se hizo el silencio. Un silencio tan prolongado y terrible que parecía gritarme. Hasta que por fin surgió un alarido:

–¡Sé lo que hemos de hacer!

De repente se oyó un nuevo grito, de indignación y de horror a partes iguales, pero al instante se vio ahogado por otro, uno terrible que estalló tanto a mi alrededor como dentro de mí, mientras un ardiente dolor desgarraba hasta el último de los rincones de mi cuerpo. Ese dolor desapareció y me encontré girando a través de la oscuridad, girando en dirección a la muerte. Pero esta era una muerte que yo no conocía. Muerte sin distancia. No era la muerte de otro; no se trataba del efímero final de un ser humano, algo que me era posible experimentar desde el pedestal de mi inmunidad. Esto era una locura, terrorífica e incontrolable. En torno a mí parecía haber una miríada de figuras fantasmales; entretanto, una voz comenzó a vibrar dentro de mi cerebro. Era mi voz, y, con suavidad, decía lo siguiente:

–No tengas miedo. Es muerte. Solo muerte.

Empecé a hundirme en la oscuridad eterna; mis pensamientos y mis sentidos se debilitaban cada vez más. Luchaba desesperado, aferrándome a ellos, aferrándome a la vida, intentando que no se apartaran de mí, con la absoluta convicción de que si lo hacía los perdería para siempre.

Hice un movimiento brusco y grité, esforzándome por respirar, iniciando una frenética lucha por incorporarme y librarme del asfixiante calor y de la oscuridad que me sepultaban; agité los brazos, mis puños aporrearon algo sólido que tenía justo encima. Se produjo un ruido estrepitoso, un doloroso golpe dirigido a mi cabeza, y caí de espaldas. El miedo me debilitaba, estaba exhausto, y respiraba a base de gemidos allí tumbado, tratando de recuperar el control sobre mis actos. Finalmente, con un alivio inaudito, casi imposible de creer, me di cuenta de que yacía despierto e ileso en el ataúd. Mareado, riéndome, próximo a la histeria, abrí la tapa y salí; la inestabilidad de mis piernas me hizo tambalearme hasta llegar al fondo de la cripta, en cuya pared me recosté, incapaz de moverme de forma coordinada.

–Ha sido un sueño –murmuré con el propósito de sentirme más confiado, aunque me estremecí al recordar lo vívida y espantosa que había parecido aquella amenaza sufrida solo unos momentos antes–. Un sueño, nada más, un sueño propiciado por lo que pasó anoche.

Gané la puerta de la cripta aún con paso inseguro y sobre ella me apoyé, respirando bocanadas de aire fresco mientras se me despejaba la cabeza; dirigí la mirada hacia la noche, que, para mi sorpresa, se hallaba bastante avanzada.

Pero entonces, a pesar de que me decía a mí mismo que todo iba bien, volvió a ganar terreno aquella extraña y poderosa sensación de inquietud que había notado, cada vez con más fuerza, a lo largo de las dos últimas noches. A medida que recobraba las fuerzas, reflexionaba sobre ello. Y, cuando por fin caí en la cuenta, simplemente me quedé helado, sin poder moverme, la mente paralizada, rechazando en un principio que aquella idea pudiese adquirir carta de naturaleza. Volví al interior de la cripta, me arrodillé, cogí la tapa del ataúd de Helena y la abrí a toda prisa.

Miré hacia abajo y, por un instante, me pareció que no podría resistir lo que veían mis ojos. El interior del ataúd estaba lleno de sangre, y ella, con el vestido blanco teñido de rojo. Tenía una estaca metálica clavada en el pecho y le habían cortado la cabeza, que había ido rodando hasta una esquina del ataúd; su boca se mostraba en un retorcido gesto y los ojos se mantenían entreabiertos. Entonces tuvo lugar un violento grito que retumbó y reverberó por toda la pétrea cripta: mi cabeza bramaba, todo empezó a girar ante mis ojos, se disipaban tanto mis fuerzas como mi razón, y perdí el equilibrio hasta caer en el frío y duro suelo. No puedo asegurar el tiempo que estuve allí tirado, semiinconsciente, al tiempo que ante mí pasaban los recuerdos de la vida que ambos compartíamos; del vínculo tan fuerte que nos unía y que me había llevado a sentir su muerte –que tenía que haber sido la mía– desde el oscuro rincón de la cripta donde yo había permanecido oculto. Y, aun así, aquello parecía en verdad mi muerte, ya que en mis pensamientos veía la terrible imagen de su cuerpo mutilado y sin vida, y trataba desesperadamente de imaginar la existencia sin ella. Siglos de vida sin ella.

Me puse en pie y dentro de mí brotó un aullido tan intenso y tan largo que creí que partiría mi cuerpo en dos si no se detenía. Iba de un lado a otro lleno de furia, enloquecido con una violencia que mi mente no podía soportar, destrozando todo lo que se encontraba a mi alcance, cogiendo los viejos ataúdes y arrojándolos al suelo para que se abrieran y se desparramaran por todas partes sus contenidos en estado de descomposición. Y, cuando ya no quedó una sola caja sana excepto la de ella, paseé la mirada por los amarillentos y correosos huesos y cráneos que había esparcidos por el suelo. Y lo cierto es que creí que se reían de mí aquellas calaveras que me miraban de soslayo. Que la muerte se burlaba de mí y susurraba:

–Ahora es nuestra. Ya no es tuya. Ahora nos pertenece.

Mi desesperación volvió a dar rienda suelta a la ira y fui cogiendo uno a uno los cráneos, lanzándolos contra el suelo hasta que acabaron hechos pedazos a mis pies.

Entonces me di la vuelta y regresé junto a Helena. Su cuerpo ya comenzaba a descomponerse. Mientras miraba hacia abajo, dejé caer unas lágrimas silenciosas que decoloraron las manchas de sangre oscura ya coagulada. Puse la tapa en su sitio y me encaminé a la puerta con un paso tan inseguro que, una vez en el exterior, a punto estuve de caer al suelo. El cielo estaba bien iluminado. La mañana era clara, sin nubes, y el sol ya se había elevado sobre los altos y lejanos montes. Sus abrasadores rayos me daban de lleno y yo retrocedí en busca del cobijo de la sombra. Pero me detuve enseguida. Y di un paso adelante para observar el hostil y desconocido mundo diurno, asaltado por su luz, por su calor cruel e intenso. Allí permanecí hasta que el sol estuvo bien alto en el horizonte, llenando de cegadora blancura tanto el cielo como mis ojos. El aire que respiraba me quemaba por dentro y el cuerpo me dolía como si me clavaran agujas de fuego por todas partes. Sin embargo, me mantuve inmóvil y soporté aquello en un terrible gesto de desafío, de locura, contra un mundo del que había sido expulsado. Y pensé en la chica rubia, en su padre y en su hermano, en quienes habían hecho eso. Y, al final, grité en dirección a la luz, con una voz enronquecida a través de mis labios al rojo vivo:

–¡Hombre! ¡Sacerdote! Crees que has visto el mal mientras yacía pasivo e indefenso ahí dentro. Estás equivocado. Te mostraré el mal de un modo que jamás habías imaginado. Te lo mostraré.

Y después di media vuelta rápidamente, volví a la cripta y cerré la puerta tras de mí; me dejé caer en uno de los ataúdes que había arrojado al suelo al tiempo que me iba envolviendo la inconsciencia.

X

La noche siguiente me levanté y recorrí andando los kilómetros que me separaban de la casa alquilada en Matlock. Allí me quedé el resto de la noche. Tenía las ideas poco claras. El mundo parecía confuso y remoto, fragmentado a mi alrededor. Imágenes extrañas inundaban mi mente y yo me concentré en ellas hasta que se fueron haciendo más nítidas; les hablaba, me reía de ellas, de modo que mis pensamientos se apartaron del auténtico horror de la situación en que me encontraba. Solo mis planes, que se estaban formando poco a poco en mi mente, mantenían vivo en mí cierto sentido, tortuoso, de la realidad.

Los recuerdos de los días que vinieron a continuación son escasos y vagos. Me quedé en el pueblo todo el tiempo, yendo de un lado a otro por las habitaciones de la casa, o bien vagando por las solitarias calles nocturnas a medida que el embotamiento emocional daba paso, de manera gradual, a sentimientos de ira y de odio. Y de venganza. Lo cierto es que aquellas obsesiones, y mi delirio, eran lo único que alejaba mi pensamiento de Helena y del futuro; lo único que me alejaba del dolor y el miedo absolutos que, de otra manera, hubieran logrado destruir mi mente.

En una ocasión, durante uno de mis vagabundeos nocturnos, me vi asediado por una mujer desde la penumbra que tenía a mi espalda, de edad avanzada, medio borracha y tiritando de frío con su vestimenta chabacana y precaria. Sin apenas pensarlo, di media vuelta y me hice con ella allí mismo, en plena calle, despreocupado por completo ante la posibilidad de que alguien me viera. Y, al inhalar la muerte, halló alivio la furia de mi interior y bebí dando intensos tragos en busca del olvido. Pero lo que vi en última instancia, más allá de la creciente oleada de energía y de consuelo, fue a Helena, su rostro ensangrentado y sus ojos saltones fijados en una fulminante mirada sin vida, repleta de ira y reproche. Me quité de encima a la víctima, la arrojé ya casi muerta a la cuneta y seguí mi camino a paso ligero.

Llegué a la conclusión de que debía actuar. Tenía algunos asuntos pendientes en Matlock. Y, mientras los solucionaba, en mi mente iba dando forma a los detalles del plan: no pensaba en nada más que en llevarlos a cabo.

Cuando hube terminado, regresé al pueblo, a la casa de la chica, Elizabeth, y de su odiada familia. Me oculté en las proximidades de la vivienda, observando, viéndolos de vez en cuando a través de las ventanas. Y al contemplar al hermano, al sacerdote, me estremecí, ciego de ira, enloquecido por el deseo de lanzarme sobre él y matarlo. Pero me contuve y logré controlar mi odio; lo dejé guardado en mis entrañas para alimentarlo y sonreí como si acabara de descubrir una trampa sutil, esquivada con inteligencia; lo miré y susurré con una voz muy tenue:

–¡Oh, no! Todavía no. Así no. Será cuando yo lo decida. Cuando todo esté tal y como yo pretendo.

Algunos días más tarde, poco después de que oscureciera, volví a la casa. Entré por la puerta de atrás sin hacer ruido, cuando toda la familia estaba cenando, y me deslicé hacia el interior del sótano, donde me oculté y esperé durante varias horas a que cesara por fin la actividad y reinara el silencio en el edificio que tenía encima de mí. Entonces subí las escaleras con cuidado y me introduje en el dormitorio de la chica. Estaba dormida, como la otra vez, y bebí de su cuerpo, aunque no demasiado. Era mi instrumento. La necesitaba y no debía morir. Pero la vida en ella poseía fuerza, e incluso después de haber ingerido buena parte de su fluido vital había algo en ella que oponía resistencia, haciendo que la cabeza me diera vueltas y que así el placer fuera aún mayor. Al final me tumbé rodeándola con mis brazos y, con suavidad, le susurré al oído:

–Ahora, escúchame. Escucha solo mi voz. Tus miembros se entumecen y se hacen más pesados. No sientes nada. No tienes fuerza. Solo mi voz. ¿Me entiendes?

Ella se revolvió, exhaló un corto suspiro y realizó un débil gesto de asentimiento. Ya había aprendido yo lo sencillo que era para los de mi especie imponer nuestra voluntad a las víctimas humanas, al igual que había hecho Helena para controlar mi mente en un primer momento. Cuando queda despojada de energía y de vida, la mente humana se sume, ciega e indefensa, en una febril confusión de extrañas sensaciones que dan lugar a un trance más poderoso que el inducido por un hipnotizador. Y, cuando una voz penetra en ese estado, la mente perdida debe aferrarse a ella, su único vínculo con el mundo consciente, para encontrar el camino por el que solo esa voz puede guiarla.

–No te muevas y duerme –le ordené, con la mano situada dulcemente sobre su frente–. Estás a salvo. No te moverás hasta que yo te lo diga.

Me puse en pie y contemplé su rostro resplandeciente, humedecido por el sudor, su belleza incluso acrecentada por la súbita palidez y el desaliño sufrido. Había una lámpara de aceite sobre la mesilla. La encendí, dejándola al mínimo de su potencia. Sin demasiada luz, aunque suficiente. Había llegado el momento.

Crucé toda la estancia hasta llegar al pesado armario situado en el lado opuesto. Lo empujé con fuerza sirviéndome de las dos manos. Cayó con gran estrépito y el suelo tembló al astillarse los tablones que lo formaban. Me escondí en la penumbra, bien arrimado a la pared, al lado de la puerta, y me quedé quieto esperando, escuchando la algarabía, los pasos, las voces que gritaban alarmadas. Entonces se abrió la puerta. Era el anciano, que entró corriendo mientras miraba a un lado y a otro. Di un paso al frente. Él se giró y me observó asombrado en medio de la tenue, vacilante iluminación. Parecía más viejo que la vez anterior. Era obvio que la experiencia de la cripta le había dejado su sello. Antes de que tuviera ocasión de moverse o de pronunciar una sola palabra, me lancé contra él y le propiné un golpe en el pecho que le hizo salir despedido en dirección a la pared, donde cayó sin sentido al suelo tras oírse el crujido de los huesos de su cabeza. Enseguida me di cuenta de que otros pasos se acercaban a la estancia; me oculté tras la puerta a medio abrir y vi entrar al joven, con ojos de sueño, vestido solo con la camisa de dormir. Cerré la puerta de golpe. Él dio media vuelta sin perder un instante y yo avancé, interponiéndome entre él y la puerta, sin apartar la mirada de sus ojos. Mantuvo la vista fija en mí unos momentos, boquiabierto, tratando de encontrar las palabras adecuadas, pero yo le indiqué con un gesto que guardara silencio.

–Debes disculparme –señalé susurrando– por presentarme a estas horas. Pero tengo que hablar contigo de cierto asunto. Un asunto importante. Y lo cierto es que no puede esperar.

Se le congeló la expresión de la cara; sus ojos ardían tanto de indignación como de perplejidad. De todos modos, hasta que no salté sobre él y lo tuve agarrado por los brazos, con tanta fuerza que incluso lanzó un ahogado grito de dolor, no apareció en su mirada un halo de miedo. Lo atraje hacia mí y situé mi rostro muy próximo al suyo.

–Muy bien –anuncié, con el gesto impasible y los ojos bien abiertos–. Observa.

Y le hice darse la vuelta para que viera a su padre tendido en el suelo, inconsciente. Realizó un instintivo esfuerzo por aproximarse a él, pero yo lo mantuve sujeto y señalé rápidamente a la chica que estaba en la cama.

–Sí –corroboré–, tu padre y tu hermana. No. No vas a acercarte a ellos. Antes tendrás que escucharme.

De repente dejó de resistirse. Era evidente que me consideraba un loco que había huido de algún manicomio, y que hacerme enfadar podría resultar peligroso. Le dediqué una adusta mirada y luego le hablé:

–Una vez tuve a alguien. Una madre, una hermana, una compañera. Un amor. Pero ya no. Ella…

Me interrumpió con un súbito alarido, un grito sofocado y ronco. Tenía la vista clavada en su hermana. Acababa de ver la reciente punción que había sobre su cuello desnudo, la oscura gota de sangre que descendía por su pálida piel hasta manchar la almohada. Y volvió a mirarme a mí, con los ojos que se le salían de las órbitas, llenos de puro terror al darse perfecta cuenta de lo que sucedía. Recordaba sus palabras de aquella noche en la cripta: la simple certeza de que algo así pudiera existir, la visión de Helena mientras yacía descansando, eran hechos casi imposibles de aceptar por su parte. Ahora, enfrentado a la presencia viviente, todos sus sentidos se hallaban desbordados y petrificados. Y aquello me enfureció más de lo que nunca hubiera pensado. El control, el dominio sobre mis actos, que hasta entonces había sido tan necesario para el diseño y la ejecución de mi plan, además de para preservar la cordura, se vio de pronto anulado una vez que permití que la amargura y la ira que me embargaban se manifestaran en su máxima expresión. Con un gruñido, lo arrojé al suelo.

–¡Pero, claro…, no puede ser! –le espeté–. Lo había olvidado. Yo no puedo amar. Porque el amor es algo bueno y yo solo poseo maldad. "El fruto de la oscuridad."

Me incliné sobre él; la lámpara proyectaba mi enorme y grotesca sombra sobre la pared opuesta. Los ojos le daban vueltas, su cuerpo sufría violentos temblores y sus labios se abrieron para hablar con un enorme esfuerzo:

–Dios… ¡Dios, ayúdame!

–¿Y por qué habría de ayudarte Dios? ¿Qué os lleva a los de vuestra especie a ser tan arrogantes? ¿Creéis que sois los únicos con derecho a disfrutar del amor de Dios? ¿Que solo vosotros tenéis la capacidad de sentir, de hacer y recibir el bien? Qué codiciosos os mostráis con respecto a esa supuesta bondad, acaparándola como avaros y sin permitir que nadie más la roce siquiera...

Adopté un aire de desdén; de repente me sentí mucho más animado. Era el miedo, el pánico ciego que ardía en él como algo vivo que me embriagaba y me excitaba hasta la exaltación. Deseaba obtener más de aquel miedo. Quería arrancarle hasta la última brizna de esperanza y de cordura, al igual que él había hecho conmigo. Que se viera perdido y despojado de toda dignidad, como me sucedía a mí. Sonreí, me incliné hacia él y le hablé con la mayor suavidad posible:

–¿Y qué pasaría si te dijera..., gracias a mis conocimientos sobrenaturales, a mis conversaciones con la muerte..., qué pasaría si te dijera, sacerdote, que Dios no existe? Que Dios es una invención del hombre, una ilusión de luz en un mundo donde solo hay oscuridad... Y que yo, que puedo ver a través de la oscuridad, que conozco todo ese mundo, libre de las ilusiones que dominan al hombre; yo, que puedo vivir para siempre con estos conocimientos... ¡Que yo soy lo más próximo a Dios!

Una carcajada salvaje y demoniaca estalló resonando por toda la estancia. Me sobresalté. Pasaron varios segundos antes de darme cuenta de que procedía de mí. Y luego callé. Me quedé helado. Retrocedí. Había notado algo. Alrededor de su cuello había una fina cadena que caía por encima de su camisa de dormir: de ella colgaba un crucifijo de plata. Tuvo un efecto instantáneo sobre mí. Al mirarlo, me sentí impresionado y avergonzado por lo que estaba haciendo. Fui consciente de la blasfemia que, enloquecido por el odio, acababa de proferir en medio de iracundas risotadas: negar la existencia de Dios cuando lo cierto era que no sabía más acerca de Él que durante mi existencia humana. ¡Hizo que me contemplara a mí mismo! Recordé con inquietud las lejanas enseñanzas cristianas de mi infancia y volví a sentir el viejo temor: el temor de lo que era, de aquello en lo que me había convertido. Y, por un momento, mi energía y mi voluntad se desvanecieron, y me vi perdido en la duda y la confusión.

El sacerdote pareció notar mi agitación, así como la razón por la que se había producido. Su trémula mano se extendió de pronto para buscar a tientas el crucifijo, lo agarró con torpeza y separó la cadena del cuello; entonces, con un esfuerzo sobrehumano, se puso en pie y, tambaleándose, vino hacia mí mientras sujetaba la cruz por delante de su rostro. Avanzó con paso inseguro y su voz surgió tan espesa y forzada que casi sonó de un modo incoherente.

–¡Oh, Dios, protege a tu siervo y dale fuerza!

De pronto me lanzó una mirada fulminante; sus ojos ardían, la cruz también, gracias al reflejo de la llama procedente de la lámpara que tenía detrás de mí. Su voz ganó intensidad.

–Te expulso junto con toda tu maldad y tu perfidia. Sal de este lugar, en el nombre de Dios todopoderoso y nuestro salvador Jesucristo.

Seguía sosteniendo la cruz ante mis ojos. El fulgor que despedía se hizo de repente más brillante, deslumbrante, y yo me eché hacia atrás parpadeando. Sentía el poder, la fuerza de su vehemencia, de algún modo proyectada contra mí a través del símbolo de su fe. Me hacía daño. No soportaba mirarla. Di otro paso atrás y bajé la cabeza, con la vista dirigida al suelo. Envalentonado, él se acercó y comenzó a murmurar uno de los salmos, una invocación contra el mal.

"El que habita al amparo del Altísimo, el que mora bajo la sombra del Omnipotente.

Dirá al Señor: 'Mi refugio y mi baluarte. Dios mío, creo en ti'.

Y Él te librará del lazo del cazador, y de la peste funesta.

Te cubrirá con sus alas, su confianza será tu escudo..."

La ira estalló de nuevo en mí. Y al instante, antes de saber lo que estaba haciendo, di un paso adelante, extendí la mano, cogí el crucifijo y se lo arrebaté para alzarlo al tiempo que le dedicaba una mirada triunfal. Luego, sonriendo, lo miré a él. Seguro que si me hubiera transformado de repente en el propio Diablo, en medio de una explosión de fuego y azufre, su mirada no hubiera mostrado tanto horror ni tanta incredulidad.

–Bien dicho –señalé con un gesto de asentimiento–. Pero ya lo ves...

Moví el crucifijo ante sus ojos.

–...Ni las baratijas ni las palabras significan nada. Como puedes comprobar, Dios y yo nos entendemos a la perfección. Y, ahora, vayamos a lo que nos interesa. Tú me has robado. Me has despojado de todo lo que tenía. Y quiero una compensación. Es lo justo, ¿no te parece? Solo busco justicia. Una vida por otra vida.

Y me encaminé hacia la chica que estaba sobre la cama, señalándola, aunque sin dejar de mirarlo a los ojos.

–Su vida –puntualicé–. Podría haberla matado en cuanto llegué. Pero permití que viviera. Y déjame decirte por qué. Gracias a ella, la que tú mataste. Por todo lo que me contó y me enseñó. Ahora está muerta y con ella también han muerto toda mi compasión y mi capacidad para controlar mis impulsos. Y la culpa es tuya. Tú eres el responsable.

Volví a señalar a la chica.

–Que su muerte descanse sobre tu conciencia.

Me arrodillé de inmediato, rodeé a la chica con mis brazos, la levanté, apoyé los labios sobre su garganta y pasé la lengua por las manchas de sangre que allí había. Él se lanzó a por mí con un grito de desesperación; me separó de ella con una energía inmensa y me propinó varios puñetazos. Yo retrocedí tambaleándome, a punto de perder el equilibrio a causa de la momentánea sorpresa que supuso la fuerza de aquel ataque. Entonces, con un furioso gruñido, repelí la agresión con gran violencia y lo derribé; luego volví a aproximarme a la chica. Pero él se puso en pie enseguida y volvió a pelear conmigo. Lo cogí por los brazos, acercándolo a mí, dispuesto, en el estado de furia en que me encontraba, a matarlo. Pero lo tiré contra la pared y terminó cayendo al suelo sin resuello.

–¡No! –exclamé–. Oh, no. Matarte sería demasiado fácil. Qué venganza tan pobre… ¡No! ¡Ella debe morir!

Regresé al lado de la mujer.

–Pero no tengas miedo.

Le dediqué la más agradable de mis sonrisas.

–Tú serás el elegido para verla morir "en la absoluta y cierta esperanza de la resurrección para la vida eterna".

Su mirada se quedó en blanco durante unos instantes y en su rostro apareció una mueca de angustia imposible de describir; se puso incluso más pálido que su exangüe hermana, ya que el significado de mis palabras no dejaba lugar a dudas. Y, al verlo en manos de tan intensa desesperación, sentí pena por él. Mi corazón estaba a punto de salirse de la garganta. Mi voz perdió su aspereza, se quebró y empezó a temblar. Y, casi a modo de súplica, dije en voz alta:

–¿Es que no te das cuenta? ¿No puedes entenderlo? No tengo elección. Me has dejado a la deriva, solo en el yermo de la eternidad. ¿Cómo voy a encontrar compañía? ¿Cómo voy a encontrar amor? ¿Qué otra cosa puedo hacer?

No sé lo que pretendía con aquel arranque de sinceridad. Ni que decir tiene que no logré nada. Él se limitó a mirarme fijamente con un asco y un miedo situados más allá del ámbito de la razón. Y me dije a mí mismo: "Sé fuerte. Ahora no puedes permitirte ninguna debilidad".

Lo observé con frialdad.

–Pero, ¿por qué te hago partícipe de mis tribulaciones? ¿Qué utilidad puede tener? Tú me privaste de la muerte. Yo te privaré de la vida. Dices que soy malvado. Pero, para mí, los malvados sois vosotros. ¿No lo comprendes? Vosotros, con vuestra arrogancia, vuestra ceguera y vuestro odio. Vosotros, criaturas miedosas e indefensas, que os arrastráis por la vida como ratones que jamás osan aventurarse más allá de sus oscuros y seguros rincones de ignorancia. En vuestro desesperado viaje camino de la enfermedad, la deformidad y la muerte. Pero esta chica…

Puse mi mano sobre su cabeza.

–La salvaré de esa corrupción y esa maldad propias del ser humano. Preservaré su juventud y su dulzura y vivirá conmigo para siempre. Y, ahora –le anuncié, exponiendo de nuevo el crucifijo–, recibirá esto.

Y coloqué la cadena alrededor de su cuello, situando la cruz con delicadeza sobre su pecho. La idea se me había ocurrido en aquel mismo instante.

–Ya está –observé al tiempo que daba un paso atrás para contemplarla y, acto seguido, mirar también a su hermano–. Perfecto. Ahora, ¿quién podrá saberlo? ¿Quién sospecharía siquiera?

Y, sin perder un segundo, me lancé sobre ella y bebí un poco más. Me incorporé con ella en brazos. Mientras me la llevaba, eché un vistazo a lo que sucedía a mi espalda. El joven sacerdote me miraba desde el suelo, pero sus ojos estaban vacíos y no veían nada. Eran los ojos de un loco.

De repente perdí el equilibrio y tropecé; la chica dormida estuvo a punto de caer al suelo. El viejo había vuelto en sí y se había acercado a rastras, aferrándose desesperadamente a mi pierna con la intención de derribarme. Di media vuelta a toda velocidad, le propiné una patada con la que me lo quité de encima y se quedó tumbado, entre jadeos y sollozos. En sus ojos vi la muerte. La vi y sabía que iba a morir, y que yo lo había matado, igual que si lo hubiera tenido entre mis brazos bebiendo hasta dejarlo seco. Me detuve un instante junto a la puerta y eché un vistazo, primero al padre y después al hijo. Y solo percibí miradas de locura y de muerte. Había degustado de antemano el placer de aquella victoria final. Pero resultó amargo. No proporcionaba satisfacción alguna. Cargando todavía con la chica, me di la vuelta y huí.

La saqué de la casa por el camino que conducía al cementerio hasta llegar a un lugar oscuro y solitario donde esperaba un automóvil. Le susurré suavemente al oído:

–Ahora camina, Elizabeth. Te pondré de pie. Apóyate en mí para sujetarte. Es solo un pequeño trecho.

La deposité en el suelo con un ligero balanceo y la rodeé con mi brazo. Entre los arbustos tenía escondida una maleta con una de las capas de Helena; se la eché por los hombros. Después de lograr que caminara a mi lado, silbé para llamar la atención del conductor. Se bajó del coche de un salto, con una amplia sonrisa en el rostro, guiñándome el ojo. Lo había encontrado en Matlock. Le dije que una joven dama y yo teníamos pensado huir juntos.

–Por desgracia –le había susurrado, inclinándome hacia él con aire confidencial–, su familia no aprueba mi conducta.

Entonces me sonrió e insistió para que le contara algo más, y, cuando lo hice, se echo a reír a carcajada limpia, golpeándose con las palmas sobre las rodillas y gritando:

–¡Vaya, vaya! La hermana de un cura, ¿no es así? Se escapa con la hermana de un cura en plena noche. Qué bonito... Ya lo creo... Es usted un joven diablillo.

Le di dinero, lo suficiente para que los ojos casi se le salieran de las órbitas, y le aseguré que recibiría más una vez acabado el trabajo.

Nos ayudó a los dos a subir al coche mientras me propinaba varias palmadas en la espalda, sin dejar de mascullar y reír entre dientes, entusiasmado con el asunto. Entonces rugió el motor y nos fuimos de allí como un relámpago que atravesara la noche.

Nos llevó a Matlock y nos bajamos en el centro de la villa. Le pagué, hice que la estupefacta chica se arrimara a mí y la conduje por sombríos callejones hasta la casa que tenía alquilada, donde todo se hallaba dispuesto.

* * *

En el sótano de mi casa había colocado una cama, y acosté a Elizabeth sobre ella. Era consciente de que debía beber de nuevo de su cuerpo, pero con mucho cuidado y gran delicadeza para no agotarla, ya que tenía que mantenerla viva y, al mismo tiempo, lo bastante débil para no perder el dominio sobre su mente. Necesitaba que fuera mi prisionera a lo largo de los días y de las noches siguientes, encerrada en aquel lugar mientras la iba despojando poco a poco de su fluido vital; durante mis periodos de sueño, ella tendría que pasar su tiempo en soledad. Decidí procurar por todos los medios que no fuera consciente de las circunstancias físicas en que se encontraba. Me sentía obligado a protegerla, en la medida de lo posible, del miedo que podría producirle el conocimiento de su situación. No quería que la parte humana de su ser muriera sola y aterrorizada, como me había sucedido a mí. No debía convertirse en la criatura débil y angustiada que yo había sido al morir. Tenía que evitarle el temor. La iba a hacer fuerte. Estaba decidido a lograrlo.

Bebería de ella mientras dormía, al amanecer, para que así pudiera descansar a lo largo del día. Y por la noche la alimentaría y la colmaría de atenciones, hablándole sin cesar para que ganase confianza en la vida y la fuerza que estaba a punto de adquirir. La haría renacer como un ser glorioso.

La sostuve entre mis brazos, acaricié su pelo suave y húmedo desde la base del cuello hacia arriba, y bebí, pero aparté la cabeza casi al instante para hablarle en un tono dulce.

–Escúchame, Elizabeth. Sé que estás débil y enferma. Pero no has de tener miedo. Te he traído aquí por tu propio bien. Dentro de muy poco te habrás recuperado y serás más fuerte que nunca. Debes confiar en mí; ahora, duerme, será beneficioso para ti. Duerme hasta que yo te despierte.

Mis palabras tuvieron un efecto intenso sobre ella: se fue sumiendo aún más en sí misma, en un estado próximo al olvido, a medida que transcurrían las noches y su cuerpo mostraba cada vez una palidez y un deterioro mayores. En ocasiones daba la sensación de querer rebelarse, ya que, sin duda alguna, era en parte consciente del declive progresivo de su organismo; a pesar de todo, seguía por completo en mi poder, porque la hablaba constantemente durante las horas nocturnas, fortaleciendo su confianza, llevándola al piso de arriba en mis brazos, sentándola frente a mí a la mesa, preocupándome de que tuviera cubiertas sus necesidades, vistiéndola y peinándola, controlándola: ya era mi compañera, y le hablaba de mis pensamientos, y de su vida, y de lo que pronto llegaría a ser.

La última noche, cuando se hallaba al borde de la muerte, me senté en silencio durante varias horas con la vista fija en ella, saboreando los momentos finales de su abrasadora belleza; la belleza que había causado aquella tragedia, y que me había obsesionado desde el instante en que la vi por primera vez. A partir de esa noche su belleza dejaría de existir. O, para ser más exacto, sería algo diferente. Dejaría de ser humana.

La cogí y su vida comenzó a fluir: no tardaría mucho en hacerlo de un modo torrencial.

–Ahora llega la muerte –musité en medio de aquella corriente de sangre–. No tengas miedo. Sé valiente. Sé fuerte. Aférrate a la vida. No te abandonaré.

Pronto terminé de beber. Su cuerpo temblaba en mis brazos; su vida se disipó casi de inmediato y me transportó sobre su marea de irresistible placer. Al final dejé que se tumbara de nuevo y tratara de respirar, mientras yo me levantaba de la cama. Ahora debía esperar.

Quedaba más o menos una hora de oscuridad y yo permanecí sentado junto a una ventana del piso de arriba, mirando hacia la calle vacía. En mis pensamientos los veía inmóviles: a su padre y a su hermano. Veía sus monstruosos ojos con la vista clavada en mí, a pesar de que había tratado con todas mis fuerzas de expulsarlos de mi mente. Terminé por incorporarme y lancé un grito dirigido al silencio sepulcral:

–Tenía que hacerlo. Era lo justo. No debo pensar más en ello.

La noche siguiente me levanté temprano; me sentía agotado y nervioso. Fui a ver a Elizabeth sin perder un segundo. Su cuerpo estaba frío y blanco. Paseé de un lado a otro del sótano. Las horas pasaron, pero no daba señales de vida. Cada vez me veía más desesperado. ¿Había calculado mal? ¿Había agotado su vida con demasiada rapidez? No lo sabía. No tenía forma de saberlo.

Ya era tarde, bastante más de medianoche, y yo casi me había vuelto loco de miedo, cuando al fin ocurrió. Un movimiento imperceptible en los músculos de la cara, una crispación momentánea de las extremidades, y todo de una levedad tal que ningún ojo humano hubiera sido capaz de percibirlo. Pero, para mí, resultaba tan evidente como jubiloso. Me incliné, cogí sus manos, pegué mi oído a su cuerpo y noté que el corazón latía despacio, tímido, pero era indudable que se movía. No volvió a suceder hasta más de una hora después, pero esta vez fue como una convulsión que afectó a todos y cada uno de los músculos. Entonces se abrieron sus ojos. Y se incorporó lentamente, recorriendo con la vista todo lo que la rodeaba. Me miró, pero no pareció verme. Su boca se entreabrió y murmuró unas palabras incoherentes. Me eché hacia delante y aproximé mi rostro al suyo.

–¡Elizabeth! –susurré.

No respondió. Alargó los brazos y se apartó el pelo que le tapaba la cara. Estaba espantosamente blanca y perdida por completo; confundida e incapaz de asumir la transformación sufrida, el estallido de unas emociones y unos sentidos nuevos. Estaba débil. Necesitaba energía.

La cogí de la mano, la conduje con ternura escaleras arriba para salir del sótano y la llevé a la calle. Anduvimos un rato y yo no dejaba de susurrarle, de decirle que iba a tardar muy poco en curar su hambre. Pero ella seguía sin reconocerme; solo se dejaba llevar con la mirada dirigida al frente y en blanco.

Un coche pasó por delante y se detuvo justo en frente. De él salió un hombre que se encaminó hacia una de las puertas, situada en un porche interior. Dejé sola a Elizabeth, fui a por él y lo atrapé, tirándolo al suelo. Después llevé a Elizabeth hasta allí. Se arrodilló despacio a su lado y lo observó durante unos momentos antes de que yo la hiciera agacharse. Se agarró a él y bebió con fruición. Si no la hubiera separado a tiempo para respirar, quizá se habría ahogado. Pero se resistió, tratando con todas sus fuerzas de volver a él mientras su piel ardía pegada a la mía y recuperaba el color a toda velocidad. La mantuve bien sujeta hasta que por fin se tranquilizó y dejó de luchar; la obligué a ponerse en pie y la alejé de allí. Entonces se dio media vuelta y me miró con los labios moteados de sangre brillante bajo los destellos procedentes de una luz cercana. Era como si me estuviera viendo de verdad por primera vez. Como si el calor vital que acababa de absorber le hubiera devuelto de pronto la razón. Contempló sus manos con los ojos abiertos de par en par. Por fin dejó escapar un murmullo:

–Mi padre..., mi padre... y... ¡mi hermano!

Me miró de nuevo al tiempo que repetía una y otra vez estas palabras. Se liberó de mi abrazo y me acusó:

–Tú..., lo hiciste tú. A ellos..., a mí..., fuiste tú. ¡Fuiste tú!

Ahora era yo quien tenía la vista fija en ella, horrorizado. No se le había olvidado. Yo había subestimado su fuerza y su determinación. Lo sabía todo. Le había dado la orden de dormir, pero era indudable que se había resistido a mis deseos a pesar de su debilidad, rebelándose en pleno estado de trance, esforzándose por no perder del todo la consciencia. Y, mientras ella yacía sin posibilidad de moverse, y yo destrozaba a su familia lleno de ira y sentimientos de venganza, una parte de ella lo había captado todo, lo había interiorizado, y ahora lo estaba recordando. Me alejé de ella y me asaltó un único, terrible pensamiento.

–Lo sabe todo: ¡lo sabe *del mismo modo que yo percibí la muerte de Helena!*

Vino hacia mí a grandes zancadas, sin ningún temor, con su belleza de repente distorsionada y desagradable a causa de la emoción. Y en su ultrajado gesto vi el rostro de su hermano; una súbita e intensa semejanza. Yo apenas podía sostener la mirada. Pero debía hacerlo. Su terrible forma de observarme me tenía paralizado.

Hasta ese momento mi plan parecía perfecto, al igual que mi venganza. Obsesionado, enloquecido, jamás me había parado a pensar lo que sucedería después de llevarlo a cabo. Pero ahora todo estaba muy claro. Era inútil. Después de lo que yo había hecho, ¿qué otra opción le quedaba a ella, al tanto como estaba de lo ocurrido, sino odiarme como yo había odiado antes? ¿Qué iba a hacer sino odiarme para siempre?

Sus labios temblaron y su cuerpo se estremeció. Exhaló diversos suspiros repletos de furia, y yo me preparé para recibir su rabia y su aborrecimiento. Pero lo que me dijo a gritos, que resonaron por las calles oscuras y vacías, me espantó, me horrorizó todavía más de lo que nunca hubiera creído posible.

–Mi padre…, mi hermano. Vendrán a por nosotros. Quizá nos encuentren. Son peligrosos. ¡Tenías que haberlos matado!

XI

Regresamos los dos juntos hasta la casa y, mientras caminábamos, ella no dejó de hablar, como si necesitara convencerse a sí misma por completo de que todo aquello era real, no un sueño. Por desgracia yo no necesitaba hacer ninguna comprobación al respecto.

–No puedes imaginarte –balbució– el tiempo que llevo soñando con el día en que podría escapar de mi padre y de ese maldito mausoleo maloliente que era mi casa. Cuánto tiempo he estado encerrada entre sus muros como una prisionera, obligada a escucharle a él y al retrasado mental de mi hermano, que no hacía más que decir tonterías acerca de Cristo y de la salvación… Cuántas veces he rezado para librarme de ellos… ¡Oh! *¿Por qué no los mataste?*

Inclinó la cabeza hacia atrás de repente y se echó a reír como una histérica. Entonces abrió los ojos de par en par y bajó la voz hasta convertirla en un susurro.

–Ese hombre. El de allí. El que me diste. ¡Dios! ¡Dios! Podía haberlo matado. Sentía su vida. La tenía en mis brazos y la sentía…, sentía cómo se iba desvaneciendo. ¡Oh! Era…, no se parecía a nada que hubiera experimentado antes. Ese poder. Un poder más allá de la razón. La emoción. Él no era nada. Podría haberlo destruido. Hubiera sido muy fácil…, pero tú me lo impediste.

Se volvió hacia mí, con perplejidad al principio para, acto seguido, fruncir el ceño y mostrar unas mejillas enrojecidas tanto por la ira como por la sangre. Pero enseguida sonrió de nuevo y se puso a parlotear como si estuviera borracha.

–Cuando iba al colegio…, había unos hombres. Eran solo unos chicos de pueblo, con ropas sucias, manos ásperas y los modales propios de los cerdos. Pero solíamos salir a hurtadillas y quedábamos con ellos en secreto siempre que podíamos. Era emocionante. Bueno, resultaba emocionante entonces. Pero aquello no era nada. Juegos de niños. Nada de nada. Ahora me doy cuenta. ¡Nada comparado con esto!

Y empezó a reírse de nuevo, extendiendo los brazos como si fuera a abrazar la noche.

Yo continué andando con la mirada perdida en la oscuridad que había ante mí, al tiempo que me decía a mí mismo una y otra vez: "Está loca. Totalmente desquiciada. Le he dado poder. He hecho que su locura sea eterna".

Los días que vinieron a continuación solo sirvieron para confirmar lo que más me temía. Aprendió a dominar y a emplear sus poderes a una velocidad alarmante, como era de esperar en alguien que había conocido la represión, pero no cómo controlar sus impulsos. Salía todas las noches y regresaba satisfecha, con el rostro encendido, la piel ardiendo, la mirada perdida y una voz pastosa. Se acercaba a mí y se sentaba a mi lado, arrastrándome hacia una repugnante intimidad en la que, por medio de susurros, relataba sus excesos sin escatimar ningún detalle: las muchas y diversas formas que había descubierto de hallar placer en la muerte, como si buscara mi aliento y mi aprobación.

–Me fascina –aseguraba, mientras sus labios rozaban levemente mi oreja y mi mejilla–. Me fascina el instante en que mueren. Me gusta verlos morir. A veces me cuesta decidir si prefiero sentir su muerte o limitarme a observar, sentada a cierta distancia. A veces solo mato para mirar. Para ver la muerte. Me gusta cuando son jóvenes y fuertes. Y bellos. Me gusta verlos morir cuando son bellos. Es lo que más me hace disfrutar.

Y yo no me movía de mi sitio, en silencio, sin expresión en el rostro, aguantando todo aquello. Me lo merecía. Era una justicia perfecta. Yo tenía la culpa de todo, de todo lo sucedido desde el principio. Y, a pesar de haber sembrado el terror y la destrucción, sin admitir jamás los hechos, la realidad era demasiado horrible como para seguir negándola. Yo tuve la culpa de la muerte de Helena, al igual que de las demás desgracias que vinieron después. Era la consecuencia directa de mi ciega y obstinada pasión por aquella chica abominable. Le había fallado por completo a Helena. Me había fallado a mí mismo. Me había servido de la venganza, una venganza que Helena nunca hubiera deseado, como excusa para conseguir lo que quería desde el principio. Y, siempre que miraba a Elizabeth, siempre que la veía sonreír, o reírse satisfecha, ebria de poder, decía para mis adentros: "¡Bueno! Te hiciste con su vida. Ahora ya es tuya. ¡Y es justo lo que te mereces!".

A veces me acompañaba en mis salidas nocturnas durante un rato antes de seguir su propio camino. Mientras paseaba a mi lado, todo el mundo se fijaba en ella. Los hombres se acercaban, miraban con atención y sonreían, cautivados por su belleza como me había sucedido a mí antes. Y ella les devolvía la mirada con unos atractivos ojos azules llenos de timidez y coquetería. ¿Quién podría resistirse? Era pura perfección. Yo había creado el instrumento perfecto para la muerte.

A lo largo de todo ese tiempo no dejé de hacerme muchas preguntas. ¿Cómo podría reparar el daño que había ocasionado? ¿Cómo enseñarle a moderarse y controlarse, tal y como Helena hizo conmigo? En una ocasión hasta se me pasó por la cabeza llevarla ante Maximillian, con el objeto de repetir la lección que yo aprendí con él. Pero me dio miedo la idea y la rechacé. ¡No hubiera tardado mucho en ser ella quien lo aleccionara a él! En cualquier caso, ¿cómo tenía yo la osadía de enseñarle nada? Después de todo el mal que había desencadenado, ¿cómo iba siquiera a intentarlo? Seguro que se hubiera reído en mi cara. ¿Y quién se lo reprocharía? En el fondo también tenía el persistente temor de haber sido yo el responsable de sus inclinaciones. El culpable de que la ira y la locura que me poseían cuando la convertí en lo que yo era, en cierto modo, la hubieran contagiado y la hubieran vuelto loca.

Al poco tiempo nos trasladamos a Londres. Tenía la esperanza de que mi estado mental mejorase al alejarme de los escenarios de mis crímenes. Pero, desde luego, eso no sucedió. Atormentado por la culpa y la soledad, había ocasiones en que incluso llegaba a temer la oscuridad total; y es que a veces, cuando me hallaba a solas, me parecía ver ciertas formas en medio de las tinieblas; visiones horribles, siluetas de pesadilla que se movían, cambiaban, y malignas imágenes de seres abocados a la condenación eterna. En algunos momentos me veía y me sentía a mí mismo como un alma en el infierno, rodeada de otras mil almas profiriendo lamentos, torturadas por aviesos demonios negros situados muy por encima de nosotros. Y, a pesar de que aborrecía y temía a aquellos demonios, mi único deseo terminó siendo el de arrastrarme hasta ellos y unirme a sus huestes; para escapar de mi dolor, para torturar yo a la multitud de desgraciados que había dejado atrás: para ser el opresor y no el oprimido. Me estaba volviendo loco. Esa certeza, de cuando en cuando, me golpeaba como un rayo. Pero la locura me aterrorizaba, y estaba dispuesto a luchar para sacudirme aquellas morbosas ideas, para abrirme paso de nuevo hacia la realidad. Cuando lo lograba, solo conseguía comprobar que la cordura no ayudaba a que mis miedos desaparecieran. Hasta tuve instantes en que casi deseé la demencia absoluta, con la consiguiente liberación que auguraba.

Una noche, mientras estaba sentado en la propiedad que había alquilado cerca de Richmond, Elizabeth volvió a casa bastante más temprano de lo habitual. Parecía muy animada. Se acercó y se detuvo delante de mí, con el rostro resplandeciente, y dijo:

–Está muerto. Mi padre. He conseguido enterarme.

Y sonrió como si la noticia nos reportara a ambos una gran alegría.

Me había pasado varios meses soportando en silencio su forma de conducirse, sin dar señal alguna del dolor y la repugnancia que me producía; lo veía todo, supongo, como una especie de castigo que me tenía bien merecido. Pero ahora, ante esta última atrocidad, perdí por completo el control. Me levanté y la aparté de un recio empellón.

–Quítate de mi camino –grité, y con pasos enérgicos me dirigí a la puerta, abriéndola de golpe–. Lo hubieras podido matar mucho antes. Si te hubiera conocido, si te hubiera conocido de verdad, hubiera muerto de pena y de vergüenza.

La fulminé con la mirada, mi rostro desencajado por la ira. Y ella no hizo más que dirigir la vista hacia mí, asombrada.

–¿Cuánto tiempo piensas que puedo seguir aguantándote? No quiero hablar contigo. Ni siquiera quiero mirarte. Me das asco. No soporto estar cerca de ti.

Di media vuelta y me fui tras cerrar dando un portazo.

Me eché encima el abrigo y salí a vagabundear por las calles hasta que se hubiera calmado mi cólera. Al final regresé a casa un par de horas antes del amanecer. Elizabeth seguía en la habitación donde la había dejado, sentada en la silla que yo había ocupado antes. Cuando entré, ella alzó la mirada, pero no dijo nada; tenía una expresión fría, indiferente. Me senté al otro extremo de la estancia, de frente a ella.

–Elizabeth –señalé por fin–. Tenemos que hablar. Hay cosas que debo explicarte.

No contestó. Le hablé acerca de mi vida, de Helena, de todo lo que me había enseñado, y de la mutua comprensión que buscamos juntos.

–Sé lo que es –aseguré con calma– contemplar a los seres humanos que pululan bajo nuestro ámbito como si fuéramos dioses. Saber que podemos hacernos con quien queramos y cuando queramos. El poder es algo excitante. Pero, ¿no te das cuenta? Ese poder no nos convierte en los amos de la humanidad. Nos hace esclavos. Mientras nos empeñemos en satisfacerlo, ni siquiera seremos dueños de nuestros propios actos.

Sin embargo, al mismo tiempo que hablaba, era consciente de la vacuidad de mis palabras. Carecían de convicción. Apenas estaba convencido de nada. Y Elizabeth permanecía allí sentada, mirándome fijamente como si lo que yo estaba diciendo le resultase incomprensible o disparatado. Terminó por ponerse en pie y abandonar la habitación sin pronunciar una sola palabra. Cualquier consideración que albergara aún hacia mí murió aquella noche. Y saberlo me procuró una cierta sensación de alivio.

* * *

Salí la noche siguiente, y regresé tarde. Al subir las escaleras, vi la luz que salía de uno de los dormitorios, cuya puerta se hallaba entreabierta. Me deslicé hacia allí sin hacer ruido para echar un vistazo al interior. Elizabeth estaba sentada sobre la cama, vestida solo con una fina combinación desabrochada casi hasta la cintura. Había un hombre joven junto a ella. Se hallaba desnudo y tenía la ropa amontonada en el suelo. Se encontraba de pie, por encima de ella, atlético y musculoso, de rasgos sensuales; su cuerpo temblaba de pasión. Entonces estiró los brazos, le acarició el pelo, los hombros, y después descendió hasta los pechos medio descubiertos. A ella la veía sentada, inmóvil e impasible, con la cara pálida, la mirada fría e inexpresiva, al igual que una estatua. Una vez me confió que tenía la costumbre de elegir a dos víctimas por separado. De la primera se limitaba a extraer lo mínimo para disipar el frío y devolver el color a la piel. Luego lo habitual era dar rienda suelta a sus viles inclinaciones y contemplar al infortunado individuo desangrarse hasta morir. Después iba a por otro y, gracias a la calidez y coloración humanas que le permitían ocultar su verdadera naturaleza, ponía en práctica aquellos extravagantes y mortíferos juegos.

–De ese modo –me había explicado en aquella ocasión con una sonrisa– nunca saben lo que sucede. Nunca. Hasta que es demasiado tarde.

Él volvió a colocar sus manos sobre los hombros de ella y le terminó de quitar la combinación. Se puso de rodillas, besó su cuello y sus pechos con una intensa pasión, dando así inicio a su despliegue amoroso dedicado a aquella exquisita criatura de la que, en realidad, ningún hombre podía disfrutar; una criatura fría y asexuada como una piedra, cuyo único deseo era la muerte. Yo no era capaz de apartar la mirada: sabía lo que iba a suceder a continuación y esperaba alelado el instante final. Pero Elizabeth parecía decidida a prolongar el juego. De pronto se inclinó hacia delante, rodeando con sus brazos el cuello del hombre, arrimándolo a ella. Y él se estiró aún más, apoyado sobre ella, estremecido de arriba abajo, vibrando por la excitación. Ella le pasó las manos por la espalda, acariciando sus magros y tersos costados. Su cuerpo por fin reaccionaba a los movimientos del joven, pero la mirada seguía mostrándose tan dura y vacía como antes. Ahora el dormitorio estaba vivo, cargado de un poder invisible, aunque tangible. Y él se lanzó hacia ella con un gesto brusco, pero en el último momento ella se echó a un lado, privándole así de un placer que a aquella mujer le estaba vedado..., que había muerto en ella. Él cayó pesadamente al suelo, a su lado, profiriendo todo tipo de maldiciones. Se puso en pie otra vez de un salto, el rostro endurecido por la ira. Elizabeth permanecía tumbada, tranquila sobre las sábanas arrugadas, mientras lo observaba sin hablar.

–¡Puta! –exclamó, apretando los dientes. Parecía borracho–. ¡Maldita y fría zorra!

Su ira se desató y la abofeteó con fuerza. Ella no se movió y solo dejó escapar una leve sonrisa. Maldijo de nuevo y la volvió a pegar.

Alarmado, yo estaba a punto de acudir en su defensa. Pero me contuve. Fue un impulso absurdo. No era precisamente ella quien necesitaba protección.

Ella alzó la cabeza: su rostro estaba enrojecido a causa de los golpes. Y entonces lo miró y se echó a reír.

–Tendrás que hacerlo mejor –observó con un susurro–. Tendrás que trabajar más duro para que pueda recompensarte.

Y él también se rió; la sujetó con rudeza, de un modo incluso más ardiente que antes. Elizabeth exhaló de repente un grito ahogado y al instante sus ojos se abrieron enloquecidos de par en par. En ese momento ambos dieron la sensación de hallarse abrumados, cegados para todo lo que no fueran sus respectivos deseos, tan distintos. Y la intensidad de ese deseo, la energía a la que daba lugar, junto a mis propios y confusos sentimientos, me hicieron sentir un desasosiego y un temor inmediatos. Me vi asaltado por cierta clase de celos. No eran, debo aclarar, los celos de un marido por el amante de su esposa. Aquel hombre que estaba entre sus brazos no me producía más envidia que una res a la que condujeran hasta el matadero. Y, además, cualquier deseo físico que hubiera llegado a sentir por Elizabeth desapareció por completo una vez que su cuerpo pasó a ser como el mío, frío e incapaz de engendrar las energías humanas que me ofrecían vida y calor. No. Aquellos celos indefinidos eran por Elizabeth: por su capacidad para encontrar la liberación y el placer sin ningún tortuoso cargo de conciencia. A punto estuve de sollozar, avergonzado, renegando de aquella amarga verdad; pero todo eso pasó de forma fugaz, quedó absorbido rápidamente por una emoción más fuerte, más precisa. El remordimiento. Un remordimiento tan intenso que me aplastaba el alma bajo su peso. Remordimiento por haber hecho de Elizabeth lo que era, por todo lo que me había conducido hasta aquel punto, y por aquel joven, sentenciado a morir a causa de mis acciones; y por todos los incontables seres que seguirían sus pasos a lo largo de los siglos que aún estaban por llegar.

Desesperado, cerré los ojos. Pero los demonios de mi imaginación no me iban a dejar escapar. Porque tenía la impresión de estar viéndolos, inmóviles, lejos, muy lejos, más allá de la oscuridad que había en mi cabeza, como si acecharan al final de un largo túnel negro. Mientras ellos se retorcían uno en brazos del otro, yo temblaba: parecía estar en marcha una macabra transformación. Daba la sensación de que su piel comenzaba marchitarse y separarse de sus cuerpos, de que su pelo se caía, de que los ojos se les hinchaban y se les salían de las órbitas, hasta que al final no fueron más que dos abigarrados montones de músculos, tejidos y órganos que seguían funcionando. Y después todo aquello también se fue consumiendo, oscureciéndose, y se disolvió en la nada, de modo que solo quedaron unos cuantos huesos blancos: dos esqueletos agarrados el uno al otro en un abrazo terrible, aún obsesionados con la satisfacción de su mortal pasión. Fue en ese momento, unidas sus pavorosas bocas sin labios en la burlona parodia de un beso, cuando mi cerebro se vio sacudido por el temor de estar de nuevo caminando con paso inseguro en la frontera de una insania descomunal. Mis ojos se abrieron. Los vi a los dos una vez más, enteros, tumbados en la cama. Elizabeth yacía boca arriba, mirando al techo. El joven seguía entre sus brazos, pero ahora su cuerpo parecía rígido, y su piel, blanca y marchita.

–Está bien –anunció ella de pronto–, ya puedes entrar.

En todo momento había sabido que yo estaba allí. Tenía que haberlo imaginado. Toda aquella macabra escena la había planeado por rencor y a modo de venganza; un desafío deliberado por haberle suplicado que intentara dominar sus impulsos. Entré despacio en la habitación; cada vez sentía más ira en mi interior. El olor a sangre era intenso y embriagador. Me producía un gran desasosiego. Elizabeth alzó la cabeza y me miró dejando escapar una tímida carcajada. Hubiera preferido no reaccionar a sus burlas, pero ya me sentía demasiado furioso como para echarme atrás.

–¡Cómo te atreves! –grité, fulminándola con la mirada–. ¡Cómo te atreves a traer aquí esta depravación!

–No tenía ningún otro sitio adonde ir –señaló, encogiéndose de hombros–. Lo encontré en un *club* nocturno muy distinguido de la zona oeste. Aunque nunca lo hubiera dicho, teniendo en cuenta su comportamiento… Es horrible eso de pegar a una dama, sin duda. Pero el caso es que quería hacerme con él. Y estoy cansada de matarlos en callejones oscuros: es incómodo y siempre hay que andar con prisas. Tampoco podíamos ir a su casa, claro está. Vive con su familia. Pensó que se escandalizarían.

Dejó escapar una risita nerviosa.

–Creo que estaba en lo cierto, ¿tú no? Aunque, si el resto de la familia tiene tan buena pinta como él, quizá alguna de estas noches les haga una visita.

Dirigió la mirada hacia el joven y observó su perfil inmóvil, atractivo, y pasó sus dedos por el denso cabello de color negro. Ahora ella sonreía, se estiraba con aire perezoso, sintiendo un placer evidente a causa de mi aflicción. A continuación cogió de la mesilla la pitillera del joven, seguramente bastante cara, se encendió un cigarrillo y exhaló una nube de humo hacia donde yo me encontraba.

–¡Perdóname, vieja reliquia! –exclamó por fin–. Deberías estar en un museo. O encerrado en algún desván, como el imbécil de la familia que a todos avergüenza. ¿No lo sabías, querido? Esto es el siglo XX. La moral está totalmente pasada de moda. Créeme, los que quieren ser alguien, ya no se preocupan para nada de la moral.

Extendió los brazos para acariciar, con una infinita ternura, la suave mata de vello moreno que cubría el blanquecino pecho desnudo situado junto a ella. Yo estaba a punto de hablar cuando el hombre se revolvió y soltó un débil gemido. Elizabeth apagó el cigarrillo y se acurrucó al lado de él, susurrando:

–Abre los ojos. Ábrelos. Ahora mírame. Escucha lo que voy a decirte.

Abrió los ojos lentamente. Trató de hablar, pero no tenía fuerza.

–Calla. ¡Cállate! –le indicó con suavidad–. No malgastes tus energías. Solo se muere una vez, así que, ¿por qué apresurarse?

Él le dedicó una opaca mirada.

–El caso es que –continuó– podría dejarte vivir. Incluso podría hacerte inmortal.

Se volvió hacia él.

–¿Te gustaría? ¿Conservar esas miradas para siempre? La decisión me corresponde a mí. ¡Bien! ¿Vivirás? ¿O morirás?

Hizo una pausa, como si sopesara todas las posibilidades.

–Pero no –señaló por fin, al tiempo que sacudía la cabeza–, no puedo dejarte vivir. De verdad que no puedo. A mi amigo, aquí presente –se giró hacia mí con una horrible sonrisa burlona–, no le gustaría. Oh, no. No lo aprobaría en absoluto. Recuerda: la culpa de que vayas a morir es suya. No mía. Solo suya.

No me atrevería a asegurar si aquella desgraciada víctima entendía o no algo de lo que estaba oyendo. Pero Elizabeth llevó su farsa hasta el final.

–Ah –dejó caer–. Solo una cosa más.

Y le propinó una fuerte bofetada, exhibiendo una sonrisa de satisfacción antes de lanzarse sobre él y de que sus débiles gemidos, de dolor y de placer al mismo tiempo, se fueran haciendo más intensos, para luego desaparecer mientras ella era presa de violentas convulsiones y, finalmente, sin resuello, apartaba de su lado el cuerpo del hombre.

Yo no me moví, apesadumbrado de nuevo por la idea de todo lo que Elizabeth había representado para mí desde la primera vez que la vi. En primer lugar, un objeto de deseo; después, un instrumento de venganza; pero ahora, por fin, un reflejo de mi propia y oscura naturaleza; un recuerdo viviente de mi maldad, que había dejado de estar encerrada en mí incorporándose a ella y escapar así a mi control para siempre. Se habían materializado mis más funestos temores. La había utilizado desde el principio, la había manipulado para lograr mis propósitos. Ahora me estaba dejando claro que jamás volvería a permitirlo. Y, en la más absoluta desesperación, supe que todo por lo que había luchado junto a Helena se había esfumado; desperdiciado y perdido sin remedio.

Elizabeth se incorporó, aún sentada, y fijó la mirada en mí de un modo insolente, con una sola gota de sangre deslizándose por los labios hasta llegar a la barbilla. De repente me di cuenta de que estaba desnuda. Me aproximé a ella, cogí una de las sábanas de la cama y se la tiré encima.

–Cúbrete –le ordené, casi sin separar los dientes y mirando hacia otro lado. Se quedó boquiabierta unos instantes, totalmente sorprendida, y después se dejó caer de espaldas riéndose a carcajadas. Yo sacudí la cabeza y me sentí un completo idiota, consciente de lo ridículo que resultaba. Y entonces vi que alrededor de su cuello seguía llevando el crucifijo que yo le había colocado tras arrebatárselo a su hermano. Me horrorizó. Me pareció algo así como la blasfemia definitiva.

–¡Eso! –bramé señalándolo–. Quítatelo. Quítatelo ahora mismo.

–¿Esto? –preguntó ella, poniendo uno de sus dedos sobre el objeto y luego alzándolo ante mí–. Vaya…, decídete. Primero quieres que me ponga algo encima y un minuto después que me lo quite.

–¡Quítate *eso!*

–No. ¿Por qué habría de hacerlo? Me gusta.

Se bajó de la cama de un salto y se puso de pie frente a mí, con la cruz aún en la mano, todavía riéndose. Furioso, entre maldiciones, me di la vuelta y me encaminé bruscamente a la puerta. Pero ella me llamó con una voz potente y severa al mismo tiempo. Me giré, sobresaltado. Allí estaba ella, con la mirada encendida sobre mí y sin reírse lo más mínimo.

–No lo sabía –anunció en un tono frío y neutro–. Hasta ayer no sabía lo mucho que me odiabas. No deberías. No tienes derecho a odiarme. No te puedo haber decepcionado más de lo que tú me has decepcionado a mí. Me raptaste. Eras fuerte y despiadado, y no te importaba nada excepto yo. Me diste placer y poder. Más incluso de lo que nunca pensé que podría existir. Eras todo con lo que yo había soñado, y más, si cabe. Pero, ¿con qué me encuentro ahora? Eres tan débil, tan pusilánime y tan despreciable como aquellos de cuyos brazos me arrancaste. Reniegas de tus propios deseos y retrocedes ante tu presa como si los temieras. Y me pides a mí que haga lo mismo. Me das el poder, me procuras una necesidad, y luego me dices que no está bien satisfacerlos. Es una locura.

Yo no te pedí que me convirtieras en lo que soy. Sin embargo, tú sí me pides que sea distinta a la que has creado. Y eso es pedir demasiado.

Fue hasta el lugar en el que estaban sus ropas, cogió el corto vestido de volantes y se lo puso. Luego se calzó y se acercó al espejo, donde empezó a cepillarse el enmarañado cabello.

–Cuando me haya arreglado –señaló, dirigiéndose a mí–, tendrás que ayudarme a quitar de en medio esta basura.

–¿Ayudarte? Estás loca. ¿Por qué iba yo a ayudarte?

Ella se encogió de hombros, regresó a la cama y se sentó al lado del cuerpo.

–Bueno, no podemos dejarlo aquí. Qué desagradable...

Extendió un brazo y acarició la cabeza del cadáver, sonriéndome.

–Aunque estoy convencida de que tú te cansarás de él antes que yo. Lo cierto es que debemos ocuparnos de él como es debido. No podemos arriesgarnos a que descubran un cuerpo cerca de la casa. Nos causaría problemas. Tendrás que ayudarme.

Lleno de cólera, no me quedó más remedio que admitir que tenía razón. Había que envolver y atar el cuerpo, y después arrojarlo al río. Lo más aconsejable sería que luego abandonáramos aquel lugar enseguida.

–Te ayudaré –concedí–, si prometes no volver a hacer nunca algo así.

–¿Otro sermón? –se burló ella con un tono cargado de malicia–. Te estás haciendo tan pesado como mi hermano. Pronto me harás aprender las lecciones de la Escuela Dominical. Pero, ¿eso no puede esperar un poco? Al menos deshagámonos de este cuerpo primero... ¿O prefieres quedarte aquí toda la noche discutiendo sobre el tema?

Entre los dos envolvimos el cuerpo en unas sábanas. Por detrás de la casa había un pequeño brezal y más allá pasaba el Támesis. Juntamos unas cuantas piedras junto a la ribera y nos aseguramos de que nadie nos veía. Me eché el cuerpo sobre los hombros y partimos, caminando con dificultad por el barro y sobre aquel piso tan irregular. A medida que nos aproximábamos al río, los matorrales se hacían más enredados y densos. La marcha no nos resultó sencilla, ya que la carga que llevaba encima se enganchaba en las ramas, y yo, resbalándome, me las veía y me las deseaba para mantener el equilibrio sobre la tierra húmeda.

Al final logramos salir a un pequeño claro por el que se llegaba a la margen del río. Entonces los dos nos quedamos muy quietos. Elizabeth me miró, tratando de llamar mi atención. Hizo un gesto en dirección a la maleza que crecía cerca de allí, a lo largo de la orilla. Había alguien oculto en ese lugar, observándonos, moviéndose inquieto. Eché un vistazo y vislumbré su silueta, a pesar de que se hallaba bien escondido. Y pude oír su tenue y acelerada respiración; sentí el calor de su cuerpo transportado por la brisa. No sabía qué estaría haciendo por allí, quizá se tratara de un ladrón de casas reconociendo el terreno. Pero a nosotros nos iluminaba la media luna que dominaba el cielo. Aquella luz bastaba para que él nos viera con claridad. En ese momento me di cuenta de que las sábanas que envolvían el cuerpo acarreado se habían aflojado al enredarse en los arbustos, dejando a la vista un fláccido brazo desnudo que caía colgando de ellas.

–¡Cógelo! –me susurró Elizabeth–. No sabe que lo hemos visto. Cógelo enseguida. Hay que impedir que lo cuente.

Nos pusimos a cubierto tras un grupo de árboles próximos. Dejé en el suelo el bulto que llevaba y eché a andar a través de la oscuridad. Nuestro intruso salió corriendo en cuanto dejó de vernos. Le oía correr a trompicones entre la maleza que tenía delante de mí, con el aliento cada vez más entrecortado y jadeando a causa del miedo. Avancé en paralelo hasta que por fin se acabó la vegetación que lo cobijaba. Me vio justo en el instante en que me acercaba a él de un salto y le apretaba la garganta con los dedos cuando ya estaba a punto de gritar. Entonces lo sujeté con fuerza, mientras él se resistía y trataba de liberarse. Momentos después, Elizabeth estaba junto a mí.

–Hazlo –me exhortó–. Rápido.

Sus esfuerzos se hacían cada vez más y más desesperados mientras yo lo arrastraba; mis músculos se pusieron en tensión al observar su desencajado rostro y sus aterrorizados ojos abiertos de par en par. Un hombre muy joven, casi un chiquillo, en realidad.

–¡Acaba con él! –me apremió Elizabeth, y extendió la mano para inclinar la cabeza del joven hacia atrás, de modo que yo pudiera ver bien su garganta. Lo acerqué a mí. Ahora apenas estaba consciente, pero, al aproximarme, su rostro adoptó un tono más cadavérico, más pálido, angustiado por el miedo a la muerte. Dudé. Entonces retrocedí. Ante mis ojos pasó de nuevo como un relámpago la imagen de Helena mutilada y muerta. Recordé aquella terrible noche en la cripta, la noche en que conocí la muerte. No su sombra, no su ilusión, sino la misma muerte. Y aquella vez tuve miedo; de su fuerza, de su eterna oscuridad en lo desconocido. Me produjo una gran impresión asumir que seguía teniendo miedo de ella. Que en verdad temía la idea de la muerte tanto como la temía aquel desafortunado joven. Tanto como cualquier criatura normal.

Mordí la suave carne de aquel cuerpo. Mientras aguardaba la llegada de la sangre, sabía que Elizabeth me observaba, y odiaba esa sensación. Cuando me di cuenta de que el chico había dejado de oponer resistencia, y su energía se iba disipando entre mis brazos, me aparté y lo dejé caer sin sentido a mis pies.

–¿Qué estás haciendo? –me susurró Elizabeth con aspereza–. ¿Qué te ocurre? *Mátalo.*

–No es necesario matarlo –repliqué con firmeza–. No se acordará de nada.

–¡No podemos estar seguros de eso! –exclamó–. Nos encontramos lejos de nuestra casa y no disponemos de tiempo para huir esta noche. Es un riesgo demasiado grande. Hay que matarlo.

–¡No! –repuse, muy airado. Ella tenía razón, pero yo aún no era capaz de llevar a cabo un asesinato así, de un modo tan frío y premeditado.

–¡Cobarde! –me espetó, al tiempo que agitaba los puños ante mí–. Debes hacerlo. Yo no puedo. Acabo de agotar el cuerpo de aquel otro. No puedo beber más.

A pesar de todo, me eché a reír. Simplemente no daba crédito a lo que oía.

–¿Qué insinúas? –pregunté–. ¿Estás reduciendo esté conflicto entre los dos a un simple asunto de sangre desperdiciada?

Di media vuelta. Y, acto seguido, ella se abalanzó sobre el joven inconsciente y se arrodilló a su lado, le clavó las uñas en las diminutas heridas que yo le había infligido y desgarró la carne con una enorme crudeza; di un respingo al oír el atroz ruido que surgió cuando dejó al aire la carótida, como si fuera un trozo de cuerda, para después cortarla. La sangre empezó a manar a chorros y ella terminó empapada.

–¡Ya está! –exclamó, mirándome satisfecha: una visión espantosa, con la ropa, la cara y el pelo totalmente teñidos de rojo.

Dirigí la mirada hacia el cuerpo: la sangre todavía burbujeaba en la horrible herida abierta. Entonces me arrojé sobre ella; no quedaba ni rastro de mi capacidad de autocontrol y la agarré por la garganta, sacudiéndola como si fuera una muñeca. Aumenté la presión sobre ella hasta tal punto que se le doblaron las piernas y los ojos comenzaron a darle vueltas. Ella me golpeaba, se aferraba a mis manos en un intento por separarme los dedos, pero yo seguía en mis trece. Entonces su cuerpo dejó de moverse y de respirar; mi furia se fue convirtiendo en desesperación a medida que la iba soltando y la dejaba caer al suelo, contemplando incrédulo su contorsionada silueta inanimada. Retrocedí tambaleándome, casi incapaz de comprender lo que había hecho. Yo era incluso más monstruoso que ella.

Sin embargo, su cuerpo se estremeció y volvió a la vida entre jadeos y el sofoco provocado por la impresión. Me lanzó una fulminante mirada y luego sonrió, una vez recuperada toda su arrogancia anterior.

–Vamos –señaló–. Mátame, si es que sabes cómo hacerlo. Destruye la vida que tú has creado. ¡Ja, ja, ja! No tienes valor.

Empecé a andar a toda prisa para regresar a casa, y ella no dejaba de burlarse de mí, susurrando.

–Es una suerte que no puedas matarme. En ese caso tendrías que ocuparte tú solo de los cuerpos. Y del mío también. Y ya sé lo mucho que te desagradan esas cosas. Pero no te preocupes. ¡Aquí estoy yo para hacer el trabajo sucio del que tú reniegas!

Me pasé el resto de la noche encerrado en una habitación del piso de arriba. A Elizabeth la oí llegar poco después del amanecer. Nunca llegué a saber lo que hizo con los cadáveres.

Cuando se fue a dormir, salí y fui por toda la casa recogiendo mis pertenencias. Sabía que aquella decisión era producto de la debilidad, y una equivocación, pero tenía que irme.

La noche siguiente me levanté y partí de inmediato.

XII

El mal: durante mucho tiempo había anidado muy próximo a la superficie de mi existencia como algo amorfo que avanzaba arrastrándose. Ahora se había enconado hasta hallar una forma definida. Elizabeth había hecho que mi mundo saltara en pedazos como golpeado por un rayo, destrozando su frágil estructura para luego mofarse de mí rodeada por las ruinas. Liberada de la prisión de su existencia humana, al igual que se suelta a una bestia salvaje confinada en una jaula, asilvestrada quizá por una educación antinatural, carecía de la complejidad necesaria para albergar un conflicto interior o un sentimiento de pérdida; ninguna de las circunstancias de las que ahora me percataba de verdad me había permitido ser consciente del terrible poder del mal, de su vastedad, que alcanzaba una especie de monstruosa grandeza. Llena de rencor y sin remordimientos, era su estrechez de miras, su simpleza absoluta y atroz, lo que me resultaba más difícil de entender.

Pero, ¿qué fue lo que me atrajo de ella? Esta pregunta me atormentaba de un modo implacable mientras corría para alejarme. ¿No había sido más que un calamitoso problema de mala suerte? ¿O tenía alguna motivación más profunda? Seres semejantes que se van acercando el uno al otro. El mal en busca del mal con un instinto infalible.

Regresé a mi casa de Cornwall, en la que llevaba varios años sin pisar. Tiempo atrás había establecido un fideicomiso para conservarla, aunque a aquellas alturas bien pudiera haber caído en el olvido más absoluto por parte de las autoridades. También había vendido a lo largo de los años unas cuantas de mis propiedades y posesiones, realizando inversiones con las ganancias obtenidas para apuntalar mi economía. Sin embargo, a medida que pasaba el tiempo, aquellos asuntos tan propios de los humanos me iban resultando cada vez más complicados y tediosos.

La antigua casa y sus terrenos adyacentes llevaban tantos años abandonados que ahora recordaban al palacio de la Bella Durmiente durante su siglo de sueño. Pero aquella circunstancia no me inquietaba lo más mínimo. La verdad es que lo prefería. No me sentía muy vinculado al mundo moderno que surgía a mi alrededor, con sus frívolas e insensatas nuevas generaciones. Tenía la sensación de que aquella casa era el único lugar que permanecía intacto, y era al que yo pertenecía de verdad.

Con frecuencia me pasaba horas vagando en la penumbra, sumido en mis pensamientos, entrando en ocasiones en los cementerios de la zona y hallando, de cuando en cuando, pétreos recuerdos de mis contemporáneos humanos. En cierto modo era incluso más desgraciado solo que cuando estaba con Elizabeth. Mientras me preocupé por ella, mantuve alejados de mí, al menos en parte, los deprimentes y solitarios pensamientos que ahora me asaltaban.

A lo largo de los años, gracias a la ayuda y el ejemplo de Helena, había llegado a convencerme a mí mismo de que la existencia de mi especie era un hecho perfectamente natural. Elementos extraños, aberraciones de la naturaleza, sin duda, pero pertenecientes a ella. Sin embargo, en los últimos tiempos había comenzado a cuestionármelo. Todas las antiguas dudas, desterradas hacía tanto tiempo, aparecieron de nuevo. Que la muerte regía el mundo era una verdad indiscutible. Pero, al parecer, yo era inmune a ella. ¿Cómo pretendía formar parte de la naturaleza cuando desafiaba su ley más poderosa? ¡Si al menos fuese un ser sobrenatural…! Invadido por el mal carente de forma, condenado a vagar por la tierra como un parásito, una burla de todo lo natural y de todo lo bueno, alimentándome de la destrucción... ¿Debía denominarme con alguna de las palabras empleadas por los hombres? Íncubo. Vampiro. Redivivo. El nombre apenas importaba. Eso no cambiaba lo que era.

–¡El fruto de la oscuridad!

Pronunció aquellas palabras con un tenue susurro, un susurro temeroso cuyo eco se extendió por toda la casa. Al volver la vista atrás, parecía que todas mis acciones habían desembocado en el mal, como si ese fuera mi inevitable destino y el resto quedara fuera de mi alcance. De nuevo tuve la impresión de que, en medio de la oscuridad, se materializaba y se agrupaba ante mí un batallón de diablos de maligna mirada. Quizá, apuntaban con una voz muy suave, yo no era más que hijo de la época y la sociedad en la que había nacido: alguien que empleaba su poder con el propósito de saquear el mundo, tomando todo lo que deseaba para lograr sus propias y despiadadas metas, viendo nada más que lo que quería ver. Alguien que mantenía intactos sus ridículos delirios de moralidad y buena conducta.

Tenía miedo.

Varias semanas después de mi regreso a Cornwall, una noche en que estaba sentado en mi viejo estudio dándole vueltas en silencio a estos pensamientos, y a muchos más, llegó hasta mí desde el exterior el ligero ruido de unos pasos que me resultaban familiares. La puerta del estudio se abrió de golpe, pero no me volví, sino que continué con la mirada fija en mis manos, entrelazadas sobre el escritorio.

–¡Cómo has podido...!

Su voz estaba llena de ira.

–Cómo has podido abandonarme... ¿Acaso tenías algún derecho a marcharte y dejarme sola?

–No, ninguno –respondí sin alzar aún la vista–. Ha sido un error.

–¿Creías que te ibas a librar de mí? ¿Pensabas que no sabría a qué lugar te dirigías? ¿Que nunca se me ocurrió buscar entre tus papeles y tus pertenencias para obtener información acerca de ti, de quién eras y de dónde venías?

–No, Elizabeth. Sabía que me encontrarías.

Y, al mismo tiempo que pronunciaba aquellas palabras, me di cuenta de que eran ciertas. La miré a la cara. En cuanto comprendió que yo no tenía intención de discutir sobre el asunto, se dio la vuelta de forma brusca y se sentó en una silla, dirigiendo la vista hacia otro lado.

A partir de aquel instante se forjó una tregua entre ambos. Nos separaban muchas cosas, pero eran aún más las que nos unían. Solo nos teníamos el uno al otro. Y, a pesar de que mi vida con ella era una completa parodia, así como un oscuro reflejo de la que había llevado junto a Helena, existía entre nosotros un vínculo casi tan fuerte como el que yo una vez compartí con mi antigua amiga. Me sentía responsable con respecto a ella. Además, ahora tenía la absoluta convicción de que jamás me procuraría otra compañera. Sin Elizabeth estaría solo para siempre. Si la abandonaba, sería ella quien se vería obligada a crear a su propio compañero. Y entonces la plaga se extendería. Imaginé una familia de redivivos con Elizabeth de maestra y conmigo en calidad de padre. Era un proyecto terrible. Sin embargo, a pesar de que de vez en cuando se burlaba de mí con la amenaza de crear otro más, jamás llegó a hacerlo. Dudo que su carácter le permitiera tener a alguien a su cargo con facilidad. Creo que yo soy su compañero más idóneo, y que ella encuentra una satisfacción algo perversa en nuestras naturalezas encontradas y el conflicto que emana de esa oposición.

Pero sería una equivocación insinuar que nuestra camaradería no servía también a mis propias necesidades. La necesidad de hacer penitencia. La necesidad de sufrir como sabía que me merecía, y de buscar en ese sufrimiento una forma de olvidar que mi vida iba a continuar para siempre, idea que me seguía resultando terrible e inimaginable.

Así fueron disipándose los años uno tras otro, sin traer cambio alguno ni para Elizabeth ni para mí, excepto en lo que se refiere a la gradual evolución de una lánguida y obligada tolerancia mutua. Ella seguía siendo tan despiadada como siempre, propagando la muerte siempre que quería, mientras yo procuraba vivir día a día cargando con la culpa de todo.

Tuvo lugar la segunda guerra con Alemania; a lo largo de las décadas siguientes el mundo sufrió más transformaciones de las que yo jamás hubiera creído posibles, y a una velocidad de vértigo. Y cada vez me resultaba más odioso. Alejado, pero atrapado por él, no tenía nada que ofrecerme, no significaba nada para mí: aquel nuevo mundo, con una población que no paraba de crecer, con su ritmo frenético, sus luces deslumbrantes, sus ruidos ensordecedores; con sus estruendosas y hediondas máquinas, su aire viciado, sus calles grises, frías, y sus altísimos edificios. Su irreverencia cada vez mayor y su despreocupada sensualidad. Y yo lo veía todo estático y carente de esperanza. El propósito de comprender cada vez más cosas, ese objetivo que había buscado junto a Helena, había desaparecido. Yo solo no era lo bastante fuerte para mantenerlo. Me sentía perdido y a la deriva, sin ver lo que tenía delante, salvo la desolación y la locura que tanto temía. Y ya no deseaba entender nada.

A medida que pasaba el tiempo, buscaba con mayor frecuencia el santuario de mi remoto hogar de Cornwall. Solía ir allí solo mientras Elizabeth alargaba su estancia en alguna que otra ciudad, ya que a ella el género humano le parecía tan fascinante como a mí me lo pareció en otro tiempo, y no tardaba en sentirse inquieta, cansada de los lugares solitarios y tranquilos que yo ahora prefería.

En una de aquellas ocasiones regresé a casa en un tren que iba hasta Bodmin; después busqué un coche que me llevara hasta las afueras de un pueblo próximo a mi hogar. Recorrí a pie los últimos tres kilómetros cuando apenas acababa de amanecer.

Procuraba no viajar en trenes y coches más de lo estrictamente necesario, y un paseo en medio de la tranquilidad de la campiña siempre resultaba agradable.

Tras recorrer prados y bosques, me acerqué a la casa por la parte de atrás, pasando por el pequeño cementerio y el panteón familiar, a través del jardín lleno de maleza y a lo largo de un tortuoso y estrecho camino de piedra flanqueado por las altas matas de hierba que había en la finca. La noche era oscura y hacía mal tiempo; me quedé quieto unos instantes mientras contemplaba las altas torres y agujas góticas, oscuras y misteriosas contra el cielo plomizo, pero familiares y reconfortantes, a pesar de todo. Y fue al observar la casa desde la distancia cuando me pareció ver que algo se movía entre las sombras cercanas a una de las puertas traseras. Me puse en tensión y miré atentamente. Tuve la momentánea impresión de que una figura indefinida se desplazaba con rapidez y después se paraba durante unos instantes, como si de pronto se hubiera percatado de mi presencia, antes de desvanecerse por completo. Me dirigí lo más rápidamente que pude al lugar donde creí haber divisado aquella silueta. Pero allí no vi nada más.

De pronto sentí el impulso de buscar en el interior de la casa, para asegurarme de que nadie hubiera invadido ni violentado mi santuario. Saqué la llave, la giré con dedos temblorosos en la oxidada cerradura y entré enseguida. Inspeccioné todos los rincones del primer piso y luego bajé a la bodega, donde estaban los elevados botelleros que contenían espléndidas muestras del oporto y del coñac de mi padre, cubiertas por varios centímetros de polvo. Todo parecía en su sitio. Tal y como yo lo había dejado. Resultaba curioso, pero, a pesar de tratarse de una propiedad abandonada y en muy mal estado, nunca había sufrido invasión alguna por parte de seres humanos, ni siquiera de algún grupo local de niños con espíritu aventurero. Era evidente que lo consideraban un lugar embrujado.

Subí por las amplias escaleras que conducían al piso de arriba, atravesé el descansillo y, tras limpiar la gruesa capa de suciedad que había sobre el cristal, miré con atención hacia el jardín de la parte de atrás.

El viento azotaba la hierba y los árboles, y la noche parecía viva. Había ruidos procedentes de todos los lugares de la casa: traqueteos, crujidos, pasos. No era nada raro. Sin embargo, aquella noche parecía distinto. Por todas partes se percibía una sensación de inexplicable extrañeza. No se trataba solo de lo que había visto en el jardín. De hecho, por el momento, había dejado de pensar en ello, desestimándolo como una más de las sombras que mi imaginación tenía tendencia a invocar. Pero había algo que me inquietaba.

Atravesé el largo pasillo hasta llegar a la puerta de mi antiguo dormitorio. La abrí y se balanceó con un molesto chirrido. En el interior todo me resultaba familiar, aunque extraño al mismo tiempo. Llevaba años sin aventurarme en aquella estancia. Y hacía casi un siglo que nadie había tocado lo que contenía. La cama, el escritorio, las sillas, los libros: todo se mantenía como yo lo recordaba de mi juventud; la única diferencia consistía en que los objetos estaban húmedos y deteriorados, cubiertos, al igual que el resto de la casa, por el polvo, el moho y las telarañas. Ocultos vestigios de más de cien años, rancios y olvidados. Pero me traía numerosos recuerdos de mi existencia humana, de Helena, de mis sueños de pasión y de poder: el preludio de la inmortalidad. Y, mientras me sentaba, absorto en aquellos pensamientos, poco a poco fui dándome cuenta de algo: un olor tenue, aunque desagradable, que impregnaba el aire de la habitación. No se trataba únicamente del empalagoso olor a cerrado que llenaba la casa. Era más intenso. Más acre. Era algo que comenzaba a descomponerse.

De inmediato tuve la certeza de que en la estancia había otra presencia además de la mía. Mi mano se extendió lentamente para descorrer la cortina del lado opuesto de la cama. Vacilé. Tenía miedo. Detrás de la cortina había algo, algo que mi instinto me hacía temer. Algo que yo sabía situado más allá de mi entendimiento. No quería verlo ni saber lo que era. Pero tenía que enfrentarme a ello. Fuera lo que fuera, andaba al acecho por mi casa. En mi habitación, tras aquella desgastada cortina. Y era necesario plantarle cara.

No me lo pensé más y tiré de la tela casi putrefacta, que se me rasgó entre los dedos al apartarla.

Ni mil visiones surgidas del infierno hubieran igualado a aquella terrible figura que apareció ante mi vista, inclinándose sobre mí. Me miraba con los ojos saltones, hundidos en azuladas cuencas, la amarillenta piel reseca y escamosa apestando a muerte. Tenía los arrugados labios y la barbilla embadurnados de oscura sangre coagulada, y le faltaban varios mechones de pelo, de modo que por toda la cabeza se le veían zonas descamadas del cuero cabelludo. Un odioso cadáver resucitado que se corrompía al tiempo que se mantenía en pie.

Esto ya me resultó aterrador por sí solo, pero lo peor fue mirar fijamente a la cara de aquella corrupción dotada de vida. Porque debajo de ella, del horror y de su desfigurado aspecto, vi un rostro fácil de reconocer. *Mi propio rostro*. Una terrible y distorsionada imagen de mí mismo. Era lo que más había temido siempre: verme como pensaba que era realmente, el infernal vestigio de algo que una vez fue humano. Una desvirtuada parodia del hombre y de Dios, contaminada de sangre y de sentimiento de culpa.

Me puse en pie como movido por un resorte y crucé la habitación tambaleándome, gritando y tapándome los ojos como si fuera un niño aterrorizado, rezando para mis adentros a Dios o al Diablo, o a cualquier poder divino que pudiera oírme y alejarme de aquella visión abominable. Mis propios sollozos me resonaban en los oídos al tiempo que me apoyaba sobre la pared, medio desmayado, casi sin aliento, haciendo denodados esfuerzos para respirar. Entonces, con una energía y un autocontrol que no sé de dónde logré sacar, alcé la vista de nuevo. Había desaparecido. Traté de atisbar algo en la penumbra, temblando, con el corazón acelerado. Lo vi de nuevo, surgiendo desde detrás de la cortina que se hallaba a los pies de la cama. Se inclinó hacia mí, farfullando, babeando, extendiendo sus marchitas y trémulas manos como si pretendiera agarrarme. Yo me encogí de miedo al comprobar que se acercaba: en su obsceno rostro apareció una mirada de asombro que actuó como espejo para la mía. A continuación se abrieron aquellos labios deformados, se fruncieron para formar una desquiciada sonrisa y dejaron escapar unos sonidos incomprensibles; la voz era áspera y completamente ininteligible, como surgida de las intensas tinieblas de un profundo caos. Yo dejé de mirar, paralizado, al tiempo que aquello avanzaba con paso titubeante. Pero entonces me di cuenta. Sobre la pared del fondo vi el viejo retrato que había encontrado y colgado allí hacía ya tantos años; el hallazgo que supuso el comienzo de todo. El retrato desde el que mis propios rasgos parecían fijar la mirada sobre el mundo con aire imperioso. El retrato de mi antepasado, del hermano de Helena: William LePerrowne.

XIII

Estuvimos mirándonos fijamente durante bastante tiempo, inmóviles y en silencio. Tenía que ser William. No podía tratarse de otro. Y saberlo me incapacitaba para pensar en cualquier otra cosa. Me limité a observarlo allí mientras balanceaba la cabeza y suspiraba dirigiéndose a mí, hasta que oí un movimiento por detrás y me di la vuelta de inmediato. Había otra figura que se había lanzado a por mí, otro redivivo, que me agarró por los hombros con una fuerza descomunal y, una vez sujeto de aquel modo, me arrojó violentamente contra la pared. Repelí la agresión al instante, sintiendo que una furia terrible crecía en medio de mi confusión; tumbé a mi asaltante de un golpe, pero no tardó más de un segundo en ponerse de nuevo en pie, agazapándose enseguida con la intención de saltar sobre mí. Era un hombre de cabello castaño que parecía joven e iba vestido con una sencilla ropa negra y un abrigo. Alcé mi mano para detener su ataque. A pesar de que mi cuerpo estaba dispuesto a luchar, una parte de mi mente apenas parecía presente en aquella habitación. Momentos después el desconocido retrocedió y me habló.

–Él..., nosotros... –comenzó a decir, señalando a William–. Hemos estado esperando aquí. Hemos venido para encontrar a Helena. Alguien que se llama Helena.

Su voz albergaba cierto halo de delicadeza que no me fue posible identificar. Cuando mencionó el nombre de Helena, William dio muestras de agitación y empezó a balbucear, a mover las manos y sacudir la cabeza hacia atrás y hacia delante; pero todos esos gestos terminaron tan rápidamente como se habían iniciado, al tiempo que el rostro se le desencajaba de una forma angustiosa, como si estuviera a punto de echarse a llorar o de sufrir alguna clase de ataque. Luego se calló, con la abatida mirada fija en el suelo.

–¡Demasiado tarde! –musité, sin saber qué otra cosa decir tras una pausa y con unas palabras que me costó arrancar de la garganta–. Es demasiado tarde. Está muerta. Helena está muerta.

William alzó la vista y dio la sensación de que fruncía el ceño al tiempo que me lanzaba una fulminante y fugaz mirada, como si él estuviera completamente cuerdo y yo fuera un lunático incapaz de comprender nada de todo aquello. De habernos encontrado en otras circunstancias, esa expresión hubiera parecido incluso cómica. Pero entonces volvió a mostrar la mueca que tenía por sonrisa y dio media vuelta, murmurando incoherencias para sus adentros.

Su compañero aún seguía con la mirada fija en mí, examinando mi rostro. Cuando yo dirigí la vista hacia él, sacudió la cabeza con aire de perplejidad y dijo:

–¡Muerta! ¿Has dicho muerta?

–Sí. Muerta. ¿Lo entiendes? No hay demasiadas maneras de interpretar esa palabra, incluso en lo que a nuestra infortunada condición se refiere.

Hablé con una repentina vehemencia. El recuerdo de Helena se hizo más intenso y doloroso de lo que había sido durante muchos años.

Me miró unos segundos más; después fue hacia donde estaba William, lo cogió con fuerza por los hombros y, con la mirada fija en su pobre rostro de loco, le habló empleando un tono severo.

–No. Escúchame. Está muerta. ¿Es que no puedes entenderlo? Se acabó. Helena está muerta.

Se dio la vuelta para mirarme, meneando la cabeza de lado a lado.

–No sé si lo entiende o no. O si llegará a hacerlo alguna vez. Ahora no, desde luego. Ha perdido la cabeza. No le queda un ápice de cordura.

Pero yo apenas le oía. Ya no era capaz de contener durante más tiempo aquel acceso de ira que se iba acumulando en mi interior.

–*¿Por qué has venido aquí?* –grité, mostrando mi hostilidad hacia aquella perturbada y boquiabierta criatura, agarrándola por el cuello y zarandeándola sin cesar–. ¿Por qué? ¿Por qué has vuelto?

Y le di un empujón para apartarlo de mi lado, asustado y gimoteando; salí a toda prisa de la estancia casi sin saber por qué había actuado de aquel modo.

Tras bajar corriendo las escaleras y entrar a toda prisa en mi estudio, lo comprendí. Y me senté junto al escritorio tapándome la cara con las manos y gritando:

–Era él. Todo este tiempo. Oh, seguro que lo amabas. A tu querido hermano. Lo amabas tanto que no pudiste soportar la idea de perderlo. No podía quedarse entre los hombres. Ni con la muerte. De modo que le contagiaste la enfermedad, la plaga del mal. Lo tomaste entre tus brazos. Hiciste de él el objeto de tu anhelo prohibido. Pero lo perdiste. Te abandonó. Después, cuando me encontraste a mí, su auténtico doble, pusiste a funcionar tu mente desde el principio para retenerme; me infundiste todo tu miedo y tu sentimiento de culpa, me moldeaste tal y como deseabas. Me cegaste, atándome al torturado ser que ya eras tú. Maximillian lo sabía. ¡Dios mío! Me lo advirtió. Tenía razón en todo. ¡Idiota! ¿Cómo es que no me he dado cuenta hasta ahora? Nunca fui yo a quien querías. Era William. Siempre fue él.

Y enseguida recordé algo que Helena me dijo una vez, aquella lúgubre noche de invierno en Londres, hacía ya tanto tiempo, después de haberme llevado ante Maximillian: "No tenía que haberte hecho como yo. La debilidad me llevó a ello. ¡Ruego que tú nunca conozcas esa clase de debilidad!". Palabras sutiles, insidiosas.

Continué allí sentado, completamente absorto en mi desdicha. No se trataba solo del orgullo herido. No eran solo el rechazo y las destrozadas ilusiones, que ya por sí solos hubieran bastado como fuente de dolor. Iba aún más lejos. Y es que el recuerdo de Helena, del amor y de la comprensión mutua que yo creí que compartíamos, llevaba mucho tiempo siendo lo único que me daba fuerzas. Mi última esperanza en que pudiera haber algo de bondad o una posibilidad de redención en mi existencia. Pero ahora todo eso había sido arrasado de golpe, y ya no quedaba nada excepto desolación.

–Todos somos iguales –susurré. Pensaba en los individuos de mi aberrante linaje. En el repulsivo hipócrita de Maximillian, capaz de convencerse a sí mismo de que cualquier atrocidad podía justificarse mediante depravados sofismas. En Helena y su denodada lucha por lograr una meta, una razón frente al caos. En mí mismo, con mis ridículas pretensiones de moralidad humana. Y en Elizabeth, a quien no importaba nada más allá de sus propios deseos. Cada uno de nosotros procedente de una era y un siglo distintos, representando las actitudes y las ideas de una época diferente. Pero, al mismo tiempo, cada uno de nosotros hallando su particular e inevitable camino hacia el mal. Todo se parecía a una de aquellas terribles tragedias griegas que mi tutor Soame me hacía leer cuando era niño. Maldito a causa de una estirpe marcada por la corrupción, perseguido a través de los siglos por un destino oscuro e implacable, por vengativas furias que no daban cuartel.

No sé cuánto tiempo permanecí allí sentado antes de percibir unos leves arañazos sobre la puerta. Alcé la vista con desgana. El otro redivivo, el compañero de William, hizo su aparición.

–Tengo que hablar contigo –anunció.

–¡Entra! –ordené con brusquedad al tiempo que señalaba una silla–. Siéntate. Habla.

Tomó asiento sin apartar la vista de mí para, acto seguido, pasearla por toda la estancia con aire intranquilo. Después volvió a mirarme. Daba la sensación de que no sabía qué decir. Era evidente que me tenía miedo y desconfiaba de mí, aunque eso no era nada sorprendente. Yo le devolví la mirada enarcando una ceja.

–¡Quiero que me ayudes! –dejó escapar de repente–. No… No entiendo nada de todo esto. Y, cuanto más veo y cuanto más oigo, menos sentido tiene, maldita sea… Desde que él hizo de mí lo que soy…

–¿Cuánto tiempo hace que sucedió? –interrumpí.

–Unos meses. En mi casa, en Irlanda. Entonces él estaba loco, pero ahora está todavía peor. Tenía la obsesión de regresar aquí y encontrar a Helena. Pero no podría haberlo hecho solo. Me necesitaba.

Asentí. Empezaba a comprender el verdadero alcance de su temor y de su confusión. Cuando yo me convertí en redivivo, mis sensaciones fueron similares. Pero yo tuve a Helena para guiarme. Acceder a esa clase de existencia por obra de aquel ser desquiciado que estaba en el piso de arriba, y con el único motivo de ayudarle a regresar a casa, tuvo que haber sido algo indudablemente terrorífico.

–No me quedaba más opción que seguirlo y hacer lo que él quisiera, hasta que pudiera entender algo de lo que me ocurría. Tenía que venir aquí con él, conocer a otros que fueran como yo.

Frunció el ceño con repugnancia.

–Ya no se vale por sí mismo. Necesita mi ayuda incluso para alimentarse.

–Pero, el estado en que se encuentra... –apunté–. ¿Qué le pasó? ¿Lo sabes? ¿Qué le hizo llegar hasta ese punto?

–¡No lo sé! –exclamó, sacudiendo la cabeza de lado a lado y los ojos clavados en el suelo–. No habla de ello. Nunca. Estaba loco de atar desde el principio. No me ha contado casi nada.

Hizo una pausa que duró unos instantes.

–Me contó... Me contó que no envejecemos. Y que no morimos.

Sus ojos se abrieron de par en par al dirigirme una súbita mirada.

–¿Eso te contó? –repliqué.

–Pero... –extendió las manos, en un gesto de perplejidad–, da la impresión de que él se está muriendo. Algo en él continúa vivo, pero he visto cómo su cuerpo se marchita y muere. Y me ha dado por pensar: ¿esto es todo? La inmortalidad de la que habla. ¿Vida en constante descomposición? Y ahora tú me dices que Helena está muerta.

–Sí –corroboré con una súbita y cruel risotada. Creo que su desasosiego llevó un perverso placer a algún rincón de mis entrañas–.

Ah, sí. La muerte. El terror supremo de estos tiempos modernos. El anticristo de tu época. Con sus medicamentos y sus máquinas, los hombres de hoy se aferran a un puñado de años de vida de regalo. Cada vez mueren menos niños en la cuna y menos mujeres en el parto. Y por eso tratan de olvidar la muerte. La contemplan como algo irreal y lejano. En mis tiempos la muerte nos acechaba, tanto a jóvenes como a viejos, de mil maneras distintas, y no podíamos ignorarla. Desde que éramos unos tiernos infantes nos veíamos obligados a resignarnos, a prepararnos para ella.

Después continué:

–No, la bestia negra de mi época fue la sensualidad. Las pasiones oscuras, perturbadoras. Y la frivolidad. Todo lo que ahora se ha convertido en deleite. Y es extraño, pero, para mí, que he vivido en ambas eras, esos miedos y esas obsesiones que se van alternando, la pasión y la muerte, son lo mismo. Son una sola cosa.

Su mirada dejaba adivinar una absoluta confusión, y yo quité importancia a lo que acababa de decir haciendo un gesto con la mano. Aquellas eran mis reflexiones personales, cuya expresión venía motivada exclusivamente por la amargura, y, sin duda alguna, él las consideraría triviales. Simplemente me sentí sorprendido de pronto ante la ironía de la situación.

–Por lo que yo sé –continué–, nuestra vida no se puede medir mediante parámetros humanos. Quizá seamos inmortales de verdad. Lo cierto es que podemos existir durante siglos y no estamos sujetos al envejecimiento natural. Helena tuvo una muerte violenta. La descuartizaron. La destrucción brutal de su sistema vascular resultó ser un método más poderoso de lo imaginable.

Dejaba que mis palabras fluyeran en un tono neutro, sin mostrar sentimiento alguno.

–Pero lo que le sucede a William ni lo he visto ni he oído hablar nunca de ello. Es como tú apuntabas: da la sensación de que algo ha llevado la muerte hasta él, y que a causa de su condición la vida no termina de abandonarlo.

Fruncí el ceño. La furia volvía a rezumar entre mis palabras de un modo incontrolable.

–La muerte no es tan terrible. Es como cualquier otra cosa. Parece mucho más dulce cuando sabes que no puedes tenerla. Nosotros existimos en un vacío situado entre la vida y la muerte. Eso da lugar a otro vacío dentro de nosotros mismos. Y en el interior de ese vacío acecha un demonio que nos conduce, según su voluntad, hacia la desdicha y la corrupción eternas. Cuanto más se extiende en el tiempo, más terrible es. ¡En fin! Si vienes a mí en busca de esperanza o de consuelo, no me queda más remedio que decepcionarte. No puedo ofrecerte ninguna de las dos cosas.

Mi amargura volvió a dar señales de vida, pero ahora carecía de voluntad para mantenerla a raya. Me incorporé y enseguida me dirigí hacia los clausurados ventanales para observar el campo teñido de gris a través de una rendija. A él lo veía con el rabillo del ojo, sentado, mirándome con aire solemne. Entonces sus ojos se encendieron de pronto con toda la energía de su humanidad perdida.

–Pero, ¿qué me dices de Dios? –preguntó con un hilo de voz–. *¿Qué somos para Dios?*

Me eché a reír al tiempo que daba media vuelta y le lanzaba una mirada feroz.

–Llevo existiendo más de ciento cincuenta años –señalé–, y cada día sé menos acerca de Dios. No sé nada de Dios. Aunque, a pesar de todo, siento que conozco mejor a Dios que Él a mí. El Todopoderoso y yo no nos preocupamos demasiado el uno por el otro.

No respondió, sino que simplemente mantuvo la mirada fija en mí: su desdichado y horrorizado rostro estaba completamente blanco.

–¿Qué pensabas? –le pregunté–. ¿Que acaso éramos ángeles enviados a la tierra para difundir la alegría? ¡Vaya! ¿Ya has aprendido lo que necesitabas saber?

Me reí de nuevo.

–No te preocupes. No puedes ofenderme. Me contemplas y ves todo lo que debes temer. Ves algo peor que la enfermedad o que la muerte, incluso más deprimente que la condición en la que se halla William. Ves en mí aquello en lo quizá te conviertas un día. Y si diriges tu mirada hacia Dios, siendo lo que eres, sé muy bien en qué te convertirás. Aparte de estas consideraciones, no estoy preparado para darte más consejos. Encuentra tus propias respuestas. No creo que sean peores que las mías.

Él seguía observándome sin decir nada.

–No tiene ninguna utilidad que hablemos más por esta noche. Seguro que te has dado cuenta de que no estoy de humor.

Eché un nuevo vistazo por la rendija de las contraventanas. En el exterior, sobre la crecida hierba, iba formándose la densa niebla de la mañana.

–Está amaneciendo –apunté–. Ahora déjame. Ve a ocuparte de William. Luego descansa. Más tarde seguiremos hablando, si es lo que deseas.

Se puso en pie y salió de allí enseguida.

* * *

A lo largo de las noches siguientes, el compañero de William, que respondía al nombre de Niall, y yo nos cercamos el uno al otro como si fuéramos un par de cautelosos felinos; nuestro único tema de conversación, prácticamente, fue el del estado en que se encontraba William, que parecía deteriorarse de forma visible a pesar de hallarse bajo nuestros cuidados: su cuerpo se iba consumiendo de manera gradual y sus ojos cada vez se parecían más a los de un loco. William seguía siendo un enigma.

Elizabeth llegó poco después. Tras conocer la situación, extrajo las mismas conclusiones que yo, e inclinó la cabeza hacia atrás al tiempo que soltaba una sonora carcajada.

–¡Ja, ja! –gritó–. Así que, después de todo, la maravillosa y pura Helena ha resultado un fraude. Incesto, ¡imagínate! Eso no lo he probado nunca. ¿Debería sentirme celosa?

–Querida –repliqué, sacudiendo la cabeza de lado a lado–, no te molestes. Ya no puedes provocarme. Pensaba que te habrías dado cuenta. No me preocupa lo más mínimo.

Y aquello parecía cierto. Lo que ahora sentía era un inmenso hastío. Un vago deseo de tumbarme sin más y dormir en paz durante toda la eternidad. Un deseo ciertamente inútil.

Sin embargo, hubo algo que me produjo asombro y diversión al mismo tiempo. Se trataba de la reacción de Elizabeth ante la presencia de William. Ella, a quien yo consideraba incapaz de sentir ninguna clase de repugnancia física, lo observaba intensamente asqueada. De hecho, cuando lo miraba, daba la sensación de estremecerse. Y no soportaba permanecer en la misma habitación que él ni siquiera unos instantes.

En lo que a mí respecta, por el contrario, poco a poco me fui sintiendo más fascinado por él. No podría dar una explicación precisa, pero muy pronto me despojé de todo el horror que al principio había suscitado en mí. Me resultaba extraordinario sentarme y contemplar cómo, hora tras hora, aquel ser supuestamente eterno se descomponía ante mis ojos en medio de un fuerte hedor, deshaciéndose al igual que hubiera sucedido con cualquier cadáver humano. Y esta macabra fascinación no tardó en adquirir una enorme intensidad. Quería saber por qué. Deseaba comprender cómo era posible que ocurriera y qué lo había causado. Intenté hablar con William una y otra vez, hacer que me entendiera. Pero no hubo manera. Su mente estaba tan muerta como su cuerpo. Lo único que seguía en pie era el ámbito sobrenatural de su existencia.

El caso es que el asunto de William me fue atrapando cada vez más. En mi mente se había ido formando una idea, aunque era de una naturaleza tan terrible que apenas me atrevía a asumirla. Pero la sombra de aquel pensamiento volvía a mí una y otra vez. Me sentía atraído hacia ella del mismo modo en que me vi arrastrado a profanar la tumba de mi familia y abrir el ataúd de Helena hacía ya tantos años.

Una noche me senté a solas con William en el dormitorio principal, que era donde él permanecía la mayor parte del tiempo con la vista fija en la penumbra. Lo observé y pensé en cuánto tiempo podría aguantar así. ¿Cuánto tardaría su cuerpo en desintegrarse del todo? ¿Cómo, simplemente, continuaría su vida en aquel estado? Niall, llevando a cabo una tarea desagradable que él parecía aceptar como suya, lo alimentaba de cuando en cuando después de hallar su propia comida y regresar a casa, y lo hacía dejando que William lamiera unas gotas de sangre fresca procedente de una de las venas de su brazo. Pero eso no hizo mejorar en absoluto a William. Y yo, al reflexionar sobre todo ello, y al escuchar su dificultosa y áspera respiración, tuve una poderosa sensación de apremio. Si quería llevar a cabo lo que se me había ocurrido, tenía que hacerlo ya.

Me incorporé por fin y me dirigí hacia él, lo cogí por los hombros e hice que se tumbara en la cama. Sus ojos me miraban, pero no parecían verme mientras me inclinaba sobre su cuerpo; lo abracé con fuerza, esforzándome por ignorar la fetidez de su piel y de su aliento, su espantosa proximidad, su frío ardiente. Me tendí junto a él y me aparté asqueado para, al instante, acercarme de nuevo, situar mis labios sobre su cuello y roer despacio su carne seca, rancia, hasta que logré percibir el sabor del contaminado fluido que, medio coagulado, repugnante, corría por sus venas. No tenía ni idea de cómo podría afectarme aquella sangre inanimada. Quizá me hiciera enfermar. Puede que incluso me envenenara. No recibí ningún torrente de energía, ninguna de aquellas cálidas oleadas de fuerza y de alivio que me ofrecían los cuerpos humanos; solo la sangre helada que embadurnaba mi lengua y me bajaba por la garganta, haciendo que mi estómago se estremeciera y produciéndome arcadas; después, ante mí, se fue extendiendo una sensación de oscuridad, un sombrío paisaje invernal que me atraía a toda velocidad hacia sus yermos sin vida. Todos mis instintos me incitaban a retirarme, a escupir y vomitar aquella sangre sucia, pero me resistí, bebí aún con más fruición y sentí que el frío consumía la totalidad de mi cuerpo, como el frío del hambre, pero peor; más nauseabundo, más doloroso, al tiempo que su cuerpo se agitaba y luego se quedaba inmóvil a mi lado. A continuación, respirando con gran dificultad, con la cabeza a punto de estallarme, sentí que una fuerza enorme me arrojaba hacia atrás, me tiraba de la cama y yo terminaba estrellándome contra el suelo. Allí permanecí unos instantes, gimiendo y retorciéndome de dolor con las manos en el estómago. Me puse en pie, tambaleándome al avanzar, y me senté en la cama al lado de aquella forma contrahecha e inmóvil. Así se mantuvo mientras yo lo observaba con atención. Tenía lo ojos entrecerrados y vidriosos. Un escalofrío me recorrió el cuerpo. Daba la impresión de que, dentro de su debilidad, yo había conseguido situarlo en ese estado de trance en el que caían todas mis víctimas humanas. Me incliné sobre él, mirando durante un instante la sangre pardusca que se coagulaba a toda velocidad en torno a la pequeña herida del cuello.

No tenía la menor idea de si aquel intento serviría de algo o no. Había leído en alguna parte que los hipnotizadores eran capaces de utilizar sus artes para liberar y arrancar la angustia, los miedos y los recuerdos enterrados en el fondo del subconsciente de los sujetos sometidos a su control. No sabía si ese método podría funcionar con los locos. Parecía algo dudoso, pero, al fin y al cabo, nosotros no éramos hombres. Nuestras mentes eran tan poderosas y sobrehumanas como nuestros cuerpos. La mente de William había existido durante siglos. Sus pensamientos conscientes se habían perdido. Pero los no conscientes… En caso de quedar algo ahí, tras la confusión de la insania, ¿sería posible llegar hasta ello? Ahora que yo le había puesto en aquel trance para acceder a las profundidades de su mente, creía que sí era posible.

Le hablé con suavidad.

–Escúchame, William. William LePerrowne. Escucha y contéstame.

No hubo respuesta. Continué, adoptando un tono cada vez más enérgico.

–Trata de entender mis palabras. Ayúdame. Vas a retroceder en el tiempo a través de tu mente. Allí encontrarás formas y recuerdos.

Olvídate del presente. Recuerda lo que sucedió hace mucho tiempo. Recuerda a Helena. Y el momento en que llegó a su fin tu existencia humana. Haz que tus pensamientos se remonten al instante en que se produjo en ti la transformación. Escúchame. Y obedéceme. Ahora responde.

Seguía tumbado y sin moverse. Una respiración casi imperceptible era lo único que se agitaba en él. Repetí varias veces mis órdenes, cada vez con mayor insistencia, y, ya estaba a punto de repetirlas de nuevo, cuando por fin exhaló un largo suspiro y frunció el ceño al tiempo que sacudía la cabeza de lado a lado. Yo me quedé paralizado, sin palabras de pronto; enseguida recobré la compostura y repetí todo lo que ya había dicho.

–Si me oyes –le exhorté–, si me entiendes, contéstame. Habla.

–¡Estoy enfermo!

Di un respingo, sobresaltado por la gravedad y sonoridad de la voz, completamente absurda al surgir de aquel debilitado y consumido cuerpo; como las voces de los mandarines chinos o de los jefes indios al salir de labios de sencillas amas de casa que hacían el papel de médium. También remitía a aquella antigua leyenda de los redivivos, la de los nigromantes que resucitaban un cadáver para que les contara los secretos de los muertos.

–Estoy próximo a la muerte –prosiguió la voz instantes después. Yo me limité a escuchar, entusiasmado y maravillado a un tiempo–. El médico ha usado sus sanguijuelas y sus pociones malolientes, pero esos remedios no me pueden curar. Llevo enfermo mucho…, mucho tiempo. No quiero morir… Que Dios me ayude… Temo a la muerte…, y, aun así…, la idea de liberarme de este dolor…, de este horrible dolor… ¡Ah!

Hizo una nueva pausa y luego su voz se convirtió en un áspero susurro, como para dar a conocer un gran secreto.

–Anoche… Anoche la vi. ¡A Helena! Lleva muerta tres años y, sin embargo, estoy convencido de que la vi. Ya me había sucedido en otra ocasión…, poco después de su muerte, aunque todo apuntaba a que no era más que una mala pasada de mi mente afligida por la pena y por la fiebre. Pero..., lo juro..., juro que anoche la vi. Vino hasta mi dormitorio y me despertó. El criado que me cuidaba estaba dormido. Puso sus manos sobre mí para enfriar y apaciguar mi calor. Me sostuvo en sus brazos..., muy fríos... Me habló. Dijo... Dijo que debía morir..., pero que no temiera a la muerte, porque en la muerte estaría con ella. Creo firmemente que lo que vi era su espíritu. Que viene para llevarme hacia la muerte. Y ahora no tengo tanto miedo.

–Basta, de momento –señalé empleando un suave tono, tartamudeando un poco. No tenía utilidad alguna escuchar el resto de aquel episodio. Debía hacer que avanzara en el tiempo. Mi dominio sobre su mente era, me temía yo, bastante tenue, y, al igual que la espada de Damocles, colgaba de un hilo que podía quebrarse en cualquier momento. Tenía que obtener cuanto antes la mayor cantidad posible de información.

–Ahora ve hacia delante, hasta la época en que Helena y tú os separasteis. Cuéntame por qué ocurrió. Dime lo que pasó entre vosotros.

Guardó silencio durante unos instantes, pero luego continuó.

–He abandonado a Helena. La he abandonado... No puedo seguir existiendo como ella desea. No puedo dejar de lado mis necesidades como hace ella. Mi naturaleza es demasiado fuerte y la eternidad..., la eternidad es un adversario demasiado grande. Helena quiere estar en paz consigo misma mediante el control sobre sus impulsos y a través de la meditación; una constante evolución del pensamiento y de la percepción para defender su mente del paso de los siglos, de la degeneración y el declive mental al que está sujeta nuestra especie. Pero se trata de esfuerzos completamente vagos e inútiles. La soledad y la frustración que acarrean llegan a ser una carga tan pesada como la propia decadencia. E igual de destructiva. Ya no tengo la menor seguridad de poder hallar más capacidad de comprensión dentro de mí. Pero...

Su tono de voz descendió de nuevo y se hizo tan débil que tuve que acercarme un poco más.

–... Entre los redivivos existe una leyenda muy arraigada. Helena me la contó una vez. Seguro que la escuchó de labios de su iniciador.

Su respiración sonó más intensa por unos momentos.

–Hay quien defiende que existe..., que existe alguien, el primero en buscar y descubrir este poder de la vida eterna. El primero de los redivivos. El Maestro de los redivivos. Y que todos los demás somos sus descendientes.

–¿Qué? –exclamé al tiempo que daba un respingo y me erguía en el asiento que ocupaba–. ¡No! Eso es solo un mito. Una fábula para niños impíos.

William prosiguió sin hacer caso de mi interrupción.

–Se cuentan muchas historias de ese maestro. Algunos sostienen que ni siquiera nació como un ser humano, sino que fue concebido a partir de la unión de una bruja con un poderoso demonio. Pero eso quizá no sea más que una ruin superstición. El caso es que aseguran..., aseguran que ese perpetrador de nuestra especie aún vive en algún lugar de la tierra. Estoy decidido a descubrir si es cierto o no, a buscarlo por todas partes. Helena dice que no me acompañará. Que estoy loco. Ve todo este asunto con el mayor de los desprecios y afirma que no cree una sola palabra de esa historia. Pero no puede saberlo. Aunque esa no es la auténtica razón. El motivo es que tiene miedo de lo que pueda descubrir. Y de enterarse de lo que ella misma es en realidad. Yo tampoco soy inmune a esos temores, y aun así..., verlo... Aprender de boca de nuestro progenitor de dónde venimos..., la génesis de nuestra especie..., la razón de nuestra existencia. Los misterios de la vida y la muerte. Es el objetivo, sin duda. Un objetivo situado mucho más allá de los débiles esfuerzos de Helena.

La cabeza me daba vueltas al tratar de asimilar todo aquello. Parecía una completa locura, y, sin embargo, he de reconocer que no había ningún motivo de peso por el que las asombrosas creencias de William no pudieran ser ciertas. Si era verdad que nuestra especie había contado con un primer individuo, quizá existiera todavía. En alguna parte.

–De modo que –apunté con el mismo tono neutro, manteniendo a raya mi impaciencia con una dificultad enorme– iniciaste la búsqueda. Esta búsqueda. ¿Qué descubriste? ¿Llegaste a saber cuál era el paradero del Maestro? ¡Recuerda!

Se produjo un prolongado silencio; después, desesperado, le apremié y traté de sonsacarle algo más de información. Cuando volvió a hablar, su voz sonaba distinta: cansada y carente de la energía y la determinación que poseían antes.

–He... He viajado hasta lugares muy lejanos y he buscado durante mucho..., mucho..., mucho tiempo. ¡Ah! En ocasiones he dado con otros redivivos, dispersos, alejados unos de otros, viviendo con frecuencia en pareja o en pequeños grupos. Parece que son pocos, a pesar de nuestra longevidad. Pero siempre se muestran reservados y nunca es fácil encontrarlos; suelen atacar a los intrusos de su propia especie. En cuando al Maestro, he oído una inmensa cantidad de rumores vagos y de pistas falsas: nada verdaderamente valioso, solo detalles que me hacen reafirmarme en mi convicción de que su existencia es real. Dicen que vino de Oriente. Que llegó con sus seguidores hasta el este de Europa, donde permaneció durante siglos. Pero, cuando vio que los hombres de aquellas regiones sospechaban de su presencia allí y del culto al que daba lugar, se marchó, continuó su viaje y, por fin, se estableció en una tierra más occidental. Sin embargo, no sé dónde está. No lo sé.

Otra larga pausa.

–Estoy... Estoy cansado. Temo que haya que estar buscando siempre. Y hasta ahí..., hasta ahí he llegado.

Dejó escapar un profundo suspiro y se quedó callado de nuevo. Tenía muchas preguntas que hacerle, pero no quise dar lugar a ninguna clase de divagación. Debía exprimir el tema del Maestro mientras tuviera la posibilidad. Sin embargo, antes de que yo dijera nada, volvió a hablar con una voz que de repente sonó cargada de energía y excitación.

–Creo que mi búsqueda está en su última etapa. Que por fin me encuentro próximo al conocimiento tras el que llevo tanto tiempo. He entrado en contacto con un redivivo. Es viejo e infinitamente extraño, aunque su rostro es el de un hombre joven. No se parece a ninguno de los que he visto hasta ahora. Hay algo en él… que no soy capaz de expresar con palabras. Sus dos vástagos lo protegían en una torre en ruinas, su guarida, y se lanzaron a toda velocidad contra mí, gritando, pero eran jóvenes y yo repelí su ataque, de modo que se vieron obligados a apartarse. Les mostré mi fuerza. Entonces irrumpí en el lugar donde se hallaba y exigí que me contara lo que sabía. No trató de resistirse, aunque tampoco me tenía miedo. Sin embargo, sí poseía los conocimientos que yo buscaba. No dijo cómo los había obtenido. Solo se refiere a ese asunto de un modo un tanto oscuro, y me da la sensación de que es algo doloroso para él. Creo que una parte de él desea hacer el viaje conmigo, pero otra carece de la determinación necesaria. No me quedaba más remedio que insistir para lograr lo que quería.

Hizo una breve pausa y luego continuó hablando.

–Ha terminado cediendo. Me ha dicho dónde es posible encontrar al Maestro. Me acompañará hasta allí, asegura, y así llevará por fin a cabo su propio peregrinaje al oráculo de los redivivos. ¡Por fin!

Un grito triunfal.

–¡El final está cerca!

–¿Dónde? –le interrumpí, incapaz de contenerme por más tiempo–. ¿Dónde podemos encontrarlo? Repíteme lo que te ha contado ese redivivo.

–En Irlanda –aseguró–. En un lugar de Irlanda.

Y entonces la emprendió con un prolongado y frenético batiburrillo de nombres y lugares de extraña sonoridad que nada significaban para mí, pero que traté por todos los medios de fijar en mi mente para recordarlos más adelante.

En ese momento oí una voz a mi espalda que decía:

–Conozco esos lugares.

Me di la vuelta. Niall se hallaba junto a la puerta con los ojos abiertos de par en par. En el pasillo situado detrás de él estaba Elizabeth. No tenía ni idea del tiempo que podía llevar allí. Había estado demasiado pendiente de William.

–Todos se encuentran cerca de mi casa.

Niall avanzó unos pasos y se arrodilló a mi lado, con la vista fija en William.

William prosiguió, como si reviviera la etapa final de aquella gran odisea a una velocidad de vértigo, y Niall escuchaba con atención. Hablaba de pueblos con denominaciones oscuras, de colinas y senderos, de ciertos monumentos. Luego mencionó un viejo conjunto de piedras y una enorme caverna.

–¿Entiendes algo de esto? –pregunté por fin a Niall–. ¿Tiene algún significado? ¿Existen tales lugares? ¿Tú puedes encontrarlos?

Me miró con gesto sombrío y luego asintió.

–Sí –respondió con calma–. Conozco esos lugares. Desde que era niño.

Estaba a punto de añadir algo, pero le hice una señal para que guardara silencio.

–Y, finalmente… –le indiqué a William–. ¿Qué hallaste? ¿Qué hay del Maestro? ¿Llegaste a verlo? ¿Comprobaste que existía? ¿Qué aprendiste? Cuéntamelo.

–Yo… Yo…

Su tono se transformó una vez más. Empezó a hablar de manera atropellada y solo consiguió pronunciar unos cuantos sonidos ahogados, incoherentes.

–¡Basta! –me susurró Niall–. Deja que descanse.

–¡No me atrevo! –le respondí, también en voz muy baja–. Lo perderemos.

Agarré a William de sus hombros huesudos, lo inmovilicé sobre la cama y grité:

–¡Habla! ¡Recuerda!

Se puso a gritar; sus ojos hundidos no dejaban de dar vueltas a causa del terror y se esforzaba de un modo asombroso, arañándome con aquellos apergaminados dedos.

Y entonces se quedó quieto. Se dejó caer hacia atrás. Su cuerpo pareció encogerse y desplomarse a mis pies, como si los huesos se le hubieran disuelto en agua de repente. Sus ojos centelleaban al tiempo que comenzaba a respirar de un modo más acelerado y bronco.

–¡Demasiado tarde! –concluí antes de soltarlo, asaltado de pronto por un súbito fuego de ira y de frustración.

Estuvimos unos instantes sin decir nada, cada uno absorto en sus propios pensamientos; Niall fue el primero en hablar.

–¿Qué opinas de todo esto? ¿Crees que podría ser cierto?

–¡Por supuesto! –respondí–. Es evidente que William fue a ese lugar de Irlanda. Si encontró o no lo que buscaba, o si existe en realidad, es algo que no podemos saber. Pero tuvo que pasarle algo allí, algún terrible accidente. Quizá logró escapar de ello con las pocas fuerzas que le quedaban y, tras recorrer una corta distancia, ya no pudo continuar. Y entonces, puede que simplemente guiado por el instinto, te convirtió en su cómplice, Niall, para que le ayudaras a regresar aquí, a su antiguo hogar, a Helena, al mismo tiempo que trataba de borrar de su memoria el horror y el dolor de lo que le había acontecido. Trataba de hallar su santuario del pasado. Reconozco que yo mismo he actuado así en alguna ocasión.

–Accidente… ¿Qué clase de accidente?

Ahora era Elizabeth la que hablaba desde la puerta.

–¿Cómo vamos a saberlo? –señalé–. Pero, ¿qué nos sucedería si estuviéramos a punto de ahogarnos? ¿O de quemarnos? De estar en alguna de las situaciones, centenares de ellas, a las que ninguna criatura normal sobreviviría…

Señalé a William.

–¿Acaso tendrían ese efecto que acabamos de ver? Esta lenta y singular batalla… La vida y la muerte luchando por obtener la supremacía…

Guardamos silencio de nuevo; en esta ocasión fui yo quien lo rompió.

–Hay una forma de averiguarlo. Esto y muchas otras cosas. Tenemos que ir a Irlanda.

–¿Quieres ir allí? –preguntó Niall–. ¿Después de lo que le ha pasado a William?

Lo miré, sorprendido. Ni por un momento se me había pasado por la cabeza renunciar a aquella oportunidad de obtener respuestas, sin importarme el riesgo ni la posible decepción.

–Algo sí tengo claro –observé–. Que durante todos estos años he estado muerto. Sin embargo, esta noche, en esta habitación, me he vuelto a sentir vivo. ¿No te das cuenta de lo que eso significa? Hace varias noches, Niall, viniste a mí y me pediste que te dijera en qué te habías convertido y por qué. Pero yo no pude ofrecerte nada, excepto mi ira y mi amargura. Llevo toda la vida intentado comprender estas cosas sin éxito. Intentando superar los interminables conflictos que bullen en mis entrañas. Hasta que al final nada tiene ningún sentido. Nada. Y lo único que sé es que, si hay alguna posibilidad de que exista ese maestro de los redivivos, y de encontrarlo y saber lo que somos, lo que podemos llegar a ser, entonces no me queda más remedio que aferrarme a ella. Porque, tienes que entenderlo, es mi única esperanza. Es todo lo que me queda.

–De modo que –apuntó Elizabeth, situándose delante de mí con el ceño fruncido– tienes la intención de lanzarte a una aventura dando crédito a las palabras de un loco de atar, con la intención de hallar una especie de fuente de la sabiduría que probablemente ni siquiera existe. Eres un idiota. Estás incluso más loco que él. Y te diré que, en mi opinión, la necedad es un rasgo congénito de todos los miembros de tu familia. ¿Qué ocurrirá si existe ese maestro? ¿No te da miedo lo que puedas hallar, como le sucedía a tu querida y dulce Helena?

Desvié la mirada. Por supuesto que tenía miedo. Sentía el miedo en mi interior incluso mientras ella me hablaba. Pero eso no era nada. Me negaba a aceptar que aquellos temores fueran ciertos, y no pensaba abandonar esta nueva esperanza: la esperanza de que en mi mente aún tuviera cabida algún tipo de expiación.

–Lo he decidido –contesté con brusquedad–. Iré.

–¡Entonces, yo también iré! –exclamó Elizabeth–, aunque solo sea para reírme de ti cuando descubras que no hay nada que descubrir. Que no existe separación entre el bien y el mal, y que es absurdo empeñarse en afirmar la falsedad del uno frente al otro. Que existimos, así, sin más, y que todos somos animales en medio de la jungla. Pero..., si hay algo que tengamos que saber... ¡La muerte!

Dirigió la mirada hacia William y su tono de voz se endureció.

–¡Debo saber más acerca de la muerte!

Hubiera preferido que Elizabeth no me acompañara, pero era consciente de que estaba decidida a hacerlo, impulsada por sus propias razones. Y yo tenía la certeza de que, bajo toda su frivolidad y todo su desdén, ocultaba una intensa curiosidad.

Eché un vistazo a Niall. Aún parecía intranquilo.

–Entonces, ¿nos ayudarás a encontrar ese lugar? –pregunté.

–Si queréis –contestó él–, os ayudaré.

No obstante, sacudió la cabeza de lado a lado y señaló:

–Pero hay un problema.

–¿Un problema?

–William.

Hizo un gesto con la cabeza en dirección a la jadeante figura situada sobre la cama.

–¿Qué hacemos con él? No podemos llevarlo con nosotros.

–No. Y tampoco podemos dejarlo aquí.

Di media vuelta, presa de un acceso de furia. Mi excitación había hecho que me olvidara de William. Tuve la tentación de decir: "Matémoslo, será un acto de misericordia". Pero, en lugar de pronunciar aquellas palabras, corrí las cortinas del dosel de la cama y asentí:

–Tienes razón. Es un problema. Tenemos que pensar en ello.

La noche siguiente, cuando me desperté, todavía no había dado con ninguna solución. Parecía una cuestión imposible de resolver. Fui hasta el dormitorio principal, donde William seguía tumbado en la cama. Niall ya se encontraba allí. Había descorrido un tanto una de las cortinas y miraba fijamente hacia abajo, sin moverse. Al entrar, alzó la vista hacia mí y me indicó por señas que me fijara en la cama. Yo así lo hice, y di un pequeño paso hacia atrás a causa del terrible hedor que de allí salía, al tiempo que dejaba escapar un ahogado grito de sorpresa y repugnancia a partes iguales. Solo quedaba una masa informe y putrefacta de color marrón. Ninguno de los dos habló durante varios minutos, sobrecogidos ambos, con una sensación próxima a la del respeto reverencial ante la vista de aquellos siglos de vida antigua que habían llegado a su fin. A su verdadero fin.

–Anoche… –terminó diciendo Niall–. Fue excesivo para él. Pero hubiera sucedido de un modo o de otro. No podía sobrevivir.

Enseguida envolvimos los restos con la desgastada ropa que cubría la cama y los metimos en un viejo baúl. Luego lo llevamos abajo. Elizabeth nos observaba en el vestíbulo. Frunció el ceño, pero no dijo nada. Estoy seguro de que se sentía incómoda al ver aquello.

Salimos al jardín y atravesamos los prados que, por la parte de atrás, llevaban hasta el viejo panteón. Allí dejamos por fin los restos en el ataúd de plomo en el que yacieron para descansar, por primera vez, hacía ya casi tres siglos.

Durante el camino de regreso a la casa no se pronunció una sola palabra. Un único pensamiento ocupaba mi mente. El obstáculo había desaparecido, al parecer de una forma casi milagrosa. El viaje podía comenzar.

XIV

Partimos la noche siguiente; fuimos hasta el puerto galés de Holyhead, donde adquirimos un pasaje de última hora en un inmenso transbordador con destino a Dun Laoghaire. Durante el camino nos vimos obligados a detenernos para descansar en un hotel, donde explicamos que llevábamos toda la noche de viaje y deseábamos pasar todo el día durmiendo: siempre corríamos el riesgo de que, por algún motivo, alguien nos descubriera en pleno sueño, pero eso era inevitable.

Por fin dejamos atrás Holyhead y, desde la cubierta del barco, en medio de la fría noche invernal, contemplamos las luces del puerto hasta que se fueron diluyendo y desaparecieron mientras nos internábamos en la oscuridad del mar. Un poco después Niall se situó a mi lado. Yo había percibido algo extraño, incómodo, con respecto a él, aunque él jamás hablaba de ello, y yo había tenido demasiadas preocupaciones como para prestarle atención. No abordé el tema de forma directa, pero le hice preguntas acerca del lugar al que nos dirigíamos.

–No es un buen sitio –respondió enseguida–. Está en las colinas, a varios kilómetros de mi pueblo. Allí no sube nunca nadie. Mi abuela procedía de una de las aldeas cercanas. Me contó ciertas historias cuando yo era pequeño. Decía que, según las creencias populares, en aquel lugar habitaban hadas, fantasmas y demonios. La región de los muertos. Y de las *dearg-dul*[5].

[5] Mujeres vampiro de deslumbrante belleza que salen de su tumba durante la noche en busca de víctimas, exclusivamente hombres. Su nombre en lengua céltica irlandesa significa "la que chupa sangre roja". (N. del T.)

Me dirigió una fugaz mirada y yo asentí. La verdad es que nunca había oído hablar de las *dearg-dul,* pero el tono de su voz me permitió intuir a qué se refería. Cada país, cada raza de hombres, tiene sus propios vocablos para denominar a los que son como nosotros.

–¡Las *dearg-dul!* –continuó sin alzar la voz–. Dios mío, yo solía reírme de aquellas historias. Pero no resultaban en absoluto fuera de lo común. Lugares misteriosos, remotos; antiguas y extrañas leyendas cargadas de superstición. Son muy habituales en mi país. Pero una vez, cuando era niño, subí a aquellas colinas con otros dos amigos. Quisimos hacernos los valientes, la verdad. Sin embargo, tengo que reconocer que no nos quedamos mucho tiempo.

–¿Por qué? ¿Qué pasó?

–Nada. No *pasó* nada. No era necesario. Era solo aquel sitio. Producía una sensación que no puedo explicarte, incluso durante el día. Inquietante. Silencioso como la muerte. Aterrador. El lugar más dejado de la mano de Dios que yo haya conocido jamás. Mientras estuve allí..., bueno, todas aquellas historias..., ya no me parecían estúpidas. Podía creer todo lo que me habían contado acerca de él. No fui solo yo. Todos lo percibimos. Ninguno de nosotros pronunció ni una palabra mientras permanecimos allí. Era como..., como si tuviéramos miedo de despertar algo. Sentí un gran alivio cuando nos marchamos. E incluso ahora..., incluso ahora no me agrada la idea de regresar.

Su mano se elevó a gran velocidad. Creo que estuvo a punto de santiguarse, pero en el último momento la mano vaciló y cayó de nuevo hasta un lado del cuerpo mientras la estupefacción se adueñaba de su rostro. Una parte de su mente todavía era incapaz de romper con lo que le unía a la condición humana, de aceptar por fin que se había convertido en algo en lo que antes no creía, pero que seguía temiendo.

–Todo lo que me cuentas... –señalé– en realidad debería servir para animarnos a continuar.

Fijó la vista en mí unos instantes, me dedicó una débil sonrisa y asintió. Me di cuenta de que no estaba convencido. Y la verdad es que yo tampoco.

Se produjo un retraso al desembarcar en Irlanda. A bordo hubo algún problema. Se rumoreaba por cubierta que había desaparecido uno de los pasajeros. El tiempo durante la travesía, un tanto tempestuoso, hizo suponer que de algún modo habría caído al agua. A su destrozada esposa la estaban atendiendo en el camarote. Elizabeth, cuando se encontró conmigo, se hallaba resplandeciente y sonreía.

Nos dirigimos a Dublín, donde teníamos habitaciones reservadas, y la noche siguiente nos pusimos en camino. Estuvimos viajando en dirección oeste durante dos noches más, en trenes y coches alquilados; la campiña se iba mostrando cada vez más agreste, más silenciosa e inquietante: los bosques eran más densos, las colinas más altas y grandiosas. Y más oscuras. A medida que atravesaba aquel paisaje, que me internaba en él, tuve la poderosa sensación de que, si aquel maestro de los redivivos existía, solo podía ser en esa región. Si, como mucha gente cree, hay otros mundos, dimensiones extrañas que rozan y en ocasiones penetran en la nuestra, ahí es donde sucede, al igual que en mi Cornwall natal, en esas tierras llenas de mística y embrujadas por las leyendas, de tumbas prehistóricas, viejos megalitos y ruinas de piedra cubiertas por la hiedra. Allí había un poder y un misterio antiguos que me atrapaban y me hacían guardar un reflexivo silencio. La formidable impresión de estar perdido y, de forma simultánea, haberme encontrado a mí mismo. Puede que hubiera terminado absorbido por lo que me rodeaba sin prestar atención a nada más, de no haber sido por la urgencia y la obsesión que me conducían hacia una única meta.

La tercera noche llegamos al hogar de Niall, situado a las afueras de un remoto pueblo: se trataba de una casa que empezaba a mostrar las señales propias de un lugar abandonado. Durante la hora que aún restaba para el amanecer no hice otra cosa que ir de un lado a otro en un estado casi frenético de ansiedad y agitación, hasta que por fin sucumbí a la fatiga.

Me preguntaba qué podríamos encontrar en un lugar así. ¿Conocimientos, consejos, o simplemente un horror todavía más grande? Pensé en William. ¿Llegó él a estar en ese sitio alguna vez? Y, si estuvo, ¿qué fue lo que descubrió? ¿Tuvo algo que ver con el estado en que se presentó ante mí? ¿Con su muerte? Algo tan terrible, tan demoledor, que ni siguiera su antigua mente empapada en sangre fue capaz de soportar. Pero aquellos pensamientos ya no me servían de nada. Tenía que alejarlos de mí. No obstante, todas las sensaciones de furia y desesperación que la existencia sobrenatural de William había suscitado en mí, de pronto se revelaron como algo abrumador mientras me sumía en el sueño.

La noche siguiente emprendimos temprano nuestro viaje a pie. Avanzamos a paso ligero al amparo de la oscuridad, evitando las vías principales y siguiendo a Niall por los campos y los bosques, con la mirada siempre puesta en las sombrías colinas que se elevaban imponentes más allá de los árboles que teníamos por delante. Nos aproximábamos a nuestro lúgubre destino en silencio, mientras que yo sentía, de un modo más intenso que nunca, algo así como una feroz ambivalencia. Mientras ascendíamos por las colinas de menor altitud, en dirección a las amenazadoras cimas que estaban más alejadas, las sensaciones de anticipación se fueron convirtiendo en recelo, e incluso en rechazo. Lo cierto es que no tenía ninguna explicación para ello, aunque en el estado de excitación en que me hallaba renuncié a intentar encontrar siquiera una. Pero poco a poco fui comprendiendo lo que Niall me había contado acerca de aquel lugar. Había algo allí: una agobiante impresión que crecía a medida que caminábamos. Me vi asaltado por la idea de que incluso sin la ayuda de Niall hubiera encontrado el camino, al igual que ciertas criaturas migratorias deben buscar su lugar de nacimiento, y con frecuencia también el de la muerte, atrapadas en un remolino de instinto en estado puro, atraídas hasta su centro por una fuerza salvaje que transforma todo lo demás en una mancha efímera. Y a mi alrededor había un yermo y una quietud primigenios que sugerían nuestra condición de intrusos, y que hablar aunque fuera susurrando sería perturbar un silencio que siempre había reinado allí sin rival alguno. Hasta Elizabeth pareció de pronto amansada por el entorno, algo que se le había empezado a notar desde nuestra llegada al país.

Lo remoto de aquella región no me resultaba especialmente perturbador: me intrigaba, eso sí. Y a pesar de todo, al mirar hacia atrás y ver las titilantes luces de las casas de campo solitarias, de las distantes aldeas, así como de las formas más luminosas de pueblos importantes aún más lejanos, yo, incluso yo, comencé a percibir una poderosa sensación de aislamiento y una extraña incertidumbre.

La media luna salió de entre las nubes mientras nosotros trepábamos por las enormes rocas diseminadas en la cima de una de las colinas más altas, desde donde veíamos, al mirar hacia abajo, un valle escarpado. Coronando una pequeña elevación situada al otro lado, había un montón de mellados cantos rodados: parecían una antigua ofrenda a alguna deidad olvidada; como una tosca pirámide que se hubiera ido desmoronando hasta quedar casi derruida por completo.

–¡El hito de piedras! –exclamó Niall con aire solemne, al tiempo que lo señalaba con un ligero temblor en la mano. Luego continuó hablando–. En este país siempre ha existido la costumbre de amontonar piedras sobre la tumba de una bruja o de un hechicero. Para impedir que volvieran a salir.

Me sentí muy molesto. Seguro que las piedras no eran más que una inmensa estructura natural cuya forma se debía a la simple casualidad. Las divagaciones supersticiosas de Niall empezaban a ser tediosas, además de algo extrañas. Me acerqué a él y le susurré:

–No tienes por qué seguir adelante junto a nosotros. Si no estás preparado… Solo indícanos el camino a la caverna.

Iniciamos el descenso, agarrándonos a las rocas que sobresalían de la ladera de la colina para mantener el equilibrio mientras avanzábamos a gran velocidad. Al llegar al promontorio situado bajo el hito de piedras, comenzamos a rodearlo, con la vista clavada en las enormes losas de piedra que formaban la base. Y, al mismo tiempo que rebuscábamos entre ellas, no pude evitar fijarme, con el ánimo por los suelos, en la desolación que imperaba en aquel lugar: quemado, marchito, sin vida, como si se tratase de una remota región desértica, áspera y ajena a aquel país tan fértil y tan verde. Como si hubiera sido arruinada y después abandonada por la propia naturaleza. Elizabeth fue la siguiente en hablar:

–¡Aquí no hay nada!

Se volvió hacia mí.

–Te dije que esto era una locura. Tenías que haberme hecho caso. Aunque existiera un maestro para los de nuestra especie, ¿cómo iba a vivir aquí? ¿Por qué habría de hacerlo? ¿Cómo podría haber nada que viviera aquí?

–¡Ya estamos aquí! –exclamé con firmeza–. No podemos abandonar ahora. Seguid mirando.

Se disponía a responderme cuando dio un respingo y dejó escapar un suspiro de asombro, abriendo los ojos de par en par a causa de la impresión. Y es que de pronto se produjo un ruido: un grito espeluznante, propio de las almas en pena, que reverberó por todas aquellas colinas de aire sobrenatural. No puedo decir si tuvo lugar cerca o lejos de nosotros, si procedía de un pájaro o de algún otro animal. Pero se trataba del primer sonido de cualquier clase que yo había oído desde que nos aventuramos en aquellas colinas, y sirvió para acrecentar mi frenética sensación de energía. Y aún más: me sirvió para comprobar el verdadero alcance del miedo de Elizabeth.

De nuevo se hizo el silencio, que pareció más profundo y asfixiante que nunca al tiempo que yo seguía gateando sobre las piedras y el musgo que, disperso, era lo único que crecía allí. Sin embargo, una extraña sensación se apoderó de mí. Un zumbido en mis oídos, acompañado de un vértigo cada vez más intenso, mientras no dejaba de buscar. No sé lo que me llevó más allá del hito de piedras, solo que aquella percepción fue en aumento y yo continué andando hasta detenerme para mirar hacia una pequeña grieta entre dos gigantescas piedras. Su tamaño apenas permitía el paso; daba la impresión de no conducir a ningún sitio y, a pesar de todo, no dudé en seguir caminando para ver que, un poco más allá, el suelo caía de forma brusca. Por la grieta se accedía a un pasadizo cuyo tamaño era el idóneo para admitir a un hombre. Casi no puedo describir lo que sentí ante aquel descubrimiento. Estaba aturdido y mi cerebro bullía; el zumbido ganó intensidad en mis oídos de un modo tan repentino que invadió toda mi cabeza. Sin embargo, en medio de mi excitación, tuve un presentimiento que, junto al miedo innominado ya presente en mí, me provocó un gran escalofrío: me tambaleé, me puse a temblar durante largo rato antes de dar un inseguro paso hacia delante para, acto seguido, llamar a los otros con un tono grave, ronco, que casi no reconocí como mi voz. Elizabeth acudió al instante. Estaba sola.

–¿Niall? –pregunté.

–Se ha ido.

Se encogió de hombros.

–Se esfumó.

–Sí –musité–. Todavía no le ha llegado el momento. Primero necesita ver saltar por los aires todas sus creencias e ilusiones. Pero volverá. Al final comprenderá que no hay otro sitio adonde ir.

Y aquello era cierto. Mi propio miedo me cortaba el corazón como si fuera hielo, pero daba igual. Bajé la vista, comprendiendo que ya no me quedaba ningún otro sendero sobre la tierra.

Elizabeth me miraba fijamente. Vi su creciente terror con absoluta claridad, mientras ella trataba de ocultarlo por todos los medios.

–No hay nada ahí abajo –aventuró, señalando el suelo–. Es solo una grieta en la roca. No lleva ningún sitio.

–Tú lo estás sintiendo –aseguré con mis ojos clavados en los suyos–. Lo sientes igual que yo. En todo lo que nos rodea.

–¡No siento nada! –mascultó con desprecio.

–Entonces ven –propuse–. Si no hay nada, nada hay que temer.

Apartó la mirada y la dirigió hacia el suelo. Me di cuenta de que una parte de mí se burlaba, se sentía complacida por su temor, por haber hallado al fin aquella debilidad en ella. Pero mi actitud no se debía a nada semejante al valor. Solo albergaba el mismo miedo y la misma aprensión: mientras a mí me impulsaban a continuar, para ella suponían un freno.

Me metí entre las piedras y pasé despacio por la angosta abertura. Elizabeth iba detrás de mí, muy cerca; el pasadizo se ensanchó enseguida. Había llevado una linterna de bolsillo y la saqué del abrigo, ya que la oscuridad no tardó en ser total. Tras recorrer un corto trecho, llegamos a lo que parecía una cueva de vastas dimensiones. Y, allí donde la claridad y la oscuridad se fundían dando lugar a una apariencia de visibilidad pálida, espectral, en medio de las burbujeantes formaciones de roca coloreada, el estrecho haz de luz de la linterna me permitió ver iluminada una estructura de varias piedras de enorme tamaño dispuestas a modo de basto y antiguo altar.

Mientras caminaba me di cuenta de que mis pasos eran más inseguros. Todo lo que había a mi alrededor parecía distante e irreal, y ahora la cabeza me zumbaba con una furia incesante. Elizabeth habló detrás de mí, aunque su voz se me antojaba muy lejana.

–¡Yo me doy la vuelta! –gritó–. No pienso acabar tropezando y cayendo en esta miserable fosa. ¡Aquí estamos ciegos! Nos podemos perder. ¿No has pensado en eso? Quizá estos pasadizos continúen durante varios kilómetros. Tenemos que regresar.

Su voz, por fin, mostró a las claras el terror que la dominaba:

–¡No me gusta este lugar!

Aquella voz se fue desvaneciendo hasta perderse en la confusión de mis sentidos. Titubeé y me tropecé, cayendo hacia delante, aunque logré apoyarme en la pared de la caverna, y es que mi cuerpo se mostraba débil y falto de coordinación. El ruido del interior de mi cerebro había ido cambiando poco a poco: ahora, en vez de monótono y constante, era desacompasado, irregular. Sonaba como un murmullo extraño y difuso cuyas palabras se deslizaban fuera de mi alcance y de mi comprensión. Me horrorizaba aquel desconocido e inquietante lugar. Mis sentidos apenas era ya míos, pero se proyectaban más allá de mi ser, como en un intento por entrar en contacto con el monstruoso ámbito de percepción que me rodeaba, que me cercaba desde las tinieblas del entorno. Casi no me atrevía a contemplar lo que aquello pudiera revelar. Todos mis instintos me aconsejaban hacer caso a Helena, correr y alejarme, al tiempo que me invadía una sensación de pánico, de claustrofobia, mientras que mi respiración se hacía cada vez más entrecortada. Pero me mantuve en pie, tan inmóvil como las abigarradas paredes de piedra que me circundaban con aire de gigantes primitivos, extendiendo los brazos para ser absorbido por la nebulosa vastedad de la caverna. Me sentía diminuto, indefenso y solo. Me hallaba al borde de la mismísima eternidad, negra, vacía y sin final, aguardando a que me engullera y así vagar sin compañía en su seno, a la deriva, para siempre.

Aunque a mi alrededor reinaba la tranquilidad y el silencio, ahora contaba con la temible certidumbre de haber encontrado el sitio que buscaba. El corazón del laberinto cuyos enrevesados caminos llevaba hollando desde el principio. El final de una sombría búsqueda que duraba ya al menos un siglo. Aquel lugar subterráneo y maldito del que hasta el último rincón de mi entendimiento percibía algo inminente e infernal. Ya no quería ver lo que allí pudiera existir. Solo pensar en ello me horrorizaba más allá de lo imaginable. No había nada de lo que fuera posible obtener conocimiento o esperanza. Únicamente el auténtico núcleo del mal que yo conocía a la perfección. Y, en el último instante, tuve miedo de enfrentarme con él.

De repente me asusté, con la vista fija en la oscuridad, y el terror se agitó a través de todos mis nervios: sentía que algo infinitamente sigiloso se movía por allí. Entonces, desde detrás de mí, llegó el sonido de una voz.

–¡Padre! Ya está. La que buscamos, la matriarca, la fundadora de la familia, se ha perdido en la oscuridad. Pero traigo a dos de sus descendientes. Son viejos y fuertes. Servirán.

Alarmado, me di la vuelta y vi a Niall de pie en lo alto de una gran piedra próxima a la entrada del pasadizo por el que habíamos accedido; lo cierto es que me costó reconocerlo, porque no quedaba ni rastro de su antigua máscara de miedo e inseguridad; muy al contrario, su rostro ardía con un desencajado fervor, sus ojos brillaban como los de un maniaco. Elizabeth profirió un grito de asombro a mi espalda y me giré: al alcance de nuestra vista, por detrás del altar de piedra, brotó una llama que llenó la caverna de luz amarilla. Una antorcha ardía en el aire, sujeta y transportada por una figura ataviada con largos ropajes de color rojo carmesí que parecían los andrajosos restos de alguna antigua vestimenta sacerdotal.

Pero, ¡qué decir de aquella criatura! Alto y de poderosa constitución física, tanto sus rasgos como su forma, a pesar de hallarse por entero dentro de las proporciones humanas, eran tan alarmantemente inhumanos que ese ser jamás hubiera podido pasar por un hombre vivo. El rostro, coronado por una indomable y profusa mata de pelo negro, producía tal sensación de inmovilidad y de rigidez que parecía esculpido en piedra. Ahora bien, ¡su carne! Su carne ofrecía una impresión de flaccidez y de espantosa hinchazón, cubierta del todo por un rojo vibrante formando ondas bajo la piel, que de ese modo obtenía al menos una somera apariencia de vida. Se trataba de una criatura con todo el cuerpo henchido y rebosante de sangre. La sangre de numerosos hombres mortales.

Cuanto lo tuve más cerca, al fin pude ver que sus labios se movían de un modo casi imperceptible, y que parecía recitar algo por medio de susurros demasiado tenues para ser comprendidos. A pesar de todo, me di cuenta enseguida de que su sonsonete ascendía y descendía en perfecta sintonía con el monstruoso zumbido que ahora bramaba en el interior de mi cabeza. Me quedé helado, subyugado, incapaz de pensar, mientras aquella terrible figura llegaba al altar de piedra, me observaba durante unos instantes y luego aseguraba la llameante antorcha en una fisura entre las rocas. Alzó ambos brazos por encima de la cabeza, como en un gesto de súplica, de modo que las holgadas mangas de sus vestiduras cayeron dejando al descubierto los antebrazos. Después volvió a bajarlos, los dos, y los cruzó sobre su pecho. A continuación los fue retirando despacio. Al tiempo que lo hacía, yo observaba atónito la escena: veía cómo sus largas uñas buscaban y desgarraban la carne de sus propios antebrazos hasta las muñecas, y la sangre brotaba derramándose entre los dedos abiertos mientras los dos brazos se estiraban en dirección al suelo.

En ese momento fue cuando los vi. Surgían con lentitud de las furtivas sombras, demasiados para que yo pudiera hacerme una idea de cuántos eran. Una multitud de no-muertos, ya que no se me ocurría otra forma de denominarlos. Todos ellos eran redivivos, pero se mostraban en distintas etapas de decadencia física y mental: una auténtica ruina desde el primero hasta el último, como lo había sido William. Y el Sacerdote de los Redivivos parecía sonreírles al tiempo que, uno a uno, avanzaban con cautela sirviéndose de las manos y de las rodillas; una andrajosa, decadente y apestosa chusma de babeantes seres idiotizados que exhalaban histéricos ruiditos al tratar de beber de los chorros de sangre, o al echarse al suelo para lamerla allí donde había formado brillantes charcos entre las rocas, o al esforzarse por coger pequeñas piedras llenas de salpicaduras y dejarlas secas con la lengua.

No podría decir el tiempo que permanecí así, privado de toda capacidad de pensamiento o de movimiento, observando aquella escena. Elizabeth fue quien me despertó por fin de mi marasmo, apretándome el brazo con desesperación y gritando:

–¡Corre, imbécil, sal corriendo ahora mismo!

Y ella desapareció como una exhalación mientras yo seguía clavado en el mismo sitio, respondiendo con palabras que apenas se habían formado en mi mente.

–No podemos huir de esto. No hay ningún lugar adonde huir. ¡Esto es lo que somos!

Una borrosa figura saltó sobre Elizabeth en plena carrera e hizo que cayera al suelo, despatarrada y chillando. Niall la sujetaba con fuerza y ella se defendía clavándole las uñas. Me fui a por él sin pensarlo, lo cogí por los hombros y tiré de ellos hacia atrás al tiempo que Elizabeth le desgarraba la cara. Pero entonces también me asieron a mí por detrás, y recibí un golpe tan potente que salí despedido hasta estamparme, a una considerable distancia, con una de las paredes de la caverna; caí inconsciente al suelo. Durante muy breves instantes percibí de manera algo turbia la presencia del Sacerdote de los Redivivos, con su rostro cerniéndose sobre mí, y en su fulminante mirada noté todo su antiguo poder y toda su locura, que se hicieron dueños de mi mente, dejándome allí casi sin sentido para ser testigo de lo que sucedió a continuación como si de una distante pesadilla se tratara.

Elizabeth luchaba con el Sacerdote y con su acólito, Niall, mientras estos la arrastraban hasta el gran altar y la tumbaban sobre él; y el Sacerdote volvió a elevar la muñeca para abrir una vez más la herida, haciendo que la sangre fluyera hacia la boca de Elizabeth, obligándola a beber: ella se estremeció y luego se quedó inmóvil. Niall, al mismo tiempo, le mordió la muñeca. Y así permanecieron, sin moverse, pegados el uno al otro a la luz vacilante de la antorcha. A partir de ese instante, aquella rubicundez antinatural del rostro del Sacerdote se fue difuminando, hasta que empezó a presentar un aspecto semejante al que una vez poseyó como ser humano; y, a medida que la sangre iba penetrando en el cuerpo inerte de Elizabeth, este se iba secando sin cesar para alimentar la agazapada figura de Niall.

Apenas entendía nada de lo que sucedía. Solo que William también había sido víctima de aquellas dos criaturas, y que gracias a él supieron que había otros a quienes buscar, a quienes engañar y seducir, al igual que habían hecho antes con muchos más. Muchos que ya eran lo bastante viejos y lo bastante fuertes como para serles de utilidad en sus propósitos, cualesquiera que estos fueran. Pero, si de propósitos se trataba, yo había perdido el mío, sumido como estaba en aquella desoladora revelación de demencia. Helena ya me había advertido de que los redivivos eran propensos a la locura, y esta iba en aumento con el paso del tiempo. En aquel anciano sacerdote veía exactamente lo que nosotros podíamos llegar a ser. De todos modos, a pesar del enorme poder que poseía, no creí que él fuera el Maestro de los redivivos. Se trataba de un simple monstruo más entre los monstruos: un loco, un ser trastornado que asesinaba a los de su propia especie. Aunque sus víctimas no morían, sino que eran condenadas a convertirse en algo así como sus vástagos, viviendo solo a medias una existencia absurda y desalmada.

La cabeza me estallaba por culpa de las oleadas de energía surgidas de la zona en que estaba situado el altar. Y, de pronto, el Sacerdote de los Redivivos y Niall se apartaron de Elizabeth con unos rostros que parecían reflejar la furia casi en estado puro. El Sacerdote cayó de espaldas, encogido de un modo extravagante, al parecer exhausto, mientras Niall, cuya carne ahora presentaba un vívido color, gritaba:

–¡En esta ya no queda nada! Solo miedo y oscuridad. Solo vacío. ¡Ha dejado de sernos útil!

Propinó un golpe a la forma carente de vida que era Elizabeth y la tiró del altar haciendo que cayera al suelo con estrépito. Ella se movió a rastras, girando la cabeza para dedicarme una fugaz mirada. Al principio pensé que se trataba de una mirada de reproche. Pero después lanzó un grito desgarrador y vi que en sus ojos no había nada en absoluto. Estaban a punto de salírsele de las órbitas sin mostrar indicio alguno de pensamiento o raciocinio. La piel ya comenzaba a marchitarse, a perder la coloración. Igual que le había pasado a William, y a los otros, los no-muertos. Dejó escapar otro agudo chillido: siguió arrastrándose sin rumbo fijo, avanzando a gatas en dirección a la oscuridad.

Yo no dejaba de mirar, anonadado ante lo que veían mis ojos. El mayor mal desencadenado por mí había sido otorgar el poder de los redivivos a Elizabeth, cuyo oscuro nacimiento provocó la muerte de Helena. Pero al final fui yo, con mis crueles deseos y mi empeño en engañarme a mí mismo, quien había conducido a ambas a la destrucción. Yo había sido el verdadero mal desde el principio. A partir de esa verdad tan despreciable, busqué refugio en el tormento y la desesperación, además de en una perturbadora consciencia solo aparente, y en la retorcida fantasía de un maestro de los redivivos que quizá me ofreciera cierta esperanza de redención, cuando lo cierto es que hacía mucho tiempo que había entregado mi alma a la oscuridad. Y todos mis sufrimientos no eran más que el ilusorio dolor de un alma fantasmagórica. Única y exclusivamente las condiciones que yo mismo había decidido para condenarme.

Logré dominarme haciendo un enorme esfuerzo y empecé a ponerme en pie; palpé el suelo con la mano y esta se cerró en torno a un trozo de piedra de forma irregular: lo cogí y lo sostuve con toda la energía de que era capaz. Niall estaba cerca de mí y me observaba sonriente, con la sangre aún cayéndole desde los labios. Esperaba que yo saliera corriendo para escapar, pero las últimas palabras que dirigí a Elizabeth eran ciertas: no había ningún lugar adonde huir en todo el mundo. Eché un vistazo al Sacerdote, medio oculto a un lado del altar, tan inmóvil como una piedra y con los ojos lánguidos clavados en mí. Entonces vi algo más, brillando débilmente sobre el altar. Era el crucifijo de plata de Elizabeth, arrancado de su cuello durante el forcejeo. Al verlo tuve la sensación de que todo aquello que yo había perdido se concentraba en una enorme burbuja de ira en estado puro.

Me lancé a por Niall sin saber cómo, a una velocidad tal que no tuvo oportunidad de esquivarme, con la piedra bien sujeta en la mano: la utilicé para golpearlo una y otra vez, machacándole la cabeza y el rostro hasta que cayó de espaldas tratando de resistirse. Entonces lo agarré del cuello y tiré de él hacia mí sin dejar de darle golpes, mientras su cara se convertía en una desastrosa erupción de sangre.

Cayó al suelo, a mis pies; unas manos inmensamente fuertes me agarraron por detrás. La cabeza del Sacerdote se apoyó sobre mi hombro y me levantó sin apenas esfuerzo; yo trataba de resistirme, decidido por fin a no convertirme en una de aquellas estragadas cosas que se arrastraban por las sombras, sino a luchar hasta que terminara conmigo haciéndome pedazos.

Tan intensa era mi furia que, a pesar de su fuerza, no le resultaba fácil sujetarme; pero situó su mano por detrás de mi cabeza, haciendo que me agachara en dirección al cuerpo caído de Niall, quien alzó los brazos para atraparme al mismo tiempo que mi rostro se pegaba al suyo, poco más que una máscara sanguinolenta y llena de cortes. De pronto fui consciente del sabor de la sangre humana, aún dotada de una tibia calidez, que me atraía irresistiblemente hacia abajo; en ese momento noté el mordisco del Sacerdote en mi nuca. Y, durante unos breves instantes, antes de verme perdido por completo, me sentí de nuevo un auténtico ser humano. Sentí la verdadera aceleración que suscita la muerte.

Empecé a moverme sin rumbo sobre extrañas e incesantes corrientes, mis pensamientos y mis sentidos arrastrados en dirección al vórtice de sangre, dando vueltas y más vueltas que me iban sumiendo en la oscuridad situada ante mí, mientras mi cuerpo sufría cada vez un dolor y una debilidad mayores. Perdí rápidamente todas las sensaciones físicas a medida que mi mente se veía obligada a avanzar a toda velocidad hacia las visiones de la muerte. Ahora podía sentirlas: las mentes de los demás, unidas a la mía, al aferrarse a mis percepciones frenéticas, en expansión, y nuestros pensamientos parecieron uno solo. Después lo comprendí. Todo aquello era una locura, pero no una simple locura. Ahora conocía su objetivo.

En aquel momento supe que, al igual que nos vinculamos a un alma humana en el instante de la muerte, y el alma a nosotros, también podemos percibir las sensaciones de la muerte de los seres cuya existencia tiene fin, algo que a nosotros nos es negado y que constituye nuestro anhelo más profundo. Podemos, con el paso del tiempo, aventurarnos aún más en las regiones de lo prohibido gracias a nuestra energía cada vez mayor, y cada muerte es distinta: hermosa, terrible y única. Pero el corazón humano es débil y se rinde enseguida ante nosotros. Solo nos ofrece los primeros instantes de la muerte.

¡Y qué decir de la unión con un individuo de nuestra propia especie! Insuflar sangre y vida en él mientras otra clase de vida lo abandona. Formar este gran círculo, y vincularlo a un corazón tan fuerte que *no morirá*..., aferrándose a la mente de ese ser maldito y poderoso al tiempo que se le hace iniciar el camino de la búsqueda de la muerte, lleno de miedo y de conocimiento acerca de su propia destrucción inmortal. Ahora sentía el peso de la verdad de todo aquello. Era un viaje al infierno.

Tenía la impresión de ser arrojado de un modo violento a lo largo de negros y tristes caminos, mientras alrededor los recuerdos de mi vida se iban materializando para atormentarme. Me vi de nuevo como un niño, y vi a la gente de mi infancia, por la que ahora sentía un amor que no supondría más que una deshonra para ellos. Vi el sueño que había sido el inicio de todo, y a Helena..., a mi Helena..., bella y triste..., pero luego mutilada y destrozada, con sus fríos ojos llorando lágrimas de sangre. Vi a Elizabeth, humana de nuevo, tan sola y tan fascinante... Y después a su hermano, que sostenía en alto la cruz y me maldecía con el rostro desencajado por el odio. Y, más allá, los gritos de los muertos que clamaban venganza.

El caso es que ahora sabía a ciencia cierta lo que siempre había sucedido. Me sentía perdido mientras algo me impulsaba a recorrer aquel lúgubre laberinto, algo que me tentaba a continuar, al acecho desde algún punto situado más adelante, fuera del alcance de mis sentidos. El mal que había existido en mí y a cuyo poder había servido mi vida. Le había ofrecido mi humanidad a modo de sacrificio, y durante todos aquellos años no hice sino justificar ese hecho con mentiras y engaños. Ahora me aproximaba a él y pronto llegaría a su guarida. Y, fuera lo que fuera, un demonio del infierno o un abismo surgido de mi propio ser, mi mente no sería capaz de sobrevivir a su aparición. Porque su poder no era otro que el mío, liberado de todo pensamiento o de cualquier clase de control, absolutamente puro en su malevolencia. El poder de la muerte. Marchitaría y aplastaría la vida que existía en mí; me iba a destruir llevándome la corrupción, la locura y la aniquilación, al igual que había hecho con todo lo que alguna vez conocí o tocaron mis manos. Me mostraría la verdad definitiva acerca de mí mismo.

Sin embargo, además de todo esto, seguía siendo consciente de los demás seres, de aquellos redivivos que estaban pegados a mí y se alimentaban de lo que constituía mi esencia; sus mentes y sus sentidos se asían a los míos mostrándose odiosos, unos intrusos, mientras engullían con voracidad hasta el último de los pensamientos y recuerdos que yo poseía; me conducían hacia los dominios de una locura y un horror imposibles de imaginar. Sentía los inmensos latidos de sus corazones estallar, explotar contra mí, ¡y todo mi ser se vio de nuevo invadido por una *ira* irresistible! Luego, de forma un tanto imprecisa, fui hallando energía y determinación para que mi cuerpo se opusiera a ellos: para luchar, golpearlos y despedazarlos; actos físicos que me parecieron como un sueño remoto y deslavazado. Y dio la impresión de que rodábamos enzarzados en una desesperada batalla y caíamos cuán largos éramos en los oscuros huecos de algún lugar profundo y lejano; yo me los quitaba de encima a patadas, haciendo que salieran despedidos mientras me deslizaba y caía sobre una superficie muy irregular. Esta volvía a descender de forma brusca y yo me resbalaba tratando de agarrarme a las rocas para sujetarme. No veía nada en absoluto: me asaltó la vívida sensación, la imagen mental de que me aferraba al borde de un enorme peñasco que se cernía increíblemente sobre un vasto e infernal abismo. Tan real e inmensa era la imagen que la cabeza me daba vueltas y yo me pegué todo lo que pude al suelo, agarrándome de forma desesperada para no caer y desaparecer. Pero incluso la piedra que me sustentaba se iba desmoronando, se partía debajo de mí y yo escarbaba con las manos sin poder evitar mi caída hacia el abismo.

Ahora conocía la realidad del infierno. Un espantoso acercamiento de la mente al mundo que había más allá. Hallarse confinado en un manicomio interior donde toda nuestra culpa, todos nuestros miedos, están encadenados, gritando, a nuestro lado, en un abismo de *desprecio hacia nosotros mismos…*

Entonces, en medio de la confusión, surgió de mi interior una voz débil, infantil, que apenas reconocí. Una voz de hacía mucho tiempo. No el grito de algo condenado e infernal, sino de un *hombre*. Un alma mortal envuelta en mortal terror, cuyo corazón no se mostraba desesperado ni muerto. Era yo gritándole a Dios.

Algo se elevó sobre mí en un instante e hizo que me tambaleara al tiempo que aumentaba de tamaño. Al principio se trataba de una luz maléfica, amarillenta, que penetraba la intensa oscuridad con un movimiento ondulatorio, adquiriendo poco a poco una forma definida hasta que vi manifestarse una garra seca que se extendía llamándome. Surgía de la negrura, y, aunque en verdad aquello era la propia negrura y nada más, ya que avanzaba como una niebla, girando y desplazándose en su búsqueda de forma, luego se abrió como una mortaja que se desplegaba y caía mostrando el rostro.

Se detuvo: un obsceno híbrido de hombre y demonio, con el rostro tan demacrado que hacía pensar en una calavera, enmarcada por una barba y un pelo negros, revueltos; los ojos parecían poco más que dos cuencas vacías, tan solo ocupadas por un acuoso brillo procedente de lo más profundo. Estaba más allá de cualquier cosa que yo hubiera podido concebir; un horror tan desconocido, tan *absoluto*, que llevaba la marca de todas las blasfemias y todas las iniquidades que han existido a lo largo del tiempo. Su respiración sonaba ronca, como un gruñido; la carne blanca, casi transparente, alrededor de la boca se plegaba en una mueca iracunda y amenazadora; mostraba los dientes amarillos entre unos labios exangües; y miraba dispuesto a despedazar el alma de aquel hereje que había venido a cuestionar y desafiar su poder. Mi fuerza se había esfumado, mi mente se hallaba a la deriva: la consciencia colgaba de un hilo. Dejé de sujetarme y caí en la oscura certidumbre de aquel abismo infernal. Pero la mano en forma de zarpa se cerró alrededor de mi muñeca y me alzó en un repugnante abrazo, asido a aquella espantosa figura cubierta de harapos cuyas esqueléticas extremidades me atenazaban. De todos modos, además de la repugnancia que me producía, su contacto vino acompañado por el terrible estremecimiento de algún secreto y de algún deseo solo a medias conocido.

Habló. O esa impresión dio, aunque su voz no era más que un susurro de pensamiento que fluía y se fundía con el mío.

–Aquí está tu liberación –apuntó–. Deja a un lado tu miedo, que es muerte en vida. ¡Porque yo soy el *verdadero redentor!* Soy el Maestro. Sobre el que se han proyectado todos los males del mundo. El que murió, pero después se alzó desde la tumba. Soy la resurrección y la vida, y el que me siga *jamás* morirá…

Un ruido surgió desde mis entrañas, un grito contra aquella imposible locura final, pero no llegó a formarse una sola palabra: mi garganta parecía llena, mi boca rebosaba, ¡y yo me ahogaba en un torrente de sangre!

–… y el que coma de mi cuerpo y beba de mi sangre hallará la vida eterna. ¡Porque la sangre de mi alianza limpiará todos sus *pecados!*

Las palabras eran sencillas y claras, pero tan perversas, tan profanas, que yo no me atrevía a pensar en ellas. No obstante, cuando miré fijamente su rostro, muy próximo al mío, vi que aquellos hundidos ojos brillaban plenos de pasión.

¡Liberación! Sí. Eso debía de ser lo que ofrecía, sin duda. Liberación de la oscuridad interior, de la culpa y del pecado. ¿Qué era todo eso sino la sombra de la muerte humana? Y, donde la muerte misma puede morir, también puede morir ese hijo de la muerte que es el conocimiento del mal. El Maestro continuaba en pie junto al paso que conducía a un oscuro Edén; a una inocencia pura y perfecta, tan profunda que estaba fuera del alcance de la depravación o de la maldad, ciega en última instancia ante su propia monstruosidad. Pero ahí no acababa todo. Aquello era imponer nuestro propio rostro sobre la imagen de Dios. Y convertir a los condenados en santos.

De modo que allí seguía yo, colgado, con los sentidos vagando sin rumbo mientras caían en aquella desoladora visión del abismo, agarrándome cada vez con más fuerza, aterrado, a mi espantoso salvador. Hasta que la figura se elevó sobre mí y vi que sus manos se extendían para atrapar entre ellas mi cabeza.

–¡Ahora conóceme! –gritó, con una expresión exultante en el rostro–. Soy… ¡la absolución!

Se me nubló la vista mientras observaba cómo la figura retrocedía, se desvanecía al igual que un sueño hasta que su rostro se transformó en algo distinto, destrozado y seco, casi imposible de reconocer en cuanto a los rasgos o cualquier otro vestigio de vida. Era la cara de Niall, y yo empujé su mermado cuerpo, que cayó de espaldas, paralizado, totalmente inmóvil; después volvió a moverse dando tumbos hasta aproximarse a mis pies, con la mirada perdida en las profundidades de la caverna donde iba menguando la luz de la antorcha. Junto a mí yacía despatarrado el Sacerdote, víctima de un estupor aún mayor que el mío; no quedaba ni rastro de su enorme fuerza. Pero sus ojos refulgían, y lanzó un suspiro de asombro al extender los brazos hacia mí, en un trémulo movimiento de triunfo, como si fuera a abrazarme.

Lo observé horrorizado durante varios segundos antes de dar media vuelta y alejarme de aquel lugar maldito.

* * *

Desde entonces no he hecho más que vagar solo, cada vez más consciente de hasta qué punto me ha afectado lo sucedido. No sé con qué me enfrenté realmente en aquella cueva de Irlanda. Quizá sea mejor así. Sin embargo, teniendo en cuenta lo que pienso con respecto al Maestro de los redivivos, que habita en lo más profundo de todos nosotros, ahora estoy seguro de que puedo reconciliarme con mi existencia; obtener de él lo que necesito para justificar mis actos y apaciguar mi desasosiego. ¿Por qué recorrer el infierno, entre quienes ya están perdidos, en busca de la verdad, cuando la verdad puede hallarse allí donde yo desee?

Pero he dejado de cargar con el infierno dentro de mí. Lo veo a lo lejos. Hay ocasiones, ahora, en que las criaturas humanas que bullen a mi alrededor mientras camino por el mundo me resultan transparentes, de modo que percibo con claridad sus pensamientos y preocupaciones. Rostros llenos de ira, de codicia, de odio, de miedo, de oscuridad en todas y cada una de sus manifestaciones. Entonces me pregunto: ¿acaso mi existencia tiene algún sentido que no sea el de vivir como un ángel portador del castigo divino, sin sentir nada mientras merodeo por los dominios de la perdición? En esos momentos no estoy seguro de si lo que poseo es una maldición o un sello divino. Aquella amenazadora locura avanza con la intención de adueñarse de mí. De aplastar mi firme determinación de resistir y de ese modo convertirme en lo que eran los demás, un monstruo frío y egoísta: lo único que podría evitar mi sufrimiento. He dejado de temer esa locura, y de sentir su sombra sobre mí, por eso sé que al final triunfará. Pero, mientras me quede una brizna de razón para ser consciente de ello, aún hay una última alternativa.

He regresado a mi casa de Cornwall. Aquí ya no me queda nada, pero todavía siento que hay una conexión especial entre ambos: dos ruinas hechizadas por las sombras del pasado. Lo lógico es que nos enfrentemos juntos a nuestros fantasmas. No dejo de darle vueltas a una idea. Cuando William murió aquí, ¿quizá fue debido a la secreta intervención de Niall? Puede que Niall conociera algún método seguro de llevarlo a cabo, de poner fin a una vida inmortal y librarse del obstáculo en que William se había convertido para coronar con éxito sus planes. De no ser así, ¿habría sobrevivido William? *¿Y bajo qué forma?* No debo dejar ningún cabo suelto. Tengo que hallar la fuerza para destruir a un monstruo. Para destruirlo por completo.

El fuego purifica, según dicen. Ruego que así sea. Y ahora... ya he escrito bastante.

EPÍLOGO

Ahí terminaba el manuscrito. Lo recogió con manos temblorosas, lo metió en un cajón y lo cerró para no seguir viéndolo.

Estaba muy cansado. Se puso en pie, pero sintió que sus piernas no tenían fuerza ni para subir las escaleras y se desplomó en el sillón. La narración lo había dejado exhausto, sumiendo su mente en la oscuridad más profunda. El silencio de la noche y la sensación de soledad, de aislamiento, bloqueaban sus esfuerzos para convencerse de que aquello no podía ser más que el elaborado engaño de un demente.

El sueño se iba apoderando de él poco a poco. Tenía miedo, sabía que eso no le daría tranquilidad, solo pesadillas agitadas y disparatadas, pero lentamente comenzó a imaginar que no podría escapar de ellas permaneciendo despierto. Sus ojos se cerraron. Antes de darse cuenta, sus pensamientos se hallaban flotando en el aire.

El sueño se deslizó sobre él como un paño mortuorio, y en algún punto situado en lo más profundo de su sopor notó una vaga sensación de pánico, como si lo estuvieran asfixiando. Muy lejos, fuera del alcance de su inmediata mente aletargada, oía algo. Un traqueteo, arañazos, como si trataran de llegar hasta él desde fuera. Sintió que su cuerpo se agitaba y dejaba escapar unos leves, ahogados gritos. Se produjo un nuevo ruido. Algo animal y aterrador. Una respiración áspera que se elevaba sobre los tenues y persistentes arañazos. Después llegó la abrumadora percepción de algo enloquecido que sufría: una cosa sombría, deformada y guiada nada más que por un ciego instinto de supervivencia. Hizo desesperados intentos por despertar.

Y, a medida que iba saliendo del sueño, el ruido pareció desaparecer, felizmente. Aun así, la sensación permanecía: la agobiante sensación de que ya no estaba solo. Hasta que por fin, apenas recobrada la consciencia, a pesar de que temía recordarlo, de que no quería admitirlo, sus pensamientos volvieron a los momentos que pasó junto a la humeante estructura de la vieja casa. Fue al terminar de leer la primera página del manuscrito cuando lo había sobresaltado un súbito ruido procedente de los escombros. La imagen acudió a su mente de manera vívida. Una alejada sección de mampostería se había derrumbado de pronto. Y, al imaginarlo, vio con más claridad lo que en aquellos momentos había preferido obviar, considerándolo una ilusión óptica causada por la débil iluminación que reinaba entre las oscuras formas de todos los restos reducidos a cenizas. Ahora lo veía mejor. Ahora sabía que sus ojos no lo habían engañado. Que lo que había vislumbrado, descansando entre los escombros, había sido un cuerpo horriblemente carbonizado y retorcido, cabeza abajo entre todos aquellos desechos. Pero entonces ese cuerpo se había dado la vuelta, contorsionándose hasta adoptar un ángulo antinatural, mirándolo al tiempo que la piel negra y chamuscada de uno de los lados de la cara parecía desintegrarse, dejando a la vista un hueso grisáceo y un único ojo carente de color que daba la sensación de observarlo mientras él apartaba la vista y salía corriendo hacia el inminente amanecer.